아버지
아버지 등허리

아버지들의 아버지 2

베르나르 베르베르 장편소설   이세욱 옮김

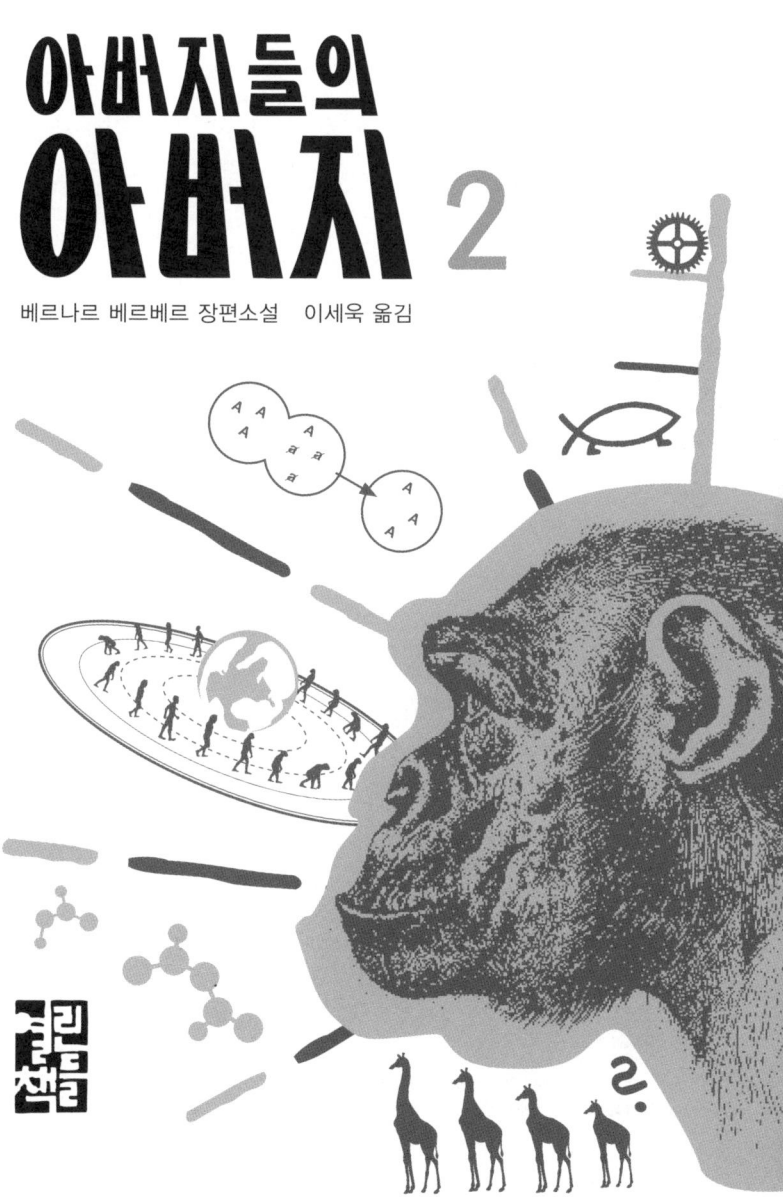

LE PERE DE NOS PERES
by BERNARD WERBER

© Éditions Albin Michel S. A., Paris, 1998
Korean translation copyright © The Open Books Co., 1999, 2013

이 책은 실로 꿰매어 제본하는 정통적인 사철 방식으로 만들어졌습니다.
사철 방식으로 제본된 책은 오랫동안 보관해도 손상되지 않습니다.

바르나베에게

7. 비비

그들은 북쪽을 향해 평원을 나아간다. 무리 전체를 지키기 위해 힘센 수컷들이 대열의 양옆에 자리를 잡고 있다. 사자 떼에게 호되게 기습을 당한 뒤끝이라, 그들의 행보가 여간 조심스럽지 않다.

그때 눈앞에 거뭇한 형체들이 느닷없이 나타나 줄을 맞추어 늘어선다.

형체들의 윤곽이 낯설지 않다. 전에 여러 번 본 적이 있는 놈들이다.

바로 비비들이다.

놈들은 그들과 비슷하게 무리를 짓고 한 줄로 길게 늘어서 있다. 지나갈 수 없으니 돌아가라는 뜻이다.

무리의 우두머리가 신호를 보내자 힘센 수컷들이 선두에 있는 그의 주위로 모여든다. 그런 때만큼은 수컷들 사이에 일체의 경쟁이 없다. 공동의 적에 맞서 모두가 함께 싸워야 하는 것이다.

비비의 우두머리도 저희 수컷들에게 신호를 보낸다. 비비들이 수는 더 많지만, 무리의 식구들이 조금 더 키가 크고 힘이 있어 보인다.

두 진영에서 암컷들이 소리를 지르기 시작한다. 잘 싸워서 이기라고 수컷들을 응원하는 것이다.

비비의 우두머리는 앞으로 몇 발짝 나아오더니, 이를 드러내고 으르렁거린다. 그러자 비비의 수컷들이 즉시 가세한다. 놈들은 더 크고 힘센 것처럼 보일 양으로 등의 털을 곤두세우고는 갖가지 위협적인 동작을 섞어 가며 제자리에서 펄쩍펄쩍 뛰기 시작한다.

무리의 우두머리는 더 큰 소리로 으르렁거린다. 다른 식구들이 일제히 우두머리를 따라 한다.

그는 자기네 무리가 어려운 때에 굳게 단결되어 있다고 느끼는 것을 무척 좋아한다. 다른 식구들과 함께 소리치는 것은 아주 기쁜 일이다.

긴장이 한층 고조된다. 갑자기 모두가 침묵을 지킨다. 적대하는 두 집단이 맞붙으려 한다.

그는 싸울 준비를 한다. 몸이 근질거리고 심장의 고동이 빨라진다. 피가 소화기 계통을 떠나 근육과 뇌로 쏠리는 느낌이다. 숨결이 더욱 빨라지고 거칠어진다. 싸우는 동안 몸에 열이 오를 것에 대비해서 살갗에 공기가 잘 통하도록 털이 곤두서고 벌써부터 땀이 흐르기 시작한다.

비비의 우두머리는 이빨을 드러내고 소리를 지르면서 제자리 뛰기를 하더니, 주먹으로 제 가슴팍을 두드리는 등 온갖 동작과 표정으로 몹시 화가 났음을 보여 주면서 맴돌이를 한다.

놈의 속셈은 뻔하다. 으름장으로 싸움을 이겨 보려는 것이다. 그러나 그것은 이쪽 우두머리의 능력을 우습게 보고 하는 수작이다. 무리의 우두머리는 돌아서서 방귀를 뀌는 것으로 그 으름장에 답한다. 그 몸짓에 더욱 성이 난 비비의 우두머리는 그들 쪽으로 오줌을 갈긴다.

그건 이만저만한 모욕이 아니다. 그러나 무리의 우두머리에겐 놈의 기를 꺾을 방도가 아직 남아 있다. 우두머리는 막대기 하나를 집어 들어 그것으로 땅바닥을 두드린다. 마치 온 대지를 깨워 그 파렴치한 모욕 행위의 증인으로 삼으려는 것 같다.

비비의 우두머리는 조금 기가 죽기는 했지만 호락호락 물러서지 않는다. 놈은 털을 좀 더 세우고 거친 숨을 몰아쉬면서 사납게 부라린 눈을 이리저리 뒤룩거리더니, 땅바닥을 긁어서 흙먼지를 일으킨다. 부옇게 날아오른 흙먼지가 놈의 머리를 뒤덮는다. 놈이 다시 악성을 내지른다. 분노가 극에 달하여 상대를 죽이지 않고는 못 견디겠다는 투다. 놈은 그렇게 한바탕 지랄 발광을 떨고 나더니 동작을 멈추고 상대의 반응을 살핀다. 무리의 우두머리는 들고 있던 막대기를 고쳐 잡고, 있는 힘을 다해 자기 무릎을 내리쳐 막대기를 동강낸다.

그건 세심한 주의를 필요로 하는 위협 동작이다. 예전에 무리의 여러 우두머리들이 그 〈무릎에 대고 나무 부러뜨리기〉를 시도했다가 막대기를 부러뜨리기는커녕 무릎을 다쳐 불구가 되고 말았던 적이 있다. 그 동작에는 비결이 있다. 어떤 나무 동강을 보자마자 벌레 먹은 자국이 있는지 없는지를 한눈에 알아보아야 하는 것이다.

비비의 우두머리가 잠시 멈칫거린다. 그렇게 우두머리가 일단 주저하는 기색을 보이면 그의 진영에 심리적인 동요가 일고 싸움의 판세가 한 쪽으로 기우는 것을 막을 수 없다. 비비의 수컷들이 눈에 띄지 않게 조금씩 뒤로 물러서더니, 이내 눈에 띄게 성큼 물러난다. 자기 무리가 자기에게 등을 돌리고 있음을 느낀 비비의 우두머리는 주저하던 태도를 버리고 다시 이를 드러내며 으르렁댄다. 그러나 놈은 이미 자신감을 잃고 있다.

이 틈을 노려야 한다. 무리의 우두머리는 뒷다리로 버티며 일어서서 가슴을 두드리고 긴 외침을 내지른다. 공격하라는 신호다. 그러나 싸움은 너무 싱겁게 진행된다. 비비들은 맞서 싸울까 말까 망설이더니 다수가 도망가는 쪽을 선택한다. 용감한 소수도 객기를 부릴 계제가 아님을 깨닫는다. 처음에 한두 걸음 물러서던 것이 본격적인 퇴각으로 바뀌고, 퇴각은 다시 패주로, 패주는 다시 전면적인 궤주(潰走)로 바뀐다.

무리의 식구들은 놈들이 그냥 도망가도록 내버려 두지 않는다. 이제 그들은 사냥꾼이다. 뒤에 처진 늙은 비비 몇 마리, 병든 비비 몇 마리, 새끼 비비 몇 마리가 그들에게 붙잡힌다. 놈들은 훌륭한 먹이가 될 것이다. 이제껏 먼 길을 걸어왔고 앞으로 갈 길도 멀 터이니, 양분을 충분히 섭취해 두어야 한다.

적들의 시체가 하나둘 쌓인다. 이것으로 전투는 끝났다.

그는 싸움에서 이긴 자기 무리가 자랑스럽다. 우두머리는 아주 효과적인 위협 동작을 보여 줄 줄 알고, 암컷들은 제법 소리를 잘 지른다.

무리의 우두머리가 다가와 그의 머리를 쿡쿡 찌르며 비비의 지라 한 조각을 먹으라고 준다. 지배적인 수컷들 사이에서는 그런 것을 거절하면 안 된다.

8. 올도웨이 계곡을 향하여

이지도르 카첸버그와 뤼크레스 넴로드는 몇 시간 전부터 비포장도로 위를 달리고 있었다. 피로와 허기가 느껴지기 시작했다. 맥로린은 그들에게 지프 한 대를 빌려 주면서, 그 지역의 약도를 그려 준 바 있었다. 그 약도에 나온 대로라면, 올도웨이 협곡까지는 아직 갈 길이 멀었다.

도로 왼편에 나타난 나이바르다드라는 마을을 그대로 지나치고 난 뒤에, 그들은 길가에 있는 식료품점 겸 카페 겸 술집 앞에서 차를 세웠다. 가게의 간판에는 〈세계의 끝〉이라는 상호가 적혀 있었다.

가게 안의 분위기는 칙칙하였다. 아마도 노독에 찌든 여행자들이 들러서 으레 술에 전 채 며칠을 보내고 가는 그런 곳인 모양이었다. 하이파이 미니 오디오 세트에서 하드 록 음악이 흘러나오고 있었다. 밴 헤일런의 「분출Eruption」이었다.

한쪽 구석에서는 영화인으로 보이는 두 남자가 동물 다큐멘터리 기획자와 한창 흥정을 벌이는 중이었다. 기획자는 5만 프랑을 내면 사자가 영양을 잡는 장면을 당장에 찍을 수 있도록 해 주겠다고 제안하고 있었다. 영양이 다른 곳으로 달아나지 않고 곧장 카메라 쪽으로 달려올 수 있도록 두 동물을 삼각형 울타리 안에 가둬 놓고 찍자는 거였다. 영양이 너무 빨리 달리지 않도록 사전에 조금 마취를 시키겠다는 얘기도 했다. 울타리가 좁기 때문에 사자가 영양을 죽이는 장면이 바로 카메라 앞에서 펼쳐질 것이고, 그렇게 되면 헐값에 아주 멋진 슬로 모션 장면을 얻게 되리라는 얘기였다.

영화인 중의 하나가 기획자에게 물었다.

「자유로운 상태에 있는 진짜 야생 동물들을 찍는 게 더 간편하지 않을까요?」

동물 다큐멘터리 기획자이자 울타리 대여업자인 상대방의 대답은 이러하였다.

「그런 걸 찍으려면 몇 주 동안 기다려야 할 걸요. 사자가 영양을 잡아먹는 광경을 매일같이 목격할 수 있는 줄 아십니까? 다큐멘터리라는 건 다 이렇게 찍는 겁니다. 그렇지 않으면 슬로 모션 장면을 어떻게 찍어 가겠어요?」

다른 한 쪽에서는 밀렵꾼 한 패거리가 자루에서 새끼 악어들의 다리를 꺼내고 있었다. 그들은 그것들을 가지고 열쇠고리를 만들어 관광객들에게 팔 생각을 하고 있는 거였다.

왼쪽에 모인 원주민들은 아왈레[1]를 두거나, 생선을 쌌던 낡은 신문지에서 찾아 읽은 기사를 바탕으로 미국의 동남아 정책에 관해서 이야기를 나누고 있었다.

두 기자는 때가 잔뜩 낀 탁자에서 조금 떨어진 곳에 자리를 잡고 앉았다. 가게 주인은 키쿠유 부족 사람이었다. 알이 두꺼운 안경을 쓰고 얇은 앞치마를 둘렀는데, 앞치마 아래로 가느다란 정강이와 커다란 실내화가 보였다. 그가 음식 이름을 나열하였다. 이름만으로는 도저히 그 재료를 가늠하기가 쉽지 않은 음식들이었다. 〈크림소스를 끼얹은 들닭 가슴고기〉는 그들이 오면서 길에 흩어져 있는 것을 보았던 독수리 시체 중의 하나로 만들었을 것 같고, 〈뱀장어 튀김〉은 뱀을 튀겨 놓은 것인지도 모르겠다는 생각이 들고, 〈사냥한 토끼 요리〉는 떠돌아다니는 개를 잡아서 만든 게 아닐까 하는 의심이 들어서, 그들은 〈캐슬 라거〉라는 상표의 그 지방 맥주 두 잔을 시키는 것으로 만족하였다. 주인은 끈적거리는 잔에 부리나케 맥주를 따라 주었다. 그들은 말라리아에 걸리는 것을 막아 주는 〈니바키네〉라는

---

[1] 열두 칸으로 이루어진 말판에서 말을 옮기며 노는 아프리카식 고누.

알약을 입에 넣고 맥주를 들이켰다. 뤼크레스는 너무 배가 고파서 맥주만으로는 도저히 안 되겠는지, 과감하게 〈우갈리〉라는 것을 주문하였다. 삶은 옥수수를 이겨 죽처럼 만든 것에 정체를 알 수 없는 고기 조각들과 잘게 다진 냉동 채소를 곁들인 요리였다. 이지도르도 무얼 먹긴 먹어야겠다 싶어서 결국 탄자니아 치즈와 바나나를 얹은 스파게티를 주문하였다.

바라바이그족의 두 목동이 염소 한 마리를 끌고 들어와 근처에 앉았다. 그들의 몸 여기저기에 매 맞은 자국이 있었다. 하낭 지역에 사는 소수 부족인 바라바이그들은 탄자니아 경찰의 괴롭힘을 당하기가 일쑤였다. 탄자니아 경찰은 이러저러한 구실을 내세워 그들의 소지품을 빼앗거나 그들에게 벌금을 부과하곤 했다.

키쿠유족 출신의 가게 주인은 혹시라도 골치 아픈 일이 생길까 싶어서 두 목동에게 얼른 먹고 가라고 일렀다. 두 목동은 고분고분하게 따랐다.

이지도르는 주인에게 소피 엘뤼앙의 사진을 보여 주었다. 돼지고기 가공 공장의 사무실에서 슬쩍 집어 온 사진이었다.

「혹시 이렇게 생긴 여자 본 적 있어요?」

놀랍게도 주인의 대답은 이러하였다.

「물론이지요. 이거 소피 엘뤼앙이잖아요? 이 지역에서 알 만한 사람은 다 아는 여자예요. 가끔 남편인 아제미앙 교수를 따라서 그의 발굴 작업장에 오곤 했지요. 아시다시

피, 이곳에 오는 백인들은 대부분 사냥꾼들이기 때문에, 그렇지 않은 사람들은 금방 눈에 띄지요.」

주인은 어떤 단어를 발음할 때는 부시맨들의 사투리와 조금 비슷하게 혀로 입천장을 차는 듯한 소리를 내면서 말하고 있었다. 그는 소피 엘뤼앙이 바로 이틀 전에 자기 가게에 들렀었다고 덧붙였다.

이지도르가 반색을 하며 물었다.

「그 여자 혼자가 아니었지요? 그렇지요? 틀림없이 어떤 남자랑 같이 왔을 거예요. 그 사람들 오랜 친구처럼 보이지 않습디까? 탐사 장비나 굴착 장비 같은 것을 한 무더기 끌고 어딘가로 급히 가는 것 같지 않던가요?」

「아니 그렇게 잘 알면서 묻긴 왜 물어요?」

「다 아는 건 아니에요. 한 가지 알고 싶은 게 있어요. 그 남자 이름이 뭐예요?」

가게 주인의 얼굴에는 알고 있으면서도 대답하기를 주저하는 기색이 역력하였다. 이지도르는 1만 실링짜리 탄자니아 지폐 한 묶음을 보여 주었다. 주인은 등받이 없는 걸상을 끌어다가 두 기자 옆에 앉았다. 그는 체구가 아주 작아서 어른들이 앉아 있는 식탁에 잘못 끼어든 아이처럼 보였다. 하지만 그의 얼굴은 인생의 쓴맛 단맛 다 본 사람의 얼굴이었다. 그는 지폐 다발에 손을 얹으며 말했다.

「그 남자의 이름은 앙주 린줄리입니다. 하지만 〈포르노 타잔〉이라는 별명으로 더 잘 알려져 있지요.」

그의 이야기에 따르면, 앙주 린줄리는 이탈리아의 영화

배우로서 프랑스, 이탈리아, 헝가리, 불가리아 합작의 싸구려 포르노 영화를 찍기 위해 그 지역에 처음으로 왔었다. 문제의 영화는 「정글 왕 타잔」을 조금 야하게 개작한 것으로 제목은 「타잔 대(對) 프로이트」였다. 앙주 린줄리가 그 영화에서 주연을 맡게 된 것은 가슴에 털이 많고 콧등이 움푹 내려앉은 생김새가 고릴라와 제법 비슷했기 때문이었다. 뿐만 아니라 그는 한때 포르노 배우로서 약간의 명성을 누린 바도 있었다. 그가 출연한 영화로는 「베네치아의 엠마」, 「백설 엉덩이와 일곱 손」 등이 있었다.

「타잔 대 프로이트」의 여주인공은 스테파냐 델 두카였다. 그녀는 당시에 포르노 배우로서 한창 이름을 날리고 있었다. 그녀를 특히 유명하게 만든 것은 크고도 아름다운 젖가슴과 어떤 쿠션 디자이너가 새로 디자인해서 부풀렸다는 육감적인 입술이었다. 그녀는 포르노 영화를 통해 얻은 인기를 바탕으로 이탈리아 텔레비전의 쇼핑 안내 프로그램에 출연하여 온갖 쓸모없는 상품들의 장점을 떠벌리곤 하였다.

가게 주인이 「타잔 대 프로이트」의 촬영에 얽힌 이야기를 그렇게 소상하게 아는 데는 그럴 만한 이유가 있었다. 그 자신이 작은 역할 하나를 맡아 영화에 직접 참여했던 거였다. 그가 맡았던 것은 피그미들의 왕 〈봉고〉 역이었다. 키쿠유 부족 사람 편에서 보면, 그가 아무리 키가 작더라도 그에게 피그미 역할을 맡긴다는 건 너무 심한 일이었다. 그는 그 선택을 유감스럽게 생각하고 있었다. 그가 정작 연기해 보고 싶었던 것은 〈프로이트〉 역이었다. 그가 보기에는 〈프로이트〉야말로 진짜 개성 있는 인물이었고 도전해 볼 가치가 있는 역할이었다. 그러나 애석하게도 제작자는 너무 안이한 선택을 하였다. 결국 〈프로이트〉 역은 늙은 알코올 중독자에게, 피그미 왕 역은 키쿠유 부족 사람인 그에게, 〈타잔〉 역은 피테칸트로푸스처럼 생긴 앙주 린줄리에게, 〈제인〉 역은 젖가슴이 큰 이탈리아 여배우에게 돌아갔다.

가게 주인은 입술을 비죽거리며 불만을 표시했다.

「만일 페데리코 펠리니[2]가 감독이었다면, 〈프로이트〉 역할을 나한테 맡겼을 거예요. 아니면 〈제인〉 역을 맡으라고 했을지도 몰라요. 제작자란 자가 그렇게 생각이 없으니 일이 제대로 되었을 리가 없지요.」

「무슨 일이 있었는데요?」

「이걸 인정할 수밖에 없다는 게 유감스럽지만, 사실 그 제작자의 목적은 영화를 만드는 데에 있었던 게 아니라, 오로지 스테파냐 델 두카와 잠자리를 같이 하는 데에 있었어요. 일단 자기 목적이 달성되고 나자, 다시 말해서 촬영이 시작된 지 사흘째 되는 날부터 그는 영화 따위는 안중에도 없었어요. 결국 그는 촬영팀을 여기에 남겨 놓고 그 여배우와 함께 케냐로 사파리 여행을 떠났지요. 소문에 듣자니까, 앙주 린줄리는 고무로 만든 악어와 싸우는 수중

---

[2] 이탈리아의 유명한 영화감독. 회화적 영상 처리에 뛰어났다. 「길」, 「8½」 등을 발표하였다.

연기에 몰두하느라고 카메라맨과 음향 기사가 사라지는 것도 보지 못했대요. 마침내 물 밖으로 나와서야 자기 혼자 남았다는 것을 알게 되었지요. 손목시계와 신발까지 그들이 가져가 버려서, 그에게 남은 거라곤 표범 가죽을 흉내 내어 만든 나일론 옷 한 벌뿐이었어요. 낙담에 빠진 그는 자기를 배신한 사람들로부터 멀리 떨어져 정글에 머물기로 했어요. 그러잖아도 야생의 아프리카에 매력을 느끼고 있던 터였거든요. 그는 전설 속의 타잔처럼 동물들과 더불어 사는 법을 배웠고, 동물들도 그를 받아들이게 되었어요. 린줄리는 사람들의 행동을 과장해서 흉내 내어 동물들을 즐겁게 해 주곤 했다는 거예요.」

「배우의 운명치고는 참 기구하네요! 원숭이 같은 사람 역할을 해서 사람 관객을 즐겁게 해주는 데에 실패하고 난 뒤에, 사람 같은 원숭이 역할을 해서 원숭이 관객들을 상대로 성공을 거두었으니 말이에요.」

결국 앙주 린줄리의 명성은 정글 밖으로 퍼져 나가게 되었다. 그 일대에서는 몸이 바짝 마르고 원숭이처럼 민첩한 백인이 정글에 살고 있다는 것을 모르는 사람이 없었다. 프랑스의 한 순회 서커스단이 그곳을 지나던 길에 그를 단원으로 끌어들였다. 그는 스트립쇼를 우스꽝스럽게 흉내 낸 공연물로 관객의 폭소를 자아냈다. 원숭이처럼 옷을 입고 있다가 그것을 하나하나 벗어 던지며 사람의 알몸을 드러내는 쇼였다. 그것이 끝나면, 그는 비비처럼 소리를 지르며 공중 그네로 뛰어오르곤 했다. 관객의 아낌없는 박수갈채에 힘입어 그는 탄자니아의 항구 도시 다르에스살람까지 진출하였다. 그런 다음, 서커스단과 함께 프랑스로 건너갔다. 거기에서 그는 공중 그네 강사가 되었으나 그가 몸담고 있던 서커스 학교가 문을 닫는 바람에 실업자가 되고 말았다. 그때, 그의 수제자였던 소피 엘뤼앙이 그를 아제미앙 교수에게 소개하였다. 교수는 그를 자기의 발굴 작업을 돕는 만능 조수로 고용하였다.

「그 사람이 바로 이 나무 저 나무로 건너뛰어 다니는 곡예의 전문가로군요······.」

뤼크레스가 그렇게 중얼거렸다.

가게 주인의 입심은 보통이 아니었다. 일단 이야기에 빠져들자 도무지 멈출 기미를 보이지 않았다. 게다가 오랜만에 자기 얘기를 귀담아들어 주는 사람들을 만났고, 그들에게서 돈까지 받았으니, 도중에 멈출 수는 없다고 생각하는 모양이었다. 다소 취기가 오른 손님 몇 사람이 입아귀에 담배를 물고 손에 술잔을 든 채 그들 주위로 모여들었다. 도대체 두 남녀가 무슨 이야기를 그리 재미있게 듣고 있는지 궁금했던 거였다.

「아제미앙 교수로서는 대단히 쓸모가 많은 사람을 수하에 거느리게 된 셈이지요. 린줄리는 원주민들보다 숲을 더 잘 아는 사람이었으니까요. 처음엔 교수 내외와 그 배우가 정기적으로 여기에 오곤 했어요. 그러더니 1년 전부터는 두 남자만 오고 부인은 더 이상 오지 않았어요. 지난번에 왔을 때, 아제미앙 교수는 대단히 들떠 있는 기색을 보였어요. 무슨 엄청난 보물이라도 발견한 사람 같았지요.」

「아제미앙 교수는 최근에 파리에서 살해되었어요.」

이지도르가 그렇게 알려 주자, 상대방은 맥주 몇 모금을 홀짝이고 나서 말을 이었다.

「키쿠유 부족 속담에 〈모든 보물엔 대가가 있다〉라는 말이 있어요.」

「보물이라고 해서 금은보화를 말하는 게 아니에요. 그저 〈우리는 어디에서 왔는가?〉라는 물음에 대한 답을 찾아냈던 거지요.」

가게 주인과 식탁에 달라붙어 있던 손님들이 일제히 웃음을 터뜨렸다. 주인은 웃음이 가라앉기를 기다렸다가 아주 자신 만만한 태도로 이렇게 말했다.

「나는 인간이 어디에서 왔는지 아주 잘 알고 있어요.」

「아, 그러십니까……」

주인은 카운터 밑으로 가서 먼지가 뽀얗게 앉은 노란 술병을 꺼내 왔다. 술병 안에는 죽은 전갈 한 마리가 떠 있었다. 그는 손잡이 없는 컵 두 개에 술을 따르더니 두 기자에게 권했다. 그들은 차마 거절할 수가 없어서 술잔을 들긴 했으나, 포르말린 냄새가 너무 독해서 도저히 술잔을 입으로 가져갈 수가 없었다.

주인이 다시 자리에 앉자 뤼크레스는 얼른 수첩을 꺼내 들었다.

그의 견해에 따르면, 학자들은 모든 것을 거꾸로 생각하고 있었다. 원숭이가 사람으로 변한 것이 아니라 사람이 원숭이로 변했다는 거였다. 그는 그것을 〈역(逆)진화론〉이라고 불렀다.

「아주 오랜 옛날부터 사람들은 도처에 있었어요. 그러다가 두 발로 걸어 다니고 짐승의 가죽으로 몸을 덮고 몽둥이를 휘두르며 싸우는 것이 어리석다고 생각하는 사람들이 생겨나기 시작했지요. 그들은 원숭이들 쪽으로 변화하고 싶어 했어요. 그래서 그들은 두 다리로 걷는 것보다 훨씬 안정적인 사지 보행으로 역행하였고, 천적들로부터 자기들을 보호해 주는 나무로 다시 올라갔지요. 결국 더 단순하고 더 자연적인 삶 속에서 그들은 다시 행복해진 겁니다.」

그는 자기 이야기에 대한 반응을 살피려는 듯 좌중을 쓱 둘러보고 나서 말을 이었다.

「그런 변화의 증거로 이런 점을 들 수 있을 겁니다. 지금까지 학자들은 인간의 조상으로 보이는 동물들의 뼈를 발견했을 뿐, 고릴라나 침팬지의 조상에 해당하는 동물들의 뼈는 전혀 발견한 적이 없습니다. 키쿠유 부족 사람들은 오래전부터 그 까닭을 알고 있었습니다. 그들이 보기에 인간의 미래는 다시 원숭이가 되는 것입니다. 아닌 게 아니라 사람의 얼굴 모양은 인류의 미래와 관련하여 중요한 점을 시사하고 있는 듯합니다. 인간은 성년이 되어도 새끼 원숭이와 똑같은 평평한 얼굴을 하고 있지만, 원숭이들은 성년이 되면 얼굴이 앞으로 뾰족하게 튀어나옵니다. 그러니까 인간은 진화하고 있는 종이 아니라 퇴화하고 있는 종입니다.」

 좌중은 저마다 그 이상한 이론에 토를 달았다. 새끼 악어를 잡는 밀렵꾼 중의 하나가 자기 동료의 어깨를 툭 치며 말했다.

「인류의 기원에 관한 재미있는 농담이 하나 있는데, 들어 보겠나? 낙원에서 몹시 따분한 나날을 보내고 있던 아담의 이야기일세. 아담은 여자가 있으면 좋겠다고 생각했지. 하느님께서 그에게 여자를 하나 만들어 주겠다고 말씀하셨어. 정말 굉장한 여자를 만들어 주겠다고 약속하셨지. 아름답고 착하고 똑똑하고 세련된 여자를 말일세. 하느님께서는 그런 여자를 만들기 위해서는 아담의 눈 하나와 팔 하나, 손가락 네 개, 오른쪽 무릎이 필요하다고 하셨지. 아담은 한참 곰곰이 생각하다가 이렇게 말했어. 〈갈비뼈 하나만 빼 가신다면, 제게 어떤 여자를 만들어 주실 건가요?〉」

 웃음소리가 한바탕 터져 나왔다.

 뤼크레스는 그 농담에 아랑곳하지 않고, 가게 주인의 이론을 수첩에 적으면서 중얼거렸다.

「역진화, 그럴듯한 말이네요.」

 가게 주인은 창자를 꼬이게 할 법한 그 싸구려 독주 남은 것을 단숨에 삼켜 버렸다.

「유럽에 갔을 때, 나는 〈원숭이들의 행성〉[3]이라는 영화

---

3 피에르 바울러의 소설을 바탕으로 프랭클린 J. 샤프너 감독이 만든 SF 영화. 1968년 작. 찰턴 헤스턴 주연. 우리나라에서는 「혹성 탈출」이라는 제목

를 본 적이 있어요. 다 이해는 못했지만, 그 영화는 언젠가 인간이 다시 원숭이가 될 것임을 보여 주고 있는 게 분명했어요. 그 영화에서처럼 인간은 똑똑하고 우아하고 날렵한 원숭이로 돌아갈 거라고 생각해요.」

9. 우아하고 날렵하게

그가 나뭇가지로 올라간다. 날고 있다는 느낌이 주는 즐거움을 맛보기 위해 그는 나뭇가지에서 재주를 넘는다.

척추가 몸의 무게 중심이 한쪽으로 쏠리지 않도록 덩굴나무처럼 척척 휘어졌다 펴졌다 하는 느낌이다.

아래에서는 어린 식구들이 감탄 어린 눈으로 그를 올려다보고 있다.

그는 작은 환호성을 몇 차례 지르고 나서, 어린 식구들에게 그들이 더 크면 자기처럼 할 수 있다는 것을 보여 주기 위해 이중 공중 돌기를 하고 죽은 것처럼 가만히 내려오다가 마지막 순간에 나뭇가지 하나를 붙잡고 매달린다. 어린 식구들이 환호성을 지른다.

그는 기분이 좋다. 삶이란 단지 먹고 죽이고 죽임을 당하는 것으로만 이루어진 것은 아니다. 놀면서 즐거움을 누릴 수도 있는 것이다.

으로 잘 알려져 있다.

10. 세 조약돌 놀이

 가게 주인은 앙주 린줄리와 소피 엘뤼앙이 어느 쪽으로 갔는지를 친절하게 가르쳐 주었다. 그러나 뤼크레스와 이지도르가 가던 길을 계속 가려고 지프에 올랐을 때, 그들은 왼쪽 앞바퀴의 타이어가 펑크 난 것을 알아차렸다. 예비 타이어로 갈아 보려고 했으나 그것마저도 펑크가 나 있었다.

 이지도르는 단호한 발걸음으로 다시 가게 안으로 들어가, 좌중을 둘러보며 성한 타이어를 가지고 있거나 하다못해 펑크를 때울 작은 고무 조각이라도 가지고 있는 사람 있느냐고 물었다. 좌중의 조롱 섞인 대답이 날아왔다. 이런 곳에서 펑크 나지 않은 타이어나 고무 조각을 구하기가 얼마나 어려운지 알기나 하느냐는 투였다. 돈을 몇 곱으로 준다 해도 타이어를 선뜻 내놓을 사람은 아무도 없으리라는 거였다.

 그때, 허튼 우스갯소리로 사람들을 웃겼던 새끼 악어 밀렵꾼이 나섰다.

 「나한테 예비 타이어가 하나 있소. 그걸 당신들에게 주고 싶긴 한데, 값이 워낙 비싸서 말이오. 그걸 주는 대신 내가 원하는 게 있는데, 받아들이겠소?」

 이지도르가 사내 쪽으로 다가갔다.

 「원하는 게 뭐요?」

 사내는 턱으로 뤼크레스 쪽을 가리켰다.

「저 여자요. 저 아가씨와 정답게 한 시간을 보낼 수 있다면 내 타이어를 주겠소. 이곳엔 말짱한 타이어도 희귀하지만 아가씨도 귀하거든. 피차 손해 볼 게 없는 괜찮은 거래 같은데, 어떻소?」

가게 안에 모여 있던 사람들이 와아 하고 환호성을 질러 그를 거들었다. 가게 주인도 고개를 끄덕여 그 거래가 합당해 보인다는 뜻을 표시했다. 뤼크레스는 벌써 그냥 걸어서 갈 채비를 하고 있었다. 이지도르는 그녀를 붙잡으며 밀렵꾼에게 말했다.

「그러지 말고 우리 내기를 합시다. 우리 둘이 어떤 게임을 해서 이긴 사람이 자기가 원하는 것을 갖기로 하죠.」

뤼크레스는 자기 귀를 의심하면서 발걸음을 멈추었다.

밀렵꾼은 뜻밖의 제안에 조금 놀란 기색을 보이며 빈정거렸다.

「야, 세게 나오시는데. 좋소, 무슨 게임으로 할까요? 포커? 화살 던지기? 아니면, 애들처럼 〈나 잡아 봐라〉로 할까요?」

「아니요. 〈세 조약돌 놀이〉로 합시다.」

좌중이 미간을 찌푸렸다. 〈세 조약돌 놀이〉라니, 〈세계의 끝〉에서는 아무도 그런 놀이 이름을 들어 본 적이 없었다. 이지도르가 게임의 규칙을 설명하였다.

놀이를 하는 두 사람이 각자 조약돌 세 개를 손에 쥔 다음, 두 손을 등 뒤로 감추어 조약돌을 자기가 원하는 대로 두 손에 나누어 쥔다. 그러다가 신호에 맞추어 오른쪽 주먹을 앞으로 내민다. 그 주먹 안에 들어 있는 조약돌은 하나일 수도 있고 둘이나 셋일 수도 있으며 아예 없을 수도 있다. 따라서 두 사람의 주먹 안에 든 조약돌을 합치면 그 수는 0에서 6까지 여섯 가지 경우가 나온다. 각자 번갈아서 그 합친 개수를 예상하여 말한다. 그런 다음 주먹을 펴서 누가 수를 알아맞혔는지 확인한다. 둘 중의 아무도 맞히지 못했을 때는 처음부터 다시 한다. 둘 중의 한 사람이 맞혔을 때는 그의 조약돌 중에서 하나를 버린다. 결국 바른 수를 세 차례 알아맞혀서 조약돌 세 개를 먼저 버린 사람이 승자가 된다.

밀렵꾼은 도로 자리에 앉은 뤼크레스를 여겨보며 말했다.

「좋소. 당신이 이기면 타이어를 갖고, 내가 이기면 이 여자하고 다정하게 한 시간을 보내는 거요!」

「언감생심이지. 누구 맘대로!」

뤼크레스가 매몰차게 볼멘소리를 하자, 몇몇 사내가 상스럽게 낄낄거렸다.

이지도르는 뤼크레스의 반발에 아랑곳하지 않고 동의의 뜻을 표했다.

「그 정도면 공평한 것 같군요.」

「아니, 선배님, 미쳤어요? 이 남자는 전혀 내가 좋아하는 타입이 아니란 말이에요!」

밀렵꾼은 그녀 쪽으로 몸을 숙여 그녀의 머리를 쓰다듬으며 말했다.

「아가씨, 나를 〈이 남자〉라고 부르지 마세요. 어차피 잘 아는 사이가 될 텐데, 지금부터라도 내 이름을 불러 주면 안 되겠소? 조르주라고 말이오.」

이지도르는 뤼크레스의 귀에 대고 이렇게 속삭였다.

「타이어가 없으면 우리는 수십 킬로미터를 걸어가야 해요.」

「하지만 이건 말도 안 돼요! 도대체 날 뭐로 보고……」

「날 믿어요. 가만히 보고 있으면 모든 걸 알게 돼요.」

뤼크레스는 밀렵꾼의 얼굴을 뜯어보았다. 눈매는 사납고 조금 말려 올라간 입술은 벌써부터 축축하게 젖어 있었다. 그녀는 창밖으로 눈길을 돌렸다. 정글이 보였다. 하긴, 저런 데로 그 먼 길을 걸어간다는 것도 그리 잘하는 짓은 아니지 하고 그녀는 생각했다. 그녀는 마지못해 고개를 끄덕였다.

「내 친구가 동의했어요.」

이지도르가 사내에게 알렸다.

좌중에 환호성이 일었다. 가게의 모든 손님들이 이지도르와 밀렵꾼을 에워싸고 둥그렇게 모였다. 그들이 이쪽 또는 저쪽으로 돈을 걸면서 내기의 분위기가 무르익었다. 누군가 지나치게 격식을 차리며 흰 조약돌 세 개와 검은 조약돌 세 개를 〈세계의 끝〉 문 앞에서 주워 왔다. 이지도르와 밀렵꾼은 두 손을 등 뒤로 숨겼다가 가게 주인의 신호에 따라 각자 오른쪽 주먹을 내밀었다.

두 사람의 눈길이 마주쳤다. 이지도르는 상대방의 손 안에 몇 개의 조약돌이 있는지를 가늠해 보고 나서, 그 수에 자기 손에 든 것을 더했다.

이지도르가 먼저 입을 열었다.

「음...... 4요.」

「나도 4라고 말할 수 있는 거요?」

「아니요. 이건 주차장에서 자리 차지하는 것과 비슷한 거요. 첫 번째 사람이 어떤 수를 말하면, 다음 사람은 다른 수를 선택해야 해요.」

「좋소. 그렇다면...... 난 3이오.」

두 사람은 주먹을 돌려 손가락을 펼쳤다. 밀렵꾼이 제대로 맞혔다. 그의 손에는 검은 조약돌 한 개가 들어 있었고, 이지도르의 손에는 흰 조약돌 두 개가 들어 있었다. 밀렵꾼은 의기양양하게 조약돌 하나를 탁자에 내려놓았다. 게임이 계속되었다.

이지도르가 상대에게 규칙 하나를 더 알려 주었다.

「앞 판을 이긴 사람이 먼저 말하는 거요. 먼저 말하는 사람은 자기의 패를 조금 드러내는 셈이므로 약간 불리하게 마련이죠.」

그들은 각자 눈동자 너머로 상대의 뇌에 새겨진 수를 읽어 내려고 애쓰면서 한동안 서로의 눈을 뚫어지게 바라보았다.

「5!」

밀렵꾼이 소리쳤다.

「4!」

이지도르가 되받았다.

그들은 주먹을 폈다. 이지도르의 손에는 세 개, 밀렵꾼의 손에는 두 개가 들어 있었다. 구경꾼들이 밀렵꾼에게 박수갈채를 보냈다. 가게 주인은 자기 가게에서 〈세 조약돌 놀이〉 선수권 대회를 열어 그 일대의 사람들을 끌어 모으는 구경거리를 만들면 어떨까 하는 궁리를 하면서 흐뭇한 표정을 지었다.

「자, 한 판만 더 이기면 승리는 나의 것이오.」

밀렵꾼은 그렇게 말하면서 또 하나의 조약돌을 탁자에 내려놓았다. 그러더니 뤼크레스에게 은근한 추파를 던지면서 덧붙였다.

「내가 이기면, 아가씨하고 화끈하게 한판 벌여야 하니까 마음 단단히 먹고 있어요.」

뤼크레스는 약간 불안을 느끼며 이지도르 쪽으로 몸을 숙여 귀엣말을 했다.

「이제 선배님의 〈요령〉을 써먹을 때가 된 것 같은데요.」

「하지만…… 〈요령〉이 따로 있는 게 아닌 걸요. 이 게임에는 속임수라는 게 없어요.」

「뭐라고요!」

그녀는 갑자기 눈앞이 캄캄해지는 기분을 느꼈다. 이지도르는 그녀의 눈에 칼이 선 것은 안중에도 없다는 듯 이렇게 설명했다.

「이 놀이의 재미가 바로 거기에 있는 거요. 이 놀이를 잘하려면 올바른 판단력과 약간의 확률 계산, 텔레파시, 직관, 관찰력 등이 필요해요. 그러나 꼭 누가 이긴다고 장담

할 수는 없어요. 아무나 이길 수 있는 거예요. 머리가 좋고 나쁜 것과도 상관이 없어요.」

「그런데 왜 이런 게임을 선택했죠? 농담 그만하고, 어서 말해 봐요. 이길 수 있는 비결이 분명히 있는 거죠? 그 비결이 뭐예요?」

「비결이 있다면, 자기 자신에 대한 믿음이겠지요.」

밀렵꾼의 눈이 번득였다. 이지도르는 앞선 두 판의 패배를 잊고 오로지 그 판에만 정신을 모으려고 애썼다. 두 사람의 머릿속에 똑같은 생각이 떠올랐다. 〈이자는 내가 이렇게 하리라고 생각하고 조렇게 할 거란 말이야. 그럼 나는 요렇게 하는 거야…….〉

그들은 또 다시 주먹을 내밀었다.

「2.」

밀렵꾼이 회심의 미소를 지으며 그렇게 내뱉자, 이지도르가 대답했다.

「1.」

두 사람이 손을 펴 보였다. 밀렵꾼의 손에는 조약돌 한 개가 들어 있었고, 이지도르의 손은 비어 있었다. 구경꾼들이 와아 하고 함성을 질렀다.

이지도르는 흰 조약돌 하나를 뤼크레스 앞에 내려놓았다. 이제 두 사람의 손에 남아 있는 조약돌은 세 개뿐이었다. 밀렵꾼의 손에는 한 개가, 이지도르의 손에는 두 개가 남아 있었다. 밀렵꾼은 조약돌을 더 많이 쥐고 있는 쪽이 다양한 조합을 만듦에 있어서 선택의 폭이 더 넓다는 것을 깨달았다. 하지만 그는 자기가 한 판만 이기면 게임을 끝낼 수 있음에 비해서, 상대는 아직 두 판을 더 이겨야 하므로 유리한 쪽은 자기라고 판단했다. 그는 눈을 꼭 감고 생각을 모았다. 〈이자는 내가 이렇게 하리라고 생각하고 조렇게 할 거란 말이야. 그럼 나는 요렇게 하는 거야…….〉

그들은 주먹을 앞으로 내밀고 저마다 최고 속도로 머리를 굴렸다.

「0.」

이지도르가 말했다.

밀렵꾼은 깜짝 놀라며 얼굴을 찡그렸다. 상대는 0이라고 말함으로써 자기 손에 조약돌이 없다는 것을 스스로 밝히며 큰 모험을 걸고 있었다. 그는 상대가 패를 속이고 있는 것이기를 바라면서 대답했다.

「1.」

그들은 동시에 주먹을 폈다. 두 손 다 비어 있었다.

뤼크레스는 안도의 한숨을 내쉬었다. 이제 두 사람은 각자 조약돌을 하나씩만 가지고 있었다. 그들은 상대의 마음을 헤아리려고 서로의 얼굴을 응시하였다. 이지도르의 표정은 처음과 똑같이 태연자약하였다. 그에 반해서 밀렵꾼은 마음속으로 온갖 종류의 계산을 하느라고 머리가 아플 지경이었다. 〈이자는 내가 이렇게 하리라고 생각하고 조렇게 할 거란 말이야. 그럼 나는 요렇게 해야지……. 그런데 이자는 내가 요렇게 하리라고 생각하고 다시 이렇게 할 거란 말이야. 그럼 나는 조렇게 해야지…….〉 그는 이지도르의 눈동자에 시선을 붙박고 속마음을 간파해 보려고 애썼다.

밀렵꾼의 이마에 땀이 송골송골 맺혔다. 그는 손등으로 땀을 훔쳤다. 그의 쏘아보는 눈빛이 조금 더 강렬해졌다. 두 사람은 저마다 앞선 판에서 상대가 어떻게 행동했는지를 돌이켜 생각하면서 그 마지막 판에 상대가 보여 줄 행동을 예상해 보고 있었다.

장내에는 이제 숨소리밖에 들리지 않았다. 뤼크레스는 입술을 깨물고 있었다. 작고 까만 벌레 하나가 이지도르의 등에서 기어다니고 있었지만, 그는 그것도 모르고 있는 듯했다. 모기 한 마리가 밀렵꾼 근처에서 윙윙거리다가 누군가의 날쌘 손에 걸려 횡사를 당하였다. 구경꾼 중의 하나가 바닥에 침을 뱉었다. 술집 주인은 이지도르가 바로 앞판을 이겼으니 먼저 수를 말해야 한다고 일러주었다.

이지도르는 서두르지 않았다. 자기 손 안에 넣을 조약돌의 수를 선택함에 있어 실수가 있으면 안 될 일이었다.

술집 주인의 신호에 따라 두 사람 다 주먹을 앞으로 내밀었다.

갑자기 시간의 흐름이 멎는 듯했다. 완전한 침묵. 모두가 마치 사진 속에 있는 사람들처럼 꼼짝도 하지 않았다. 그렇게 몇 초가 흐르고 나서 한 마디 말이 튀어나왔다.

「0.」

장내에 작은 탄성이 일었다. 이지도르는 그렇게 0이라고 말함으로써 자기 손안에 아무것도 들어 있지 않음을 밝힌 거였다.

밀렵꾼의 낯빛이 창백해졌다.

「내가…… 내가…… 타이어를 주겠소.」

그는 수를 말하는 대신 그렇게 더듬거렸다. 그러더니 빈손을 펴 보이며 상대에게 악수를 청했다.

뤼크레스는 펄쩍 뛰어올라 이지도르의 목을 껴안았다.

「휴, 살았다! 하지만 두 번 연달아 0을 부른 건 위험천만한 일이었어요.」

손님 몇 사람이 이지도르의 등을 투덕거리며 그의 승리를 축하해 주었다. 어떤 사람들은 벌써 조약돌을 주워다가 자기들끼리 게임을 벌이고 있었다.

이지도르는 좌중을 둘러보며 한 가지를 더 일러주었다.

「이 놀이는 셋 또는 넷이서도 할 수 있습니다. 각자 조약돌 세 개를 가지고 똑같은 규칙에 따라서 하면 됩니다. 다만 셋이 할 경우에는 나올 수 있는 답이 0에서 9까지가 되겠지요.」

마음이 편안해진 뤼크레스가 물었다.

「이제, 솔직히 말해 보세요. 어떻게 이긴 거예요?」

이지도르의 설명은 이러하였다. 그는 자칫하다간 자기가 지게 되리라는 것을 깨닫고 전략을 완전히 바꾸었다. 처음에 그는 생각을 너무 많이 하다가 생각을 더 적게 하는 상대방에게 연거푸 두 판을 졌다. 따라서 상대를 이기기 위해서는 더 이상 생각을 하지 말아야 했다. 그 결론에 따라 그는 마지막 판에는 완전히 우연에 맡기는 방식으로 게임을 했다.

「그게 그렇게 위험천만했던 건 아니에요. 게임이 단순하면서도 미묘하다는 것을 깨달은 상대가 생각을 많이 하기 시작했거든요. 그런데 이 게임의 성격상 생각을 많이 하면 할수록 마음을 들킬 가능성이 높아지죠.」

뤼크레스는 그 방법이 믿을 만하다고 생각하지는 않았지만, 어쨌든 그것이 통했다는 것에 감사하지 않을 수 없었다.

그들 주위에서, 밀렵꾼 쪽에 내깃돈을 걸었던 사람들이 이지도르 편에 걸었던 사람들에게 돈을 주고 있었다.

밀렵꾼은 승부의 결과를 선선히 받아들여 그들에게 타이어를 가져다주었다.

「나는 당신 손이 비어 있다는 것을 알고 있었소. 당신은 단지 먼저 말했기 때문에 이긴 거요.」

아직 패배의 충격에서 벗어나지 못한 밀렵꾼이 그렇게 말하자, 이지도르가 되받았다.

「내가 0이라고 말할 것을 예상했다면, 왜 하나 남은 조약돌을 손에 쥐지 않았던 거죠? 그랬으면 당신이 이겼을 텐데 말이오.」

밀렵꾼은 그 마지막 말을 놓고 깊은 생각에 빠져 들었다. 그래, 맞아. 내가 왜 조약돌을 쥐지 않았지? 그의 동료가 그를 흔들면서 다시 악어 사냥을 하러 가자고 말했지만, 까닭 모르게 악어 사냥조차 갑자기 시들하게 느껴지는 거였다. 그 순간에 그는 오로지 한 가지 생각에 골몰해 있었다. 내가 왜 조약돌 하나를 손에 쥐지 않았지? 그랬더라면, 상대가 0이라고 말했을 때 1이라고 대답했을 것이고, 결국 여자를 얻게 되었을 텐데 하면서.

술집 〈세계의 끝〉에서는, 이지도르와 밀렵꾼이 벌였던 그 게임이 바야흐로 하나의 전설처럼 되어 가고 있었다. 사람들은 그 게임이 탄자니아의 역사까지는 아니더라도 그 지역의 역사에 길이 남을 만한 사건이라도 되는 양 떠들어 댔다. 그렇게 몇 년이 흐르는 동안, 입에서 입으로 전해질 때마다 이야기에 살이 붙으면서 그 사건의 전설적인 색채가 한결 짙어졌다. 그리하여 이지도르는 뚱뚱하고 못생긴 거구로 묘사되었고 뤼크레스는 모두가 꿈꾸는 미녀 중의 미녀로 격상되었으며, 전체적인 서스펜스도 한결 고조되었다. 또 사실과 전혀 다른 짜릿한 장면들까지 추가되어, 게임 도중에 하얀 도마뱀이 이지도르의 어깨에 올라가 답을 귀띔해 주었다거나, 두 남자의 영혼이 육체를 빠져나와 탁자 위에서 심령의 결투를 벌였다고 주장하는 사람들까지 생기기에 이르렀다.

어쨌거나 그 사건 이후에 세 조약돌 놀이는 엄청난 인기를 누렸다. 언뜻 보기에는 단순하기 짝이 없는 그 놀이가 치열한 심리전의 차원에서는 체스보다 훨씬 더 복잡하다고 주장하는 사람들이 적지 않았다. 이 놀이에서는 포커 게임에서보다 상대의 패를 읽기가 더 어려웠다. 돈을 걸지 않고, 상대의 눈빛을 보거나 마음의 변화를 감지하여 모든 것을 판단해야 하기 때문이다. 어떤 점에서는 바둑보다도 더 미묘한 놀이였다. 생각과 생각의 충돌이 점진적으로 이루어지는 것이 아니라 한순간에 격렬하게 이루어지기 때문이다.

11. 교육

그는 무리의 어린 식구들에게로 가서 자기가 하는 것을 잘 보라고 이른다.

어린 식구들은 힘센 수컷이 자기들과 놀려고 하는 까닭을 이해하지 못한다. 대개 어린 식구들은 힘센 수컷들을 경계한다. 기근이 들면 이따금 어린 식구들을 잡아먹으려 한다는 사실 하나만으로도 힘센 수컷들은 경계의 대상이 되기에 충분하다. 어린 식구들은 그가 무엇을 하고 있는지를 이해하지 못한 채 그냥 그를 바라보고 있다.

그는 널따란 나뭇잎 하나를 따서 새알 하나를 쥐고 있는 것처럼 오그리고 있는 오른손의 엄지손가락과 집게손가락 위에 올려놓은 다음, 다른 손으로 그것을 힘껏 내리친다. 그러자 뻥 하는 소리가 난다. 어린 식구들은 환호성을 지르면서 손바닥으로 서로의 머리를 때린다. 그러더니, 저마다 터지는 소리가 잘 날 만한 평평한 잎새들을 찾아 주위를 살피기 시작한다. 잎새를 찾아낸 어린 식구들은 그 새로운 놀이를 흉내 낸다.

그 뻥뻥 하는 소리 때문에 우두머리의 신경이 곤두선다.

우두머리는 어린것들이 시끄럽게 굴지 못하도록 하고 싶지만, 어린것들의 수가 너무 많아서 그게 뜻대로 되지 않는다. 우두머리는 누구에게든 화풀이를 하고 싶어 한다. 마침 예전의 우두머리가 눈에 띈다. 늙은 몸으로도 이제껏 용케 잘 버티며 살아온 자이다. 우두머리는 말귀를 못 알아듣는 어린것들과 시비하는 대신에 예전의 우두머리를 상대로 화를 풀기로 한다.

예전의 우두머리는 무리 전체에 소중한 존재다. 먹을 수 있는 식물과 그렇지 않은 식물을 가려낼 줄 알기 때문이다. 그러나 우두머리는 번개, 동굴 속의 괴물, 사자 떼, 비비 무리와의 전쟁 때문에 생긴 온갖 감정들을 누구를 통해서든 다 풀어 버려야 속이 후련할 것 같다.

우두머리가 예전의 우두머리에게 싸움을 건다. 상대는 싸움에 응하지 않고 항복의 뜻으로 손을 내민다. 어린 식구들은 우두머리의 난폭한 행위가 벌어질 기미를 보이자 뺑 소리를 내는 나뭇잎을 버리고 구경을 하러 달려온다.

우두머리는 관중을 의식하여 잔뜩 거드름을 피우며 상대의 내민 손을 바라보다가 피가 나도록 꽉 물어 버린다. 그러더니 상대를 뒤로 휙 밀뜨렸다가 지체 없이 달려들어 두 주먹으로 사정없이 갈겨댄다.

그는 그 터무니없는 폭력 행사를 아연히 지켜보고 있다. 저런 행동은 대체 무엇에 도움이 될까? 이전의 불안을 조금은 잊게 해줄까? 하긴 두려움은 다른 두려움을 쫓아 주고, 불의는 불운을 더 잘 견디게 해준다. 어쩌면 무리의 우두머리는 〈속죄양〉의 개념을 만들어 내고 있는 것인지도 모른다. 한 무고한 구성원에게 폭력을 집중적으로 가함으로써 무리 전체의 단결을 도모하려는 것이다.

뿐만 아니라 우두머리는 이 폭력 행위를 통해서 무리 내의 위계질서를 더욱 확고하게 할 수 있다. 자기는 가장 강한 자로서 화를 낼 권리도 있고 부당한 행위를 할 권리도 있다는 것을 보여 줌으로써, 모두가 자기를 두려워하도록 만들 수 있는 것이다. 어쩌면 잠든 사이에 자기를 잡아먹으러 오는 표범을 두려워하기보다 자기의 우두머리를 두려워하는 편이 더 견디기 쉬울지도 모른다.

우두머리는 주저 없이 전임자의 숨통을 끊는다. 그러고는 전임자의 배를 갈라 간을 꺼낸 다음 모두가 그 장면을 마음에 새기도록 아귀아귀 먹는다.

늙은 우두머리의 삶은 이렇게 끝이 난다. 그 순간 무리의 모든 구성원들은 이런 생각을 한다. 〈지금의 우두머리 역시 이렇게 후임자의 손에 죽게 될 것이다.〉 결국 어떤 포식자도 다른 포식자로부터 벗어날 수는 없다는 것이 자연의 엄정한 이치가 아닌가.

그는 그 광경을 지켜보면서 이상하게도 마음 한구석이 편안해지고 있음을 느낀다. 왜 그럴까 하고 생각해 보다가 그는 이내 답을 찾아낸다. 그것은 그 광경 덕분에 우두머리가 되려고 해서는 안 된다는 그의 생각이 더욱 굳어졌기 때문이다.

12. 마사이족의 마을에서

이지도르 카첸버그와 뤼크레스 넴로드는 오후 늦게 마사이족의 한 마을에 다다랐다.

마을의 주거 지역은 진흙으로 지은 오두막으로 이루어져 있었다. 부유한 주민들의 오두막 위로 솟아오른 텔레비전 안테나와 전화 안테나가 눈길을 끌었다. 멀리 주거 지역 바깥으로 소들을 가두고 있는 울타리가 보였다. 오두막 사이로는 주민들이 한가롭게 거닐고 있었다.

마사이족 사람들은 한결같이 키가 훤칠하고 풍모가 당당해 보였다. 남자들이 입고 있는 길고 펑퍼짐한 옷에는 스코틀랜드 고지 사람들의 옷을 연상케 하는 바둑판무늬가 들어가 있었다. 여자들은 정교하게 세공된 은 장신구들을 달고 있었다. 오두막들 앞을 지나가다 보니, 흙바닥에 웅크리고 앉아서 텔레비전을 보고 있는 사람들이 눈에 띄었다. 그들이 보고 있는 것은 미국의 연속극 「댈러스」였다. 수 엘런[4]의 사랑 이야기가 그들을 열중시키고 있는 모양이었다.

마을의 추장이자 주술사이며 지역 관광 사무소의 책임자인 남자가 나타나서 그들을 반갑게 맞아 주었다. 그는 자기가 한때 파리의 한 패션 디자이너 밑에서 모델 노릇을 했기 때문에 프랑스어에 능통하다고 말했다. 그는 이제 전

---

[4] 「댈러스」의 주인공인 백만장자 JR의 처. 미스 텍사스 출신이나 결혼 후 JR의 불성실에 고통을 받는다.

통 의상 차림으로 돌아와 있었다. 그의 목걸이가 이채로웠다. 그것은 맥주병 마개에 구멍을 뚫어 연결하고 아래로 늘어뜨리는 보석 대신에 수도꼭지를 매단 목걸이였다.

추장은 마침 그날이 마을에 특별한 행사가 있는 날이라고 알려 주었다. 한 젊은 전사의 할례를 축하하는 행사가 있다는 거였다. 그 소년은 성인이 되는 데에 필요한 깃털 모자를 만들기 위해 쿠픔바라는 새를 잡으러 갔다고 했다. 의식은 소년이 돌아오는 대로 시작될 예정이었다. 추장은 두 사람이 그 의식에 참석하기를 원한다면 기꺼이 받아 주겠다고 덧붙였다.

바로 그때 예의 소년이 나타났다. 소년은 모자 하나를 만들기에 충분한 쿠픔바 깃털을 구해 오지 못했다. 그러나 이웃 마을의 패스트푸드 가게에서 모자라는 깃털 대신에 쓰라고 닭의 깃털을 소년에게 주었다고 했다.

소년이 일부러 시간을 맞추어 오기라도 한 것처럼, 마침 「댈러스」가 끝났음을 알리는 시그널 음악이 울려 퍼졌고, 이 집 저 집에서 나온 주민들이 축제를 거행하기 위해 광장 한가운데로 모여들었다.

뤼크레스와 이지도르는 그들의 복잡하고 정교한 분장을 감탄하며 바라보았다. 여자들이 젊은 남자들과 함께 어울려 다성부(多聲部) 노래를 부르기 시작했다.

그러잖아도 장대처럼 키가 큰 남자들은 두 발을 모으고 높이높이 뛰어오르면서 춤을 추었다. 마치 하늘에 닿아 자기들이 숭배하는 신의 발바닥을 간질이기라도 할 것처럼.

추장은 뤼크레스와 이지도르에게 주민들 사이에 앉아서 음식을 함께 먹자고 권했다. 남자들이 걸쭉한 분홍빛 액체가 든 수통 하나를 돌리고 있었다.

추장이 말했다.

「우리 마을에서는 동물을 죽이지 않고 짐승의 고기도 먹지 않습니다. 그 대신에 우리는 동물의 젖과 피를 마시지요.」

수통이 이지도르에게 도달했다. 그는 약간 역한 냄새를 풍기는 액체를 한 모금 입에 물었다가 얼굴이 찡그러지는 것을 참으며 간신히 삼켰다. 그가 수통을 뤼크레스에게 건네주려고 하자 한 전사가 제지하였다. 그 음료는 남자들만 마시는 것이고, 여자들은 순수한 우유를 마신다는 거였다.

이지도르가 추장에게 물었다.

「동물을 죽이지 않고 피를 어떻게 얻지요?」

「전사 하나가 화살로 암소의 오른쪽 경정맥 어름의 가죽에 상처를 냅니다. 그런 다음 거기서 흘러나오는 피를 수통에 받습니다. 전사는 수통이 적당하게 채워졌다고 판단되면 찰흙으로 상처를 덮고 붕대를 감아 주지요.」

남자들이 다시 그 미지근한 음료를 손에서 손으로 건네고 있었다.

마사이족 사람들은 사냥이나 짐승을 죽이는 행위를 정결치 못한 짓으로 간주하고 있었다. 왕년에 파리에서 톱모델 노릇을 했던 추장은 프랑스 사람들이 송아지 고기를 먹는 것을 보고 큰 충격을 받았었다. 그가 보기에 어린 짐승을 죽이는 것은 가증스러운 일이었다. 물론 마사이족 사람들도 기근이 들 때는 부득이하게 짐승을 죽이는 경우가 더러 있지만, 그 경우에도 그들은 병든 짐승이나 늙은 짐승을 고르지 절대로 어린 짐승을 죽이지는 않는다는 거였다.

「어느 동물이든 자기 명대로 살 권리가 있는 겁니다. 적어도 성년이 될 때까지는 살게 해줘야지요.」

풀을 찾아 이동하는 누[5]들의 울음소리가 멀리서 들려 왔다. 추장은 목을 빼고 소리 나는 쪽을 바라보았다.

「누들은 너무 수가 많아서 끊임없이 풀을 찾아 이동해야만 합니다.」

「어디로 가는 거죠?」

뤼크레스가 물었다.

「북쪽으로 가는군요. 사람들처럼 미지의 곳을 찾아 떠나는 거죠……」

「멋진 비유군요. 하지만 사람들은 이제 탐험할 곳은 다 탐험했습니다.」

이지도르가 그렇게 토를 달았다.

「그래요. 사람들은 모든 곳에 쳐들어가서 모든 것을 개발하고 모든 것을 파괴했지요. 여기에 있는 우리들 중에는 특이한 생각을 가진 사람들이 있어요. 그들은 더 이상 아이를 낳고 싶어 하지 않아요. 인류의 행로는 다 끝났으므로 이제 다른 동물들에게 자리를 물려주고 사라져야 한다

---

5 포유류 소목 솟과에 속하는 아프리카산 영양의 한 종류. 소영양 또는 뿔말이라고도 한다.

는 것이 그들의 생각입니다. 하지만 우리 마음대로 그렇게 할 수 있는 건 아니지요. 그래서 우리는 종교 의식과 춤을 통해서 우주의 허락을 구하는 겁니다. 더 이상 자식을 낳지 않게 해달라고 말입니다.」

「정말 더 이상 자식을 낳고 싶지 않으십니까?」

뤼크레스가 놀라움을 감추지 못하자 추장은 빙그레 웃으며 대답했다.

「그래요. 우리는 충분히 삶을 즐겼고 많은 것을 이루었어요. 이젠 물러나야죠. 모두요. 우리 마사이족뿐만 아니라 모든 사람들이요. 우주에도 팽창 다음엔 수축이 있고, 숨에도 들숨 다음엔 날숨이 있으며, 산에도 오르막이 있으면 내리막이 있는 법이지요.」

광장 한복판에서 의식을 집전하는 사람들은 할례 의식의 두 번째 부분을 위해 아주 화려한 옷을 입고 있었다.

추장은 자기가 명상을 통해 얻은 것을 두 사람에게 계속 전달하였다.

「나는 백인들 덕분에 많은 것을 배웠어요. 지구가 둥글다는 것도 배웠고, 지구가 태양의 둘레를 도는 것이지 그 반대가 아니라는 것도 배웠습니다. 아주 어린 시절에 당신들의 비행기를 처음 보았을 때, 나는 외계의 우주선이 나타난 것으로 생각했어요. 그리고 그 비행기에서 나오는 사람이 외계인이라고 믿었어요. 그만큼 당신들은 우리와 달랐어요. 하지만 피부색이며 키며 코나 입술의 생김새는 달라도 당신들도 우리와 마찬가지로 사람이라는 것을 나중에 알게 되었지요.」

「그래요. 우리는 모두 사람이고 모두가 똑같아요.」

추장은 손가락 하나를 자기 입술에 갖다 댔다.

「아니에요. 나는 지금은 오히려 우리 모두가 서로 다르다고 생각해요. 사람들 간의 평등을 운운하는 것보다 더 심한 거짓말이 없어요. 우리를 서로 다르게 하는 것은 우리의 문화예요. 어떤 곳에서는 젊은이들에게 유머를 가르치는데, 다른 곳에서는 해묵은 원한을 가르쳐요. 이쪽에서는 관용을 가르치는데, 저쪽에서는 이방인들을 개종시키라고 가르쳐요. 한 쪽에서는 폭력을 경멸하라고 가르치는데, 다른 쪽에서는 자기의 관점을 수단과 방법을 가리지 말고 관철시키라고 가르쳐요. 예컨대, 이곳에서 우리는 탄자니아 정부와 많은 갈등을 겪고 있어요. 탄자니아 정부는 아주 오래전부터 내려온 우리의 종교를 우리가 포기하기를 바라고, 우리를 통치자들과 똑같은 종교로 개종시키려고 합니다. 하지만 우리는 그들을 우리의 종교로 개종시키겠다는 생각을 해본 적이 없습니다. 그들은 왜 우리를 가만히 내버려 두지 않는 걸까요?」

「정치적인 이해관계가 걸린 문제를 너무 단순화해서 말씀하시는 건 아닌가요?」

이지도르가 그렇게 되묻자 추장이 언성을 높였다.

「아니에요. 언제나 문제를 복잡하게 만드는 건 당신들 서양인들이에요. 서양 사람들의 교육에는 문제가 많아요. 두 분도 그릇된 교육을 받으며 자랐어요. 서양에서는 거짓말 속에서 아이들을 키워요. 아이들은 거의 태어나면서부터 거짓말을 배우지요. 당신들은 아기에게 가짜 젖꼭지를 물려서 아기로 하여금 플라스틱 조각을 엄마의 젖꼭지로 여기게 하고, 아기에게 분유를 먹이면서 엄마의 젖으로 알게 하잖아요?」

「그거야 선의의 거짓말이죠.」

뤼크레스가 말하자 추장이 다시 소리쳤다.

「아 그래요? 그럼 당신들의 결혼은 어떻습니까? 결혼식을 올릴 때 당신들은 〈죽음이 우리를 갈라놓을 때까지 고락을 같이하겠다〉고 맹세합니다. 아무리 좋은 사람과 같이 산다고 해도 그렇지 60년 가까운 세월을 살면서 마음이 변하지 말라는 법 있습니까? 사람들의 수명이 길어지면서 결혼의 가치가 떨어졌어요. 우리 마사이족 마을에서는 한 남자와 한 여자가 결합할 때, 주례가 이렇게 말합니다. 〈두 사람은 인생의 즐거움과 괴로움을 함께하며 살아가십시오……. 사랑의 부재가 두 사람을 갈라놓을 때까지.〉 이것이 더 합당하지 않습니까?」

그들이 이야기를 나누고 있는 동안, 하이에나 다섯 마리가 태연자약하게 마을에 들어왔다. 그러나 아무도 그것들을 쫓아내려고 하지 않았다. 뤼크레스는 하이에나들을 찬찬히 살펴보다가 한 가지 이상한 점을 발견하고 충격을 받았다. 암컷의 음핵이 대단히 발달해서 수컷의 음경으로 혼동될 수 있을 정도였다. 그래도 유방이 있어서 암컷인 것은 분명히 알아볼 수 있었다. 뤼크레스는 서양 사람들이 왜 하이에나를 불길하고 꺼림칙한 동물로 생각하는지를 알 것 같았다.

그녀는 다시 자기의 주요 관심사로 돌아와서 수첩을 꺼내 들었다.

「인간의 기원에 관해서는 어떤 생각을 갖고 계신가요?」

추장이 대답했다.

「내가 보기에 그것은 꿈입니다.」

「꿈이라고요?」

「네, 인간은 꿈에서 생겨났습니다.」

뤼크레스는 〈인류가 꿈에서 나왔다는 이론〉이라고 적었다.

「돌은 식물이 되기를 꿈꿉니다. 식물은 동물이 되기를 꿈꾸지요. 동물은 인간이 되기를 꿈꿉니다. 그리고 인간은 자유로운 영혼이 되기를 꿈꾸지요.」

뤼크레스는 언젠가 이지도르가 말한 적이 있는 숫자의 형태에 따른 진화의 이론을 떠올리지 않을 수 없었다.

「내가 아는 백인 중에 오로지 인류에 기원에 관한 생각에만 몰두해 있는 사람이 있었습니다.」

이지도르는 혹시나 해서 물어보았다.

「아제미앙 교수 아닙니까?」

추장의 얼굴에 놀란 기색이 스치고 지나갔다.

「예, 맞습니다. 아제미앙 교수입니다. 그 사람 여기에 자주 와요.」

「이제 못 올 겁니다. 죽었거든요. 그는 살해되었습니다.」

뤼크레스가 불쑥 내뱉었다.

추장은 한동안 놀란 기색을 감추지 못했다.

「아! 그렇다면, 살인자가 누군지 알 것 같아요.」

「누군데요?」

「소피 엘뤼앙이에요. 교수의 전처지요. 그 부부는 늘 다퉜어요. 사람들이 보는 앞에서도 거리낌 없이 소리를 지르며 싸웠어요. 한번은 소피 엘뤼앙이 이런 소리를 하더군요.〈당신이 그 이론을 퍼뜨리게 내버려 두느니 차라리 당신을 죽여 버리겠어. 단지 내 개인적인 이익 때문에 이러는 거 아니야. 인류 전체의 행복을 위해서라고.〉교수는 어이가 없다는 듯이 그냥 껄껄 웃고 말더군요. 그는 진리가 자기 생명보다 더 중요하며 사람은 죽일 수 있어도 진리는 죽일 수 없다고 얘기한 적도 있어요.」

마을 사람들은 화톳불 주위에서 탐탐 장단에 맞추어 계속 춤을 추고 있었다.

뤼크레스가 다시 말문을 열었다.

「소피 엘뤼앙이 다시 여기에 왔어요. 앙주 린줄리라는 남자와 함께요.」

이번에는 추장이 별로 놀라는 기색을 보이지 않았다. 그저 어깨만 한번 으쓱 했을 뿐이었다.

「그들은 아제미앙 교수가 작업하던 곳의 흔적을 없애 버리려고 온 거예요.」

축제가 끝나 가고 있었다. 여자들이 한 번 더 합창을 하고, 남자들이 마지막으로 춤을 추었다. 그런 다음 모두가 자기들 집을 향해 흩어졌다. 할례를 받은 전사도 가족들에 둘러싸여 집으로 돌아갔다. 추장은 두 기자를 그들이 밤을 보낼 두 채의 오두막으로 데려갔다.

뤼크레스는 나뭇가지와 풀과 나뭇잎을 깔아 놓고 그 위에 나일론 슬리핑백을 덮어 놓은 잠자리를 손으로 더듬어 보았다. 별로 불편하지 않게 잘 수 있을 것 같았다. 그녀는 잠자리에 누워 문틈으로 나뭇가지에 매달려 있는 원숭이들을 보았다. 원숭이들은 잠을 청하고 있는 사람들을 말끄러미 바라보고 있었다.

맹수의 울부짖는 소리, 새들의 짹짹거리는 소리, 나뭇잎 서걱거리는 소리 등으로 온 정글이 술렁거리고 있었다.

옛날 아주 먼 옛날에 정글 속에서 살았던 인류의 조상들은 오늘날의 후손들보다 더 나은 삶을 경험하지는 못했겠지? 하고 뤼크레스는 생각했다.

13. 우두머리

주먹이 한 수컷의 안면을 향해 곧장 날아간다. 옛 우두머리를 까닭 없이 죽이고 나서도 우두머리의 화는 풀리지 않았다. 그래서 일체의 반항을 허용하지 않겠다는 뜻으로 수컷들을 때리고 암컷들까지 손에 닥치는 대로 때린다. 어린 식구들에게도 공연히 이빨을 드러내며 으르렁거린다. 그러더니 막대기 하나를 들고는 있는 힘을 다해 땅바닥을 두드린다.

  모두가 한쪽 구석에서 옹송그리고 있다. 어떤 식구들은 우두머리 자격에 이의를 제기하지 않겠다는 뜻을 분명히 밝히기 위해 항복의 자세로 꼼짝 않고 있다. 암컷들은 두 손으로 땅을 짚고 엎드린 채 엉덩이를 들어 올려 교접 자세를 취한다.

  그러나 우두머리는 지금 교접에는 흥미가 없다. 까닭 모르게 신경이 예민해져서 자꾸 성이 나는 것이다. 우두머리는 발작적인 악성을 잇달아 내지른다. 〈너희들 다 필요 없어. 난 너희 모두를 때려 주고 싶어. 그게 못마땅하거든 떠나라고.〉

  정말 떠날까 하는 생각을 떠올리는 식구들이 더러 있다. 그러나 그들은 자기들 무리에 너무 집착하고 있다. 무리를 떠나서 혼자 무엇을 할 수 있단 말인가? 그들이 진화된 동물인 까닭은 바로 무리를 지어 살기 때문이다. 다른 식구들이 없다면 그들은 그저 맹수들의 움직이는 표적이 될 뿐이다. 우두머리는 기분 내키는 대로 그렇게 포악을 떨면서, 바로 그런 점을 그들에게 일깨우고 있는 셈이다. 그들이 두려워할 게 있다면 그건 맹수가 아니라 우두머리라는 것을 일깨우고 있는 것이다.

  이윽고 우두머리는 제 풀에 지쳐 잠잠해진다. 옛 우두머리의 시체를 몇 차례 더 쥐어박고 차분한 모습으로 되돌아온 우두머리가 이제 다시 북쪽으로 길을 떠날 때가 되었음을 알린다.

그들의 발걸음에 힘이 넘친다. 저마다 우두머리가 이끄는 대로 고분고분 따르고 있음을 보여 주고 싶어 하는 것이다.

14. 리프트 밸리

두 기자는 우물물을 퍼서 대충대충 세수를 하였다. 이지도르는 여자들만 마시는 우유를 뤼크레스와 몰래 나누어 마셨다. 피를 섞어 발효시킨 우유는 별로 좋은 아침 식사가 되지 않을 것 같아서였다.

아직 너무 이른 시각이었지만, 그들은 환대해 준 마을 사람들에게 감사의 인사를 하고 다시 길을 떠났다. 그들이 리프트 밸리에 도착했을 때는 아직 동이 트기도 전이었다. 진보랏빛 하늘에서 잔성(殘星)들이 깜박이고 있었다. 그들은 새벽 어스름 속에서 두 개의 나란한 단층애로 둘러싸인 골짜기를 발견했다. 너비 1백 미터에 깊이가 60미터쯤 될 듯한 골짜기 한복판으로 물이 흐르고 있었다.

그들은 몸을 기울여 은빛 띠처럼 희뜩거리는 강물을 내려다보았다. 하늘의 진보랏빛과 강물의 은빛이 대조를 이루어 동화 속 같은 분위기를 만들고 있었다. 거무스름한 가지를 드리운 나무들에서 잎새들이 별빛을 받아 희미하게 반짝였다.

「여기가 바로 올도웨이 계곡입니다. 얼마 전까지만 해도 바닥에만 물이 흐르는 개울이었는데, 최근에 비가 많이 와서 물이 불었어요.」

그렇게 정적을 깨뜨린 것은 뤼크레스의 목소리도 이지도르의 목소리도 아니었다. 뒤를 돌아보니 훤칠한 흑인 남자 하나가 느긋한 걸음걸이로 다가오고 있었다. 서양식으로 셔츠에 면바지를 차려 입은 그는 손에 측량기를 들고 있었다. 새벽 공기가 아직 차서, 그의 말이 하얀 입김이 되어 나왔다.

남자가 자기를 소개했다. 그의 이름은 멜시오르 음바였다.

「잘 보십시오. 이곳의 해돋이는 정말 장관입니다.」

그는 일출 광경을 더 편하게 감상할 양으로 자기 자동차로 가서 접는 의자 세 개를 가져왔다. 그러고는 그들에게 컵을 내밀고 보온병에 든 향긋한 차를 따라 주었다.

「베르가모트 차예요. 여명의 마술을 제대로 감상하려면 이것도 꼭 있어야 해요.」

멜시오르는 누군가 해돋이를 완상하러 오리라는 것까지 예상했던 것처럼 만반의 준비를 해놓고 있었다. 그가 이번에는 그들에게 담요를 주었다. 그들은 담요를 몸에 두른 채 조용히 명상을 하면서 때가 되기를 기다렸다. 바야흐로 뭔가 중요한 일이 벌어질 참이었다.

아닌 게 아니라 곧 해가 올도웨이 계곡 위로 천천히 떠오르면서 웅장한 파노라마를 가리고 있던 어스름이 차츰차츰 스러졌다. 아침 햇살의 열기에 생명이 잠에서 깨어나고 온 자연이 다시 꿈틀거리기 시작했다.

아래의 계곡을 굽어보니 활기찬 아침을 맞고 있는 온갖 동물들의 모습이 한눈에 들어왔다. 코끼리, 하마, 얼룩말, 타조, 최음 분말 제조자들에게 희생되지 않고 살아남은 몇 마리 안 되는 코뿔소, 누, 하이에나, 치타, 표범, 사자, 물소 그리고 용수철을 타고 다니는 것처럼 뛰어다니는 영양.

〈이곳은 신성한 장소야. 어쩌면 이 세상에서 가장 신성한 곳일지도 몰라〉하고 뤼크레스는 생각했다.

멜시오르는 뤼크레스가 뭐라고 묻지도 않았는데, 마치 그녀에게 대답이라도 하듯 이렇게 말했다.

「인간이 태어난 곳이 바로 여깁니다.」

최초의 인간이 누구이고 그 탄생의 비밀이 무엇이든 간에, 그가 그곳에서 태어났다는 것은 분명해 보였다.

한 가지 엉뚱한 생각이 이지도르의 뇌리를 스쳤다. 〈이곳은 반드시 기념해야 할 장소다. 이곳에 오는 건 에덴동산으로 회귀하는 것과 같다. 그렇다면 세계 각국의 사람들로 순례단을 꾸려 이곳에 오게 하면 어떨까? 각각의 대륙과 나라와 종교와 문화를 대표하는 사람들이 한자리에 모여, 이 올도웨이 계곡에서 시작된 인류의 삶을 각 민족 또는 각 개인이 어떻게 가꾸어 왔는지 저마다 돌아가면서 이야기해 보는 거야. 그래, 인류의 역사를 반성하기 위해 인류의 탄생지를 돌아보는 것, 그것은 가장 멋지고 가장 자연스러운 순례가 아닐까?〉 이지도르는 그런 생각을 하며 미소를 지었다. 그는 자기가 어떤 아주 길고 복잡한 여로의 끝에 다다랐다고 느끼면서, 다시금 계곡의 장관을 만끽하였다. 거기에는 기념물도 피라미드도 대성당도 신성한 돌도 천년 묵은 나무도 필요가 없었다. 그 계곡 전체가 기념물이며 대성당이었다. 그는 가슴 벅찬 감동을 느끼며 눈을 감았다.

다른 두 사람도 깊은 상념에 빠져 있는 듯했다. 하긴, 그곳에선 누구나 인류가 걸어온 3백만 년의 세월을 생각하면서 자기 인생의 몇십 년을 돌아보게 마련이었다.

「인간은 어떻게 지구에 출현하게 되었을까요? 그것에 관해서 당신 나름대로의 가설을 갖고 계신가요?」

「나는 지질학자입니다. 그리고 물활론자(物活論者)입니다. 그런 입장에서 내 대답을 말씀드리자면, 나는 인간이 어머니이신 대지에서 나왔다고 생각해요. 여기 있는 이 계곡이 대지의 거대한 생식기입니다. 인간은 나무가 없는 저 한복판에서 나왔고, 원숭이는 나무가 빽빽한 가장자리에서 나왔습니다. 다른 동물들은 중심에서 더 멀리 떨어진 곳에서 나타났고, 저마다 제가 나타난 환경에 적응했습니다.」

뤼크레스는 자기 수첩에 〈대지 기원론〉이라고 적었다.

그들은 점점 더 환해져 가는 올도웨이 계곡의 화려한 풍광을 계속 바라보았다.

「정말 이곳에선 뭔가 모성을 느끼게 하는 것이 발산되고 있어요.」

이지도르가 말했다.

두 기자는 지질학자가 지구의 생식기라고 말한 올도웨이 계곡을 새삼스럽게 내려다보았다.

가이아.[6] 어머니이신 지구. 〈알마 마테르.〉

뤼크레스는 자기 의자를 벼랑 가장자리로 가져갔다. 그런 다음 눈을 감고 심호흡을 하면서 도처에서 풍겨 오는 온갖 꽃과 풀의 향기를 만끽하였다.

「인간의 기원에 관해서 취재를 하다 보니 이렇게 근원으로 돌아와 보는 기회도 갖게 되는군요. 여기 있으니까 기분이 참 좋아요! 꼭 오래전부터 찾아 헤매던 엄마를 마침내 만난 느낌이에요. 지구가 바로 어머니였던가 봐요.」

그녀의 말에 화답이라도 하듯, 우르릉우르릉 하는 소리와 함께 갑자기 땅바닥이 흔들리기 시작했다.

뤼크레스는 몸의 균형을 잡기 위해 팔다리를 놀려 볼 새도 없이 협곡 쪽으로 쓰러졌다.

15. 지진

갑자기 땅바닥이 흔들리기 시작한다. 그들은 어찌할 바를 몰라 제자리에 우뚝 멈춰 선다. 천적을 만나면 싸울 수 있고 불을 만나면 달아날 수 있지만, 땅이 화를 낼 때는 죽지 않기만을 바랄 뿐 달리 할 수 있는 일이 없다.

---

6 그리스 신화에 나오는 대지의 여신. 게라고도 한다.

나무들이 기울어진다. 공중을 나는 새들만이 땅거죽에 붙어사는 자들의 불행을 조용히 지켜보고 있다.

이런 일이 있으리라는 것을 미리 알아차렸어야 한다. 얼마 전부터 이상한 조짐이 있었다. 길짐승들은 땅굴에 들어가 숨었고, 날짐승들은 공중으로 부쩍 많이 날아오르고 있었다. 그 길짐승들과 날짐승들은 이런 일이 있을 줄 알고 있었던 것이다. 그러나 그의 식구들은 다른 동물들보다 더 진화된 동물이 되기를 바라다가 오히려 천부적인 지각 능력을 조금씩 조금씩 잃고 만 것이다.

흔들림이 점점 더 심해진다.

땅이 우르릉 소리를 내며 술렁거린다. 모래가 튀어 오르고 풀나무가 부들거린다.

그러다 갑자기 쿵 하는 굉음과 함께 땅이 쩍 벌어진다. 땅은 그 벌어진 틈으로 그의 식구 둘을 삼켜 버린다. 그러고는 그 두 식구를 잡아먹은 것으로 배가 다 차기라도 한 것처럼 다시 잠잠해진다. 진동이 멎는다 싶었을 때 마지막으로 가벼운 진동이 한차례 더 일어난다. 그것은 고기를 먹고 난 뒤에 나오는 트림과 같은 것이다. 이제 끝났다.

새들이 다시 내려와 앉는다.

주위를 둘러보니 뿌리 뽑힌 나무들이 많고 곳곳에 땅의 속살이 드러나 있다. 그러나 그들이 예전에 겪은 것에 비하면 이번 것은 그저 작은 지진일 뿐이었다.

무리의 우두머리는 그 돌발 사건에 더 이상 개의치 않고 다시 출발하라는 신호를 보낸다. 우두머리는 놀라우리만치 태연자약하다. 자기는 그 어떤 것에도 겁을 먹지 않는다는 투다. 우두머리는 정말로 두려워해야 할 것은 자기뿐이라는 것을 무리의 구성원들에게 다시 일깨우고 싶어 한다. 그러기 위해 우두머리는 몇몇 식구들에게 발길질을 한다.

내부의 두려움은 외부의 두려움을 몰아낸다. 마침내, 그들은 지진의 충격에서 벗어나 다시 길을 떠난다.

16. 추락

마침내 진동이 멎었다. 이지도르는 뤼크레스가 어디로 떨어졌는가를 알아보려고 몸을 기울여 벼랑 아래를 조심스럽게 내려다보았다. 그녀가 보였다. 그녀는 절벽을 뚫고 나온 굵은 나무뿌리에 매달려 있었다. 이지도르는 그녀를 끌어올리려고 손을 내밀었다. 그러나 육중한 몸이 앞으로 쏠리면서 몸의 균형이 쉽게 무너졌다. 그는 절벽을 타고 미끄러지다가 마지막 순간에 한 손으로 뤼크레스의 발목을 붙잡고 매달렸다.

이지도르의 몸무게를 견디느라고 뤼크레스는 고통을 참으며 안간힘을 썼다. 둘의 무게가 합쳐지면서 뤼크레스가 잡고 있던 나무뿌리가 구부러지기 시작했다. 뤼크레스가 잔뜩 찡그린 얼굴로 말했다.

「더 이상 못 버티겠어요.」

이지도르는 비어 있는 다른 손으로 아카시아 덤불에 매달려 있던 덩굴을 낚아챘다. 그러고는 입을 사용해서 그 임시변통의 밧줄에 서둘러 매듭을 지어 올가미를 만든 다음 그것을 뤼크레스에게 던졌다. 그녀의 조금 위쪽에 있는 나무줄기에 걸라고 준 거였다. 뤼크레스는 올가미를 잘 받긴 했지만, 그것이 너무 차갑고 매끈매끈해서 소름이 쫙 끼쳤다. 그도 그럴 것이, 올가미를 잘 살펴보니 그것은 덩굴이 아니라 비단뱀이었다.

뤼크레스는 등골이 오싹했다. 뱀은 머리 쪽에 매듭이 지어져 있음에도 꼬리로 즉시 그녀의 목을 감아 왔다.

그녀는 얼른 정신을 차리고 목에 감겨드는 꼬리를 떼어 낸 다음 올가미를 나무줄기에 걸었다. 낙원에서 인류를 쫓겨나게 한 뱀도 있지만, 그들이 지옥에서 빠져나오도록 도와줄 수 있는 뱀도 있는 거였다.

17. 협곡

그들 무리 앞에 협곡 하나가 나타난다. 그들은 절벽을 따라 내려간다. 골짜기의 바닥에는 강물이 흐르고 있다. 그들은 헤엄을 칠 줄 모르므로 강을 건널 수 없다. 그러나 모두들 강 건너편이 더 좋은 세상일 거라고 생각한다. 건너편은 언제나 더 좋아 보이게 마련이다.

마치 작은 사냥감들이 날 잡아 잡수 하고 깡충깡충 뛰어다니며 그들을 기다리고 있을 것만 같다. 정말로 그 냄새가 날아오고 있는 것처럼 느껴지기까지 한다. 강을 어떻게 건너지?

그는 바닥이 얕아 걸어서 건널 수 있는 여울이 있음을 알아차린다. 그곳이 여울임은 소용돌이가 이는 것을 보고 알 수 있다. 그는 그곳을 다른 식구들에게 가리켜 보인다. 그들이 여울로 막 들어서려는데 느닷없이 악어 한 마리가 튀어나와 무리의 옆쪽을 감시하고 있던 지배적 수컷 둘을 삼켜 버린다. 함정이었다. 악어들은 겁 없이 강을 건너려는 자들을 쉽게 잡아먹기 위해서 여울에 숨어 기다리고 있었던 것이다.

그들은 뒤처진 두세 식구를 악어의 먹이로 내버려 둔 채 부랴부랴 돌아 나간다.

강을 어떻게 건너지? 다 포기하고 오던 길로 돌아가자고 제안하는 자들이 벌써 더러 나오고 있다.

18. 낭떠러지 위에서

그들은 몸을 끌어올리려고 헛되이 애를 쓰다가 결국 밧줄처럼 잡고 있던 뱀의 등뼈를 부러뜨리기만 했다. 그래도 그렇게 뱀을 붙잡고 매달린 덕에 지질학자 멜시오르가 그들을 구하러 오기에 충분한 시간을 벌 수 있었다. 멜시오르는 아주 튼튼한 진짜 밧줄을 던져서 그들을 구해 주었다.

「낭떠러지 위에서 몸을 숙이고 아래를 내려다보는 건 금물입니다.」

멜시오르는 그렇게 실용적인 충고를 하고는 그들이 마음을 진정시킬 수 있도록 따뜻한 차를 내밀었다.

뤼크레스가 옷매무새를 고치면서 물었다.

「뭐였지요? 지진이 일어났던 건가요?」

멜시오르는 계곡을 내려다보며 피해 상황을 살폈다.

「운이 좋으셨어요. 인류 탄생의 서막이 되었던 사건을 그보다 훨씬 작은 규모로 다시 경험하셨어요. 리프트 밸리가 생기던 때의 상황이 소규모로 재현된 것이지요. 이제부터 두 분에게는 리프트 밸리가 단순한 개념이 아닙니다. 그것을 몸으로 직접 경험하셨으니까.」

이지도르가 협곡 쪽을 조심스럽게 흘깃거리며 말했다.

「저 아래로 내려가려면 어떻게 해야 되죠?」

지질학자는 비교적 덜 가파른 비탈길로 그들을 안내하겠다고 자청하였다.

「누 떼와 코끼리 떼가 대이동할 때 이용하는 길이 있습니다. 가시지요.」

19. 다리들 사이에서

그들 무리는 악어들이 매복하고 있지 않은 여울을 찾아서 강을 거슬러 올라간다. 하지만 계속 올라가 보아도 여울목마다 악어들이 우글거리기는 매한가지다. 그러다가 마침내 그들은 악어의 푸르스름한 눈이 보이지 않는 굽이 한곳을 찾아낸다.

왜 악어들은 이 굽이를 비워 놓았을까? 그들은 오래 따져 보지 않고 여울을 건너기 시작한다.

그들은 강의 한복판에 들어와서야 비로소 그 이유를 깨닫는다. 그들이 건너고 있는 여울은 코끼리들이 습관적으로 다니는 길이다.

코끼리 한 무리가 강 건너편의 풀이 더 싱싱하겠다 싶어 막 강을 건너기로 한 참이다. 그들의 활기찬 발걸음에 땅이 울린다.

코끼리 한 마리가 달려와도 무서운데, 백여 마리가 한꺼번에 몰려오니 오죽하겠는가. 게다가 물이 무릎까지 올라오는 여울 한복판에서 꼼짝없이 그들의 발밑에 깔려야 한다면 이건 그야말로 공포의 도가니에 빠질 수밖에 없는 상황이다.

무리는 두 파로 나뉜다. 살길이 자기들 앞에 있다고 생각하는 자들이 있는가 하면 뒤에 있다고 생각하는 자들도 있다. 물론 더러 물색 모르는 자들이 여울 양옆의 물속에 구원이 있다고 생각하고 뛰어들지만, 그들은 이내 단백질 덩어리가 근처에 있다는 것을 눈치채고 온 악어들에게 잡아먹히고 만다.

한 곳에서 다른 곳으로 옮겨 가는 과정은 언제나 미묘하고 불안정한 시간이다. 그들은 그런 시간을 쓰라리게 체험

하고 있다. 코끼리들은 여울에서 첨벙거리는 작은 존재들에 주의를 기울이지 않고 사정없이 밟아 버린다. 결국 고개를 숙이고 강 건너편으로 곧장 질주한 자들만이 살아남았다. 일단 강둑에 다다르니 코끼리 떼가 지나가도록 길을 비켜 줄 수 있다.

살아남은 자들은 겁에 질린 채 땅굴 속으로 몸을 숨긴다. 식구들의 수가 반으로 줄었다. 그래도 여전히 작은 무리를 이룰 정도의 수는 된다. 암컷들이 계속 새 식구를 낳고 있어서 다행이다. 그렇지 않았다면 죽는 식구들이 너무 많아서 그들 무리는 진작 사라지고 말았을 것이다.

코끼리들에게도 약간의 손실은 있었다. 어미와 떨어져 있던 새끼 코끼리 몇 마리가 악어들에게 잡힌 것이다. 악어들은 새끼 코끼리들의 코를 물고 늘어져 물속으로 고꾸라뜨렸다. 어미 코끼리들은 온몸의 무게를 실어 그 악어들을 짓밟는 것으로 앙갚음을 한다. 철벅철벅 하고 물 튀기는 소리가 요란하다. 코끼리들은 악어의 날카로운 이빨에 기다란 코와 육중한 다리로 맞선다. 파충류의 눈과 후피 동물의 눈이 격노로 이글거린다. 코끼리들이 서로 떼밀다시피 하며 악어들을 짓밟는다. 그들이 코를 들어 올린다. 악어의 이빨 자국이 선연하다.

개구리가 달아나고 왜가리가 날아오른다.

작은 폭풍이 여울목 주위를 뒤흔들고 있다. 새끼 코끼리 한 마리가 강물에 떠내려가고 악어 한 마리가 허공으로 튀어 올라간다. 애먼 물고기들이 그 싸움판에 휩쓸려 해를 입는다.

그날 밤, 작은 무리를 이룬 그들은 아직 체온이 남아 있는 코끼리의 시체에 달라붙어 잠을 잔다. 실컷 배를 채운 악어들이 먹지 않고 내버려 둔 그 코끼리의 시체는 비록 냄새는 고약하지만, 손만 뻗으면 고깃덩어리를 얻을 수 있는 편리한 야영지 구실을 한다.

20. 올도웨이 계곡

자동차가 올도웨이 강 한복판에서 진창에 빠져 헤드라이트 높이까지 잠겨 버렸다. 그들은 벌써 두 시간 넘게 차를 빼내려고 애썼지만 아무 소용이 없었다. 게다가 악어들까지 다가들기 시작했기 때문에 그들의 마음은 그저 다급하기만 했다.

「하는 수 없어요. 이제부턴 걸어갑시다.」

이지도르는 그렇게 말하면서 자동차 좌석에 올려놓은 소지품 중에서 가져갈 수 있는 것들을 챙기기 시작했다.

램프와 스웨터, 티셔츠, 금속 잔 따위를 배낭에 주워 담고, 그들은 다시 길을 떠났다. 건너편 강둑에 다다르자, 그가 지도 한 장을 펼쳐 들며 말했다.

「이 일대는 사람들이 별로 오지 않는 곳이에요. 마사이족 추장은 자기가 아제미앙 교수를 마지막으로 본 장소가 여기라고 했어요. 그런데 아까 그 지질학자는 저쪽으로 가면 사람들의 발길이 전혀 닿지 않은 밀림이 있다고 했어요.」

그는 울퉁불퉁한 암석 지대 사이에 자리 잡은 밀림을 가리켰다. 그러더니 지도상의 한 지역에 동그라미를 치며 덧붙였다.

「따라서 소피 엘뤼앙과 앙주 린줄리는 지금 여기와 여기 사이의 어딘가에 있는 게 틀림없어요.」

그들은 다시 앞으로 나아갔다.

「이런 식으로 가다가는 아무것도 못 찾아내고 공연히 다리품만 팔겠어요.」

뤼크레스는 웃자란 풀 속에서 비틀거리며 그렇게 투덜댔다. 그때, 이지도르가 갑자기 발걸음을 멈추더니 땅바닥을 가리켰다.

「한 남자와 한 여자의 발자국이에요. 남자는 마흔 살이 넘었을 겁니다. 발뒤꿈치에 몸무게를 실으면서 걷는다는 것은 나이가 들었다는 뜻이에요. 젊은 사람일수록 발의 앞쪽에 몸무게를 싣고 걷지요. 한편 이 여자는 자세를 바르게 하기 위해 특별한 훈련을 받은 사람이에요.」

「무엇을 보고 그걸 알아내신 거죠?」

「이 여자는 지나치게 똑바로 걸어요. 두 발이 완전히 평행을 이루고 있어요. 무용 교습이나 재활 교육을 받은 여자들만이 이렇게 부자연스러운 걸음걸이를 가질 수 있어요. 우리는 우리가 찾는 두 남녀의 뒤를 제대로 밟고 있는 게 거의 확실해요. 그리고 장담하건대 여자는 자기 의사에 반해서 끌려가고 있는 게 아니에요. 발걸음이 씩씩하고 동행자와 앞서거니 뒤서거니 하면서 가고 있어요.」

두 기자는 다시 북쪽으로 나아가서 문명의 흔적이라고는 전혀 없는 정글 속으로 들어갔다. 그들은 주변의 위험에 대해서 생각하지 않으려고 애썼다. 그러나 누군가에게 염탐을 당하고 있다는 느낌을 지울 수가 없었다. 나무 꼭대기 위의 아주 높은 곳에서 독수리들이 빙빙 돌며 먹이를 찾고 있었다. 인간이 동물들을 대량 학살하는 도살장을 구경하고 난 뒤에, 밀림에 들어와 거꾸로 동물들의 위협을 받는 처지가 되고 보니 기분이 이상했다. 이제는 그들 자신이 사냥감이 될 수 있는 상황이었다. 그 점에 생각이 미치자 뤼크레스는 마음이 놓이지 않았다. 문득 어미 물고기에게 〈가장 먼저 물 밖으로 나간 자들은 누구였어요?〉라고 묻고 있는 새끼 물고기의 그림이 떠올랐다. 불안을 느낀 자들이라는 말이 뇌리에서 떠나지 않았다.

그러면 가장 먼저 두 다리로 걷기 시작한 자들은 누구였을까? 고생물학자들의 주장에 따르면 그건 망상증 환자들이었다. 그들은 천적이 다가오는 것을 아주 멀리에서도 볼 수 있기를 바랐던 자들이다.

「뭔가에 불안을 느끼고 있는 사람들이 세계를 진보시킨다고 생각지 않으세요?」

뤼크레스의 느닷없는 질문에 이지도르가 대답했다.

「그런 사람들이 세상을 변화시키는 걸 겁니다. 자기들이 살고 있는 체제에 만족하고 있는 사람들은 그 체제를 문제

삼을 이유가 전혀 없지요. 따라서 그것을 변화시킬 이유도 없는 거고요……」

그는 큰 칼을 사용하여 길을 틔우며 활기차게 걸어가고 있었다.

「두 다리 보행은 그 자체로도 의미하는 바가 커요. 한 쪽 다리에 몸무게가 실려 균형이 무너진다 싶으면 얼른 다른 쪽 다리가 균형을 맞춰 주지요. 이런 식으로 걷기 위해서는 언제라도 몸의 균형이 무너져서 넘어질 수 있다는 것을 각오해야 돼요. 결국 인간은 두 다리로 걷는다는 것만으로도 앞으로 나아가기 위해 위험을 무릅쓸 준비가 되어 있음을 보여 주는 거지요.」

「하긴 그래요. 두 다리로 걷는다는 건 대단히 불안정한 이동 방식인 게 사실이에요. 전에는 그런 생각을 해본 적이 없어요.」

뤼크레스는 실제로 뭔가에 발이 부딪쳐 비틀거리다 하마터면 쓰러질 뻔하였다.

「그런 생각을 한 번도 안 해봤다면, 그건 아마도 호되게 넘어져 본 적이 없어서 그럴 겁니다.」

정글이 갈수록 빽빽해지고 으스스해졌다.

뤼크레스가 말했다.

「우리를 조롱하고 있는 자가 누구인지, 가정들을 한번 요약해 보죠. 그자는 누구일까요? 가능성은 여러 가지예요.

첫째는 반 리스베트 박사가 훈련시킨 원숭이.

둘째는 콩라드 교수가 길들인 원숭이.

셋째는 천문학자 샌더슨이 청력을 잃은 것을 복수하기 위해 하수인을 고용했을 가능성.

넷째는 과학자들을 상대로 싸우는 전투적인 환경보호주의자.

다섯째는 소피 엘뤼앙이 앙주 린줄리를 원숭이로 분장시켜 납치극을 꾸몄을 가능성.

그런데 만일 마지막 경우라면 그녀는 왜 아프리카에 왔을까요?」

「마사이족 추장이 말했잖아요. 증거를 완전히 없애서 전 남편이 발견한 것을 매장시키기 위해서라고.」

이지도르는 그만 쉬었다 가자고 제안했다. 어둠이 들기 시작했으므로 길을 잃거나 위험에 빠지는 것을 피하는 게 좋겠다는 거였다. 어둠이 더 짙어지기 전에 그들은 텐트를 쳤다. 방풍 램프를 켜놓은 텐트 안에서 그들은 침낭에 들어가 웅크린 채로 비상식량을 먹었다.

그러고 나서 이지도르는 불을 끄고 뤼크레스에게 〈잘 자요〉라고 말했다.

바로 그때 텐트 안으로 두 개의 총구가 불쑥 들어와 두 사람의 얼굴을 향했다.

「손들어!」

누군가 쉰 듯한 목소리로 말했다.

21. 그들을 닮은 무리

 적들이 나타났다. 적들은 잠자고 있는 그들을 발견하고 그들의 임시 숙영지를 에워쌌다. 이번의 적은 비비들이 아니다.

 적들 역시 두 뒷다리로 버티며 곧추선 자세를 취하고 있다. 목을 가눈 자세며 눈빛도 그들과 똑같고 수도 엇비슷하다.

 무리의 우두머리는 다른 무리의 우두머리 쪽으로 나아가서, 평소에 하던 것처럼 위협 동작을 보이기 시작한다. 하지만 다른 무리의 우두머리는 눈썹 하나 까딱 하지 않는다. 이상한 일이다. 다른 무리의 수컷들은 저희 우두머리와 똑같이 태연하고 암컷들은 소리를 지르지 않는다.

 그는 불안을 느낀다. 그의 우두머리는 적에게 겁을 줄 수 있는 온갖 표정과 몸짓과 소리를 다 동원한다. 얼굴을 찡그리고 소리를 지르고 땅바닥을 두드리고 이빨을 드러낸다. 그러나 적의 우두머리는 그저 재미있다는 듯이 바라보고 있을 뿐이다. 뒤에서 그의 무리의 암컷들이 소리를 지르고 갖가지 몸짓을 해서 가세한다. 아마 다른 때 같았으면 효과를 보아도 벌써 보았을 위협 행동이다.

 적의 우두머리는 여전히 아무 소리도 내지 않고 그들의 행동을 주의 깊게 관찰할 뿐이다.

 두 무리는 한 쪽이 다른 쪽보다 더 차분하다는 점만 빼면 아주 비슷하다.

그의 우두머리는 더 이상 기다리면 안 된다고 판단하고, 자기 앞에선 머리를 숙여야 한다는 것을 깨우쳐 주기 위해 상대편 우두머리의 머리를 때리려고 한다.

 적의 우두머리가 고개를 숙인다. 그러나 복종의 뜻으로 그런 것이 아니라 땅바닥에 떨어진 나뭇가지 하나를 집으려고 그런 것이다. 놈이 오른손에 나뭇가지를 단단히 쥐고 있다.

 그의 우두머리는 상대가 고개를 숙이는 것을 보고 긴장된 마음을 조금 누그러뜨린다. 그런데 고개를 숙이는 듯하던 적의 우두머리는 나뭇가지를 번쩍 치켜들더니, 무릎에 대고 부러뜨리는 위협 동작을 하는 대신에 정확한 손놀림으로 이쪽 우두머리의 머리를 후려친다. 이쪽 우두머리는 상대가 감히 그런 짓을 저지른 것에 너무나 격분하여 어찌할 줄을 모르고 잠시 망설이는 듯한 기색을 보이다가 갑자기 뒤로 나자빠지더니, 더 이상 움직이지를 않는다.

 적의 우두머리는 나뭇가지와 시체를 번갈아 보며 자기가 방금 자기 시대의 과학과 기술을 발전시킬지도 모를 흥미로운 실험을 했다고 생각한다.

 우두머리의 첫째 암컷이 자기 수컷의 복수를 하겠다고 달려든다. 적의 우두머리는 다시 나뭇가지를 들어 올려 미친 듯이 달려드는 암컷을 똑같은 방식으로 내리친다.

 암컷이 죽었다.

 몽둥이는 대단히 효과적인 무기다.

 양 진영의 수컷들과 암컷들이 모두 뒤로 물러선다. 적의 우두머리가 죽음을 불러오는 능력을 지녔다는 것을 갑자기 깨닫기라도 한 것처럼.

그는 자기 무리를 능가하는 더 강한 어떤 것이 있음을 직감한다. 그의 무리는 적에게 뒤져 있음이 분명하다.

어떤 신호가 떨어지자 적의 무리가 일제히 그들에게 달려든다. 적들은 저희 우두머리처럼 몽둥이를 휘두르고 있다. 그들이 달아난다. 적의 무리는 그들을 뒤쫓아오며 그들 중의 다수를 죽인다.

그들의 몇몇 암컷이 붙잡힌다. 적들은 그 암컷들을 죽이지 않고 따로 모아 놓는다. 우두머리와 다른 지배적 수컷들이 자기들의 암컷으로 만들려고 그러는 것이다. 그럼으로써 무리의 유전자가 낯선 유전자와 섞이게 될 것이다.

이렇게 해서 적의 우두머리는 몽둥이라는 개념 외에 〈전쟁 포로〉라는 개념을 만들어 낸 셈이다.

22. 소피 엘뤼앙

그들은 손을 들었다.

손전등 불빛이 그들의 얼굴을 비추었다. 그들은 눈이 부셔서 눈꺼풀을 깜박이다가, 소총의 총열 뒤로 한 여자와 한 남자를 보았다. 여자는 소매가 짧은 웃옷에 아프리카식 바지를 입고 엷은 황갈색 부츠를 신은 차림이었다. 매부리코, 턱의 작은 보조개, 매서워 보이는 파란 눈, 대체로

엄격한 느낌을 주는 인상이었다. 그녀가 바로 사진에서 본 소피 엘뤼앙이었다.

그녀 옆의 딱 바라진 남자가 예의 그 앙주 린줄리일 터였다. 영악한 느낌을 주는 작은 눈에 눈두덩이 툭 불거져 나오고 광대뼈가 솟은 얼굴이었다.

두 쌍의 남녀는 경계하는 눈초리로 서로를 노려보았다.

「이 사람들이에요?」

소피 엘뤼앙이 묻자 동행한 사내가 대답했다.

「예. 아까 이들이 절벽을 내려오는 걸 봤어요. 우리의 뒤를 밟은 게 확실해요.」

「이 사람들 대체 누구예요?」

그녀가 텐트 안으로 다가들면서 물었다.

「이들에게 물어보지요. 아주 정중하게요. 다만, 우선은 이들이 도망칠지도 모르니까 묶어 두는 게 낫겠어요. 여자부터 묶지요.」

앙주 린줄리는 태평하게 뤼크레스 쪽으로 다가갔다.

그는 너무 방심하고 있었다. 그가 가까이 오자 뤼크레스는 그의 샅을 겨냥하여 무릎을 날림과 동시에 손날로 빗장뼈를 후려쳤다. 그러더니 어느새 총열을 잡고 그의 소총을 빼앗아 그것으로 그의 무릎을 힘껏 내리쳤다. 소피 엘뤼앙이 자기의 총을 들이밀었지만, 뤼크레스는 아주 능숙한 발차기로 총을 떨어뜨린 다음, 상대의 머리채를 잡고 왁살스럽게 끌어당겼다. 그러느라고 그녀는 남자가 다시 정신을 차려 그녀 뒤로 다가드는 것을 알아차리지 못했다. 남자가 그녀의 두 손목을 꽉 움켜쥐었다. 뤼크레스는 얼떨결에 잡고 있던 머리채를 놓아 버렸다. 곧 두 남녀가 뤼크레스를 덮쳤다. 그러는 동안 이지도르는 그 느닷없이 난무하는 폭력에 아랑곳하지 않고 차를 좀 끓일 양으로 침낭 밖으로 빠져나왔다.

그는 자기의 턱을 겨냥하고 날아온 주먹을 아슬아슬하게 피한 다음, 작은 캠핑 버너에 불을 붙이고 배낭에서 다르질링 차를 꺼내어 보온병에 넣었다. 그의 뒤에서 벌어지던 싸움의 형세는 뤼크레스에게 완전히 불리하게 돌아가, 그녀는 이제 손발이 묶인 채 바닥에 엎드려 있었다. 이지도르는 널따란 어깨를 한번 치켜 올렸다가 내리고는 보온병에 든 차의 빛깔을 확인하였다.

「자, 다들 재미있게 노셨으니, 이제 얘기를 할 수 있겠네요. 제가 여러분을 위해 차를 준비했습니다.」

사내는 이지도르마저 결박하려고 덤벼들었다. 이지도르는 사내와 맞서 싸우는 것을 삼갔다. 사내는 그의 손을 뒤로 돌려서 묶으려고 했다. 그러나 그의 몸집이 워낙 거대해서 아무리 해도 손을 뒤로 돌릴 수가 없다.

이지도르가 한숨을 내쉬며 말했다.

「애들 장난 같은 짓 좀 그만둬요.」

그는 손을 홱 뿌리쳐 상대를 떼어 내었다. 하지만 상대는 호락호락 물러서지 않고 다시 소총을 잡았다.

이지도르가 나직한 목소리로 말했다.

「그런 장난감으로 내게 겁을 주려고 하시는 모양인

데…….」

그러면서 그는 총을 든 사내에게 향긋한 차가 담긴 금속 잔을 내밀었다.

앙주 린줄리가 화를 내며 말했다.

「내가 집게손가락을 조금만 움직여도 당신을 죽일 수 있다는 거 알고 있소?」

이지도르는 상대의 눈을 뚫어지게 바라보았다.

「그럼 당신은 내가 전혀 움직이지 않고도 죽임을 당할 수 있다는 거 알고 있어요?」

그는 식어 가는 차를 홀짝이기 시작했다.

사내는 그 담담한 대꾸에 놀라 총부리를 내렸다.

결박당한 뤼크레스는 여전히 바닥에서 버둥거리고 있었다.

소피 엘뤼앙이 물었다.

「당신들 여기에 뭐 하러 온 거지?」

「먼저 내 동료를 풀어 주세요. 내가 기꺼이 다 말할 테니.」

앙주 린줄리와 소피 엘뤼앙은 머뭇거렸다. 자기들이 총을 갖고 있긴 하지만, 미친 듯이 나대던 뤼크레스를 결박하느라고 너무 애를 먹었던 터라, 그렇게 쉽게 풀어 주고 싶지가 않았던 거였다. 하지만 태평하게 차를 홀짝이고 있는 이지도르의 차분함이 자꾸 마음에 걸렸다.

앙주 린줄리는 그가 너무나 태연하다는 것에 오히려 화가 났다.

「이자를 그냥……..」

그가 중얼거리고 있는데 소피 엘뤼앙은 벌써 뤼크레스의 결박을 풀고 있었다.

소피 엘뤼앙이 툽상스럽게 말했다.

「허튼 생각 하지 마. 조용히 있지 않으면, 주저 없이 쏴 버릴 거야.」

잠시 서먹서먹한 분위기가 흘렀다. 이지도르는 다른 세 사람에게 고집스럽게 차와 건포도 쿠키를 권했다. 마침내 모두가 그의 권유를 받아들였다.

「설탕을 하나 넣을까요, 둘 넣을까요?」

이지도르가 마치 자기 집에 온 손님을 대하듯이 그렇게 묻자 소피 엘뤼앙이 대답했다.

「됐어요. 난 설탕 넣지 않아요.」

그녀는 정글 한복판에 들어와서도 자기의 몸매를 걱정하고 있는 거였다.

이지도르가 사근사근하게 덧붙였다.

「설탕이 싫으시면, 쉬크레트[7]도 있는데 그걸 넣으시죠.」

「그럼 주세요. 그건 괜찮아요.」

너무 뜻밖의 장면이 벌어지고 있어서 난입자들은 더 이상 어떻게 행동해야 할지를 모르고 있었다.

이지도르가 손을 벌려 앞으로 내밀면서 말했다.

「인사드릴게요. 나는 이지도르 카첸버그이고 여기 있는 내 친구는 뤼크레스 넴로드예요. 우리는 둘 다 『르 게퇴르

---

7 작은 알약 모양으로 된 합성 감미료의 상표 이름.

모데른』의 과학 담당 기자인데, 두 가지 주제에 관해서 조사를 벌이고 있어요. 두 가지 주제란 첫째는 부인의 전남편인 아제미앙 교수의 죽음이고 둘째는 인류의 기원이에요.」

뤼크레스는 언제라도 다시 싸움을 벌일 채비를 하고 있었다. 그녀는 이지도르가 어쩌면 그렇게 침착하고 태연할 수 있는지 이해할 수가 없었다.

앙주 린줄리 역시 그 모든 게 정상이 아니라고 생각하고 있었다. 적대하는 사람들끼리의 만남에는 그것에 맞는 법도가 있어야 한다. 적과 함께 차를 마시고 이야기를 나누기보다는 협박을 하거나, 아니면 폭력을 써서라도 정보를 알아내야 하는 것이다.

그는 자기의 그런 감정을 숨길 수가 없었다.

「일이 이렇게 되면 안 되는데. 이건…… 문제가 있어.」

이지도르는 그의 마음을 편하게 해주려고 애썼다.

「뭐가 문제라는 겁니까? 이 티타임이요? 우리가 지금 싸우지 않고 있는 게 이상합니까? 아닙니다. 이게 정상입니다. 여기 오기 전에 만난 마사이족 추장이 그러더군요. 우리 서양 사람들은 교육을 잘못 받으며 자랐다고. 그래요. 이건 교육의 문제예요. 일반적으로 폭력을 사용하는 사람은 자기를 남에게 이해시키는 다른 방법들을 배우지 못한 사람입니다. 내가 보기에는 우리가 서로 폭력을 사용하는 것보다는 이렇게 차를 마시면서 이야기하는 편이 정보를 교환하는 데에 더 유리합니다. 차 맛이 어떻습니까? 너무 약한 건 아닌가요?」

뤼크레스는 짜증이 났다.

「밤새도록 차 얘기나 하면서 이러고 있을 거예요?」

그러고는 소피 엘뤼앙을 돌아보며 말했다.

「당신네 공장에 갔다가 당신이 어떤 원숭이에게 납치당하는 걸 봤어요. 대체 일이 어떻게 된 거죠?」

소피 엘뤼앙이 말문을 열려고 하는데, 이지도르가 그녀 대신 나섰다.

「그건 진짜 납치였어요, 뤼크레스. 그런데 아프리카에 도착해서 앙주 린줄리 씨가 부인에게 자기 행위의 이유를 설명하고 자기와 함께 여행을 계속하도록 설득한 거예요. 그렇죠?」

「그래요. 사실, 나는……」

이지도르가 다시 그녀의 말문을 막았다.

「앙주 린줄리 씨는 아마 어떤 지도를 가지고 있노라고 고백했을 거예요. 아제미앙 교수가 주장한 이론의 증거가 있는 곳을 표시해 놓은 지도였을 겁니다. 앙주 린줄리 씨는 그걸 가지고 부인을 설득했을 겁니다. 자기와 함께 가자고 말입니다. 그렇지 않습니까, 부인?」

뤼크레스가 더 이상 참지 못하고 목청을 높였다.

「좋아요, 알았어요. 그럼 아제미앙 교수의 이론이 대체 어떤 거였지요?」

「그건 비밀입니다.」

앙주 린줄리의 대답은 단호했다. 마치 소피 엘뤼앙이 해서는 안 될 이야기를 불쑥 지껄일까 봐 미리 쐐기라도 박는 듯했다.

　잠시 침묵이 흘렀다. 그러는 동안 정글의 온갖 소리들이 텐트 안으로 가득 밀려왔다.

「정작 중요한 얘기는 못 하시겠다 이거죠? 좋아요, 그럼 무슨 얘기를 하고 싶으세요?」

　뤼크레스는 화가 났다. 차라리 몇 대 때리고 위협을 해서 이실직고하게 만드는 편이 나았을 것 같은 생각이 들었다.

　그러나 이지도르는 여전히 차분했다. 그가 제안했다.

「인류의 기원에 관해서 우리 손님들의 의견을 들어 보면 어떨까요?」

　이지도르는 마치 우스갯소리 경연 대회라도 벌이려는 사람처럼 즐거워했다. 다른 사람들의 시선에는 불신과 경계의 빛이 가시지 않았는데, 그의 시선에는 그런 기색이 없었다. 그는 줄곧 뭔가를 먹고 있었고, 그 상황을 무척 재미있어 하는 듯했다.

23. 패배 이후

　그들은 더 이상 뒤따라오는 적이 없을 때까지 달린다.

　그러다가 달리기를 멈추고 가쁜 숨을 가눈다.

　살아남은 자들이 모두 숲 속의 빈터로 모여든다. 이제 상황을 점검하고 앞으로의 삶을 준비해야 한다.

모두가 두려움에 떨고 있다. 이제 우두머리도 없고 젊고 건강한 암컷들도 없으므로 그들에게는 희망이 없다. 그럼에도 그들은 패배의 원인을 따져 보고 죄인을 찾아보려고 한다.

그들은 식구들의 수가 충분치 않아서 패배했다고 생각한다. 그러나 그는 그것이 잘못된 생각임을 안다. 그들이 패배한 이유는 시대가 달라졌기 때문이다. 이제 그들은 위협 동작이 중요성을 잃은 세상에 살고 있다. 이제는 소리나 몸짓으로 적을 제압하는 시대가 아니라 무조건 때리고 죽이는 시대인 것이다.

마지막 남은 암컷들이 소리를 지른다. 너무 늙거나 너무 고약한 냄새가 나서 적들이 데려가지 않은 암컷들이다. 그들이 소리를 치는 까닭은 새 우두머리를 뽑아야 한다는 것을 일깨우기 위해서다.

그것은 무리 전체의 기분을 바꾸는 데 도움이 될 것이다. 패배를 잊기 위해서라면 무엇이든 해야 한다.

우두머리 선출은 늘 하던 방식으로 이루어질 것이다. 모든 지배적 수컷들이 서로 싸움을 벌여서 마지막까지 남는 자가 우두머리가 되는 것이다.

그도 싸움에 참가해야 한다. 일체의 예비 절차도 없이 곧바로 결투가 벌어진다. 모든 지배적 수컷들이 서로 달려들어 싸운다. 그는 열의 없이 싸우다가 긴 송곳니를 가진 야심만만한 젊은 수컷을 마주하여 싸움을 포기하고 만다.

바로 그때, 다들 전투에서 죽었다고 생각했던 세 수컷이 포로로 잡은 적의 암컷 셋을 각자 하나씩 어깨에 메고 돌아온다. 그들은 어떻게 그런 일을 해냈을까?

그들이 설명한다. 전투의 와중에서 그들은 숨는 쪽을 선택했다. 적들이 젊고 아름다운 암컷들을 골라 납치해 가는 것을 보고, 그들은 자기들도 뭔가를 해야 한다고 생각했다. 자칫하다간 그들 무리에는 늙고 병든 암컷들만 남을 것 같았던 거였다. 그래서 그들은 적의 그 세 암컷들을 몰래 납치해 왔다.

포로가 된 암컷들은 두려움 때문에 몸이 얼어붙은 듯 꼼짝도 하지 않고 있다. 이들은 왜 달아나지 않는가? 그들 무리가 두려워서인가? 아니다. 그는 답을 알고 있다. 고독에 대한 두려움 때문이다. 이 암컷들은 자연 속에서 홀로 헤매고 다니느니 차라리 무리 속에서 굴욕적으로 사는 게 낫다고 생각하는 것이다.

이 암컷들을 당장 죽이자고 제안하는 식구들이 있다. 새 우두머리의 선출도 축하하고 패배도 설욕할 겸 이들을 잡아먹자는 것이다. 그러나 방금 새 우두머리로 선출된 수컷은 세 암컷이 마음에 들어 이들을 모두 자기의 암컷으로 선언해 버린다. 여기저기에서 항의의 외침이 인다. 어떤 자들은 이렇게 주장한다. 그들이 적에게 패한 것은 적이 그들보다 영리하기 때문이다. 따라서 적들만큼 영리해지고 싶으면 포로들의 골을 먹어야 한다고.

그러나 새 우두머리는 임신할 수 있는 젊은 암컷들이 없으면 그들 무리가 영속될 수 없다는 점을 들어 그들을 설득한다.

새 우두머리는 더 이상 그 문제를 가지고 토론하고 싶지 않다고 쐐기를 박으면서 이제 모두 먹이를 찾으러 가야 한다고 이른다.

살아남게 된 것에 만족한 포로들은 복종의 뜻으로 팔을 앞으로 내민다. 우두머리가 원한다면 물어뜯어도 좋다는 뜻이다. 우두머리는 세 암컷을 차례로 살펴보고 그들의 복종을 받아들인다는 뜻으로 손을 때린다. 세 암컷은 다소곳하게 머리를 숙이고 있다. 그런데 그중의 한 암컷이 고개를 조금 치켜든다. 암컷의 눈이 보인다.

그와 그미의 눈길이 처음으로 마주친 것이 바로 그 순간이다.

24. 다시 새로운 이론

인류의 기원에 관한 앙주 린줄리의 이론은 자못 독특했다.

「내가 보기에 모든 것은 성(性)에서 비롯되었습니다. 아주 오랜 옛날에 영장류 동물 중에서 일부가 직립 자세를 취할 수 있게 되었습니다. 직립 자세는 영장류 동물에게 많은 변화를 가져왔어요. 그 변화 중에서 특히 주목할 것이 성기의 노출입니다. 일반적으로 동물들의 성기는 감추어져 있습니다. 원숭이를 보세요. 암컷의 엉덩이는 빨갛게 드러나 있지만 앞부분은 드러나 있지 않습니다. 또 침팬지의 수컷이나 개의 수컷을 보세요. 그들의 외부 생식기를 식별하려면 밑에서 보아야만 합니다. 그런데 직립 자세를 취하게 되면 사정이 달라집니다.」

비록 포르노 배우의 입에서 나오는 이야기이긴 했지만, 그 가정은 적어 둘 만큼 흥미가 있어 보였다. 뤼크레스는 배낭에서 수첩을 꺼내어 〈슈퍼 섹슈얼리티 이론〉이라고 적었다.

앙주 린줄리의 이야기가 이어졌다.

「직립 자세는 대면위(對面位)라는 독특한 체위를 가능하게 했습니다.」

「대면위는 인간만 사용하는 체위가 아니에요. 드물긴 하지만 그런 자세로 교미를 하는 동물들이 있어요. 돌고래나 보노보 침팬지처럼 말이에요.」

이지도르가 그렇게 토를 달았다.

「어쨌거나 서로 마주보는 자세로 사랑을 하게 되면 행위를 하는 동안에 상대의 눈을 보게 되지요. 거기에서 에로티시즘이라고 하는 새로운 개념이 생겨납니다.」

소피 엘뤼앙은 공인되지 않은 그 이론에 무척 흥미를 느끼는 것 같았다. 앙주 린줄리가 설명을 계속했다.

「에로티시즘의 극치는 황홀경에 도달한 순간에 상대의 눈빛을 즐기는 것입니다. 세상에 그보다 더 아름다운 것은 없습니다. 아름다움이라는 개념이 바로 그 눈빛에서 생겨나는 것이지요. 사랑하는 사람에게 쾌락을 주는 순간에 나타나는 상대의 눈빛, 그 눈빛을 닮은 것은 아름답지요. 또 직립 자세는 유방을 성감대로 변화시켰습니다. 직립 자세 이전의 네발짐승 시절에는 아무도 유방에 관심을 갖지 않았어요. 그저 새끼들에게 젖을 주기 위해서 사용되었으니까요. 그런데 직립 자세로 마주보게 되면서 유방이 여성적인 매력과 에로티시즘의 요소로 변한 겁니다.」

이지도르가 미소를 지으며 말했다.

「인간은 직립 자세가 야기한 성기 노출 때문에 많은 변화를 겪은 동물이라는 얘기군요. 어쨌거나 새로운 이론이긴 해요…….」

소피 엘뤼앙이 덧붙였다.

「직립 자세를 취하게 되면서, 암컷들 역시 자기 짝의 특성과 욕망의 강도를 멀리서도 알아볼 수 있었겠네요. 서 있는 자세에서는 아무것도 감출 수가 없으니까요.」

「새롭게 고조된 성적인 관심, 상대의 시선, 그런 것들이 많은 감정을 불러일으켰을 것이고, 그것을 설명하기 위해서 언어가 필요했을 겁니다.」

「그래서 예절, 위선, 시 같은 것도 생겨났을 거고요.」

뤼크레스가 그렇게 덧붙였다.

「수줍음이라는 것도 생겨났지요. 암컷들의 욕구는 수컷들의 욕구보다 충족되기가 더 어려웠을 테니까요.」

그 말에 모두가 웃음을 터뜨렸다. 특히 소피와 뤼크레스가 흔쾌하게 웃었다. 아마도 그녀들은 자기들의 파트너에게 성행위를 다시 요구하고 싶어도 수줍음 때문에 그러지 못했던 일을 떠올리고 있는 모양이었다.

앙주 린줄리가 말을 이었다.

「상대의 욕구를 정면으로 바라본다는 것은 근본적인 변화였습니다. 우리의 먼 조상들은 갑자기 성에 열중하게 되었어요. 단지 생식을 위한 교접이 아니라 성 그 자체에 눈을 뜬 것이지요. 내가 보기에, 직립 자세를 취한 최초의 영장류는 아무하고나 마음대로 교접을 했을 겁니다. 인간은 어쩌면 어떤 영장류 동물의 어미와 자식 사이에서 태어났을지도 모릅니다.」

「근친상간에서 나왔단 말인가요? 말도 안 돼요. 근친상간은 퇴화를 가져올 뿐인데요.」

뤼크레스가 얼굴을 찡그리면서 그렇게 말했다.

「바로 그거예요. 근친상간이 일종의 선천적인 퇴화를 야기해서 인류가 생겨났을지도 모른다는 얘기예요.」

「그러니까 인간은 자연을 거스른 교접에서 나온 기형적인 원숭이라는 말인가요?」

뤼크레스가 속필로 수첩에 받아 적으며 되물었다.

「맞아요. 고대의 신화들에 한 쪽의 어버이에게서만 나온 반신반인(半神半人)들이 그토록 많이 나오는 이유가 바로 거기에 있어요. 성서에 사과를 먹는 행위가 나오지요. 제가 보기에 그것은 금지된 성행위의 은유입니다. 금지된 성행위를 한 뒤에 인류는 그 태초의 비밀을 감추기 위해 금기를 만들었을지도 모릅니다.」

각자 그 별난 이론과 그것이 내포하는 기이한 의미를 곱

씹어 보느라고 침묵을 지켰다.

앙주 린줄리가 목에 힘을 주어 말했다.

「성, 그것이 바로 진화의 비밀입니다. 유전자를 더욱 잘 뒤섞고 가능한 조합의 수를 늘리기 위해서 모두가 모두와 섹스를 해야 합니다.」

그는 뤼크레스의 봉긋한 젖가슴 쪽에 눈길을 한번 주고 나서 이야기를 계속했다.

「내가 우생학에 반대하는 것도 바로 그런 이유에서입니다. 나는 서커스단에서 난쟁이, 거인, 사지가 짤막한 사람, 상피병(象皮病)에 걸린 사람 등을 만났습니다. 사람들은 그들을 그저 구경거리로 생각하지만, 그들은 어쩌면 새로운 인류의 대표자들일지도 모릅니다. 의술이 진보하면서 이제 모든 부모들이 잘생기고 건강하고 똑똑한 아이들을 원하고 있습니다. 또 유전 공학이 발달하면서 사람들은 옥수수나 소나 닭을 상대로 성취한 일, 곧 가장 좋은 요소를 골라서 복제하는 일을 이제 사람을 상대로 해서 하려고 합니다. 하지만 그렇게 만들어진 식물이나 동물들은 모두가 너무나 비슷하기 때문에 어떤 병이 나타나면 일거에 모두가 죽어 버립니다. 오히려 약간의 결함이 있는 불완전한 존재였다면 스스로 독창적인 방어 체계를 발전시켰을 텐데 말입니다.」

그가 단호한 말투로 결론을 내렸다.

「두고 보십시오. 세계는 사람들의 놀림을 받는 바보들과 괴물 같은 자들에 의해서 구원될 것입니다.」

뤼크레스는 첫인상이 그토록 마음에 들지 않았던 남자에게 자기가 연민을 느끼고 있음을 알고 스스로 놀랐다.

그들 사이에 암묵적으로 화해가 이루어졌다. 그 두 쌍의 여행자들은 이튿날 함께 길을 떠나기로 의견을 모았다.

소피 엘뤼앙과 앙주 린줄리는 두 기자의 텐트 옆에 자기들의 텐트를 쳤다.

뤼크레스는 잠결에 무의식적으로 이지도르의 푸근한 배에 바싹 다가가서 몸을 웅크렸다. 그는 캐러멜 냄새를 은은하게 풍기는 자그마한 여자가 그렇게 가까이에 있다는 사실에 가슴이 뭉클하였다. 그는 부드러운 머리채를 쓰다듬어 주고 빙그레 웃으며 잠이 들었다.

25. 아 암컷이여!

그는 덤불을 뒤지며 먹을 것을 찾는다. 거북이 한 마리가 눈에 띈다. 그것을 잡긴 했으나 먹기가 곤란하다. 거북은 잡히자마자 머리를 딱지 속으로 옴츠려 들인다. 짜증이 난다. 이 먹이는 껍질로 너무 단단하게 보호되어 있다.

그가 거북을 잡고 흔든다. 짜증 나게 하는 그놈을 죽이고 싶다. 그때 누군가 그의 어깨에 다정하게 손을 얹는다. 포로가 된 세 암컷 중의 하나다.

바로 그미다.

그미는 오른손으로 거북을 잡고 왼손에 나무 막대기 하

나를 쥐더니, 그 막대기를 거북의 딱지 속에 쑤셔 넣는다. 거북이 다시 목을 내민다. 그러자 그미는 앞니 부딪는 소리를 내며 놈의 주둥이를 먹어 버린다.

그는 경탄 어린 눈길로 그미의 거동을 지켜본다. 딱지가 있는 동물을 잡아먹을 때는 바로 그렇게 하는 것이다. 그는 그 가르침에 감사하기 위해 그미의 털가죽을 긁어 주겠다는 뜻의 표정을 짓는다.

그미가 받아들인다. 이것은 그가 이제껏 경험한 것 중에서 가장 정겹고 가슴 설레는 긁어 주기 장면이다. 우선 그미의 털가죽 속에서 갖가지 애벌레와 진드기를 찾아내어 사이좋게 나눠 먹을 수 있어서 정겹고, 다음으로 그의 손길이 그미의 털가죽에 닿음에 따라 그미가 코에 익은 호르몬 냄새를 풍기고 그미의 엉덩이가 발갛게 부풀어 오르기 때문에 가슴이 설렌다.

그는 그미를 즐겁게 해주고 싶어서 뒤에서 교접을 하려 한다. 그러나 그미는 몸을 빼내며 거절한다. 그는 그미의 마음을 이해할 수가 없다. 이제 오렌지빛을 띤 그미의 엉덩이는 그미의 감정을 분명히 드러내고 있음에도, 그미는 교접 자세를 한사코 거부한다. 그 턱없는 오만함에 그는 그저 아연할 뿐이다.

다른 무리에서 온 포로인 주제에 나를 업신여기다니!

하지만 그 태도가 반감을 주기보다는 오히려 그의 호기심을 자극한다. 그는 그미의 팔을 잡는다. 그미는 그를 밀쳐 내고는 발그레한 엉덩이를 그의 얼굴에 바싹 갖다 대고 흔든다. 도대체 그미의 속셈이 뭔지 알 수 없어서 그미가 원하든 원하지 않든 에라 모르겠다 하고 그미의 엉덩이에 올라타려고 하는데, 무리의 다른 암컷이 느닷없이 나타난다. 다들 〈뽀얀 젖퉁이〉라고 부르는 암컷이다. 뽀얀 젖퉁이는 자기보다 더 매력적인 경쟁자를 때리고 싶어 하지만 그가 중간에 끼어들어 그미를 지켜 준다.

뽀얀 젖퉁이는 무리의 새 우두머리를 찾아가서 수컷 하나가 그의 암컷 하나를 훔쳐 갔노라고 일러바친다. 그러나 우두머리 역시 그 아름다운 포로들 중의 하나와 한창 사랑의 행위를 벌이고 있던 터라 범죄자를 벌하러 달려가기를 거부한다. 우두머리를 모독한 범죄일지라도 교접을 중단하면서까지 서둘러 다스릴 필요는 없는 것이다. 뜻을 이루지 못한 뽀얀 젖퉁이는 홧김에 어떤 수컷 하나를 붙잡고, 만일 즉석에서 자기와 교접을 하지 않으면 귀에 대고 소리를 지르겠다고 위협한다.

훼방꾼이 사라지자 그와 그미는 다시 마음이 편안해진다.

그들은 자리에서 일어서 상대의 눈에 시선을 붙박는다. 그미는 눈도 한번 깜박이지 않고 그를 바라본다. 그는 이런 느낌을 한 번도 가져 본 적이 없다. 눈길을 낮출 엄두가 나지 않는다. 하지만 그는 알고 있다. 그가 그미의 젖가슴을 볼 수 있듯이 그미도 자기의 거시기를 볼 수 있음을.

그는 두려움과 흥분으로 몸을 부들거린다.

그미가 여전히 그에게서 눈길을 떼지 않은 채 바싹 다가와, 그의 거시기를 만진다. 마치 곁눈으로만 힐끗 보던 것을 촉각으로 확인하고 싶어 하는 듯하다. 그미가 생끗 웃는다. 그러더니 그의 손을 잡아 자기 자신의 거시기 위에 올려놓는다.

참으로 이상한 느낌이 든다. 손을 이런 식으로 사용하다니! 그미가 속해 있었던 무리는 여러 가지 별난 행동을 하고 있음이 분명하다.

그들은 서로 어루만진다. 그는 자기가 뭔가 새로운 것을 배우고 있다고 느낀다.

그미는 그렇게 서로 어루만지는 것에 만족해하는 듯한 모습을 보이더니, 그의 정면으로 바싹 다가들어 자기의 골반을 그의 골반에 갖다 붙인다.

그는 그미에게 엎드린 자세를 취하게 하려고 한다. 그러나 그미는 서로 마주보고 있겠다고 고집을 부린다. 그는 이해할 수가 없다. 교접을 허락하지 않을 거면서 왜 자기를 그토록 흥분시켰는지를 말이다.

문득 어떤 놀라운 생각이 그의 뇌리를 스친다. 그미가 원하는 건 앞으로 하는 교접이다. 그래 틀림없다. 그미는 마주 보는 자세로 성행위를 하고 싶어 하는 것이다.

26. 성역의 수호자들

앙주 린줄리는 그들이 이제 지도에 표시된 지역에 다다랐다고 알렸다. 그들의 정면에 가파른 언덕이 좌우 양쪽으로 솟아 있었고, 그 가운데는 밀림으로 덮인 분지였다.

그들은 분지로 내려갔다.

땅의 기복이 아주 심하였다. 아마도 리프트 밸리가 생겨날 때 만들어진 기복일 터였다. 뜻하지 않은 곳에 협곡이 있다 싶으면 돌연 비탈과 함몰지가 나타나곤 했다. 분지 한복판에는 작은 분화구가 움푹 패여 있는 빈터가 있었다. 이상하리만큼 적막한 그곳에서 그들은 발걸음을 멈추었다.

「다 온 것 같아요!」

소피 엘뤼앙이 들뜬 음성으로 소리쳤다.

그녀가 조금 더 앞으로 나아가 보려고 다시 발걸음을 옮기려던 찰나에 높은 곳에서 어떤 물건 하나가 쌩 하고 날아왔다.

익지 않은 망고였다.

소피 엘뤼앙은 그 열매에 관자놀이를 너무 세고 정확하게 맞았기 때문에 비틀거리다가 뒤로 나자빠졌다. 다른 세 사람이 그녀를 구하러 달려가려고 하자, 돌처럼 단단한 푸른 망고들이 비 오듯 쏟아졌다. 그들이 마침내 그녀에게 다가갔을 때, 그녀는 더 이상 움직이지 않고 있었다.

이지도르는 그녀의 맥을 짚어 보았다. 그가 아연 실색한 얼굴로 더듬거렸다.

「숨이…… 끊어졌어요…….」

공터 주위의 나무 꼭대기에서 요란하게 까르륵거리는 소리가 들려 왔다. 소피 엘뤼앙을 죽음으로 몰아넣은 그 작은 공격자들이 그들을 조롱하고 있는 듯했다.

앙주 린줄리는 벌써 소총을 꺼내 들고 나무 꼭대기 쪽을 겨냥하고 있었다. 한 놈이 총에 맞아 둔중한 소음을 내며 땅바닥에 떨어졌다. 그러나 다른 놈들은 벌써 숲 속으로 다 흩어져 버렸다. 그는 이쪽저쪽으로 계속 총을 쏴댔지만, 그저 탄알만 소모했을 뿐이었다.

그들은 소피 엘뤼앙을 땅에 묻었다.

한동안의 침묵을 깨고 뤼크레스가 물었다.

「이제 어떻게 하죠?」

앙주 린줄리는 쌍안경을 이용하여 주위를 찬찬히 살피고 있었다.

뤼크레스가 더 잘 보기 위해 눈살을 찌푸리면서 물었다.

「명주원숭이예요?」

「아니요. 갈라고예요. 여우원숭이의 일종이죠. 호모 사피엔스의 사촌쯤 되는 놈들이에요. 저희들의 영역에 침입한 자들을 이렇게 가차 없이 죽일 수 있다는 것만으로도 우리와 가깝다는 점이 증명되는 셈이군요.」

그들은 쌍안경을 서로 건네면서 나뭇가지에 매달려 있는 여우원숭이들을 보았다. 놈들의 하얗고 긴 털로 덮여 있는 얼굴이 꼭 소인국의 노인 같은 느낌을 주었다.

여우원숭이들의 꼬리는 몸보다 더 길었다. 털빛은 밝은 회색이거나 은빛이 도는 갈색이었으며 눈 주위와 주둥이는 색깔이 더 짙었다. 놈들은 모두 망고를 들고 침입자들을 공격할 채비를 하고 있었다.

「우리가 제 놈들의 영역에 침입한 것은 사실이지만, 너무 공격적으로 나오는데요. 밀림에서 오래 살아 봤지만 저렇게 공격적인 여우원숭이들은 처음 봐요.」

앙주 린줄리가 불안한 기색을 보이며 말했다.

뤼크레스가 턱으로 분화구를 가리켰다.

「저기에 뭔가 있을 것 같은데, 놈들이 접근을 막고 있어요.」

「놀라운 일이에요. 놈들이 지키고 있는 곳은 바로 아제 미앙 교수가 지도에 강조 표시를 해놓은 지점이에요. 아주 정확하게 일치해요.」

앙주 린줄리의 말에 이지도르가 중얼거렸다.

「성역의 수호자들이군요······.」

27. 그미

그와 그미는 높은 나뭇가지에 올라가 몸을 숨긴다. 그들은 위태위태하게 균형을 유지하면서 서로 마주보는 자세로 사랑을 나눈다. 나뭇가지가 소리를 내고 잎새들이 흔들린다. 그들의 얼굴에 웃음의 시초가 될 법한 작은 경련이

인다. 그들은 자기들이 뭔가 새로운 일을 벌이고 있다고 느낀다.

그들은 나무에서 내려와 이리저리 뛰어다니며 논다.

그러다가 다시 사랑을 나눈다.

그미가 계속 서 있기를 고집하므로, 그는 그미가 달떠 있는 상태인지 아닌지를 가늠하기가 어렵다. 그의 눈에 보이는 것은 그미의 젖가슴뿐이다.

전에는 성기가 수컷의 마음을 달뜨게 하는 부위였다. 암컷이 두 손으로 바닥을 짚고 엎드려 있으면 뒤에서 그것이 부풀어 오르는 것을 볼 수 있었기 때문이다. 그러나 암컷이 서 있을 때는 오로지 젖가슴만이 암컷의 원하는 바를 알려 준다. 이것도 하나의 진화일까?

그들은 다시 사랑을 나눈다. 너무나 황홀하여 머리가 어질어질해지도록.

그는 암컷들의 욕구가 쉽사리 충족되지 않는다는 것을 안다. 그 욕구는 억제되기가 어렵다. 아직 수줍음이라는 개념이 생겨나지 않았기 때문이다.

다섯 번째 교접이 끝나자 조금 피곤하다는 느낌이 든다. 그들은 덤불 속으로 들어가 뛰어다니며 논다. 겁먹은 개구리들이 탐방탐방 물웅덩이로 뛰어든다. 그들은 벌집을 함께 공격하기로 한다. 그미가 꿀을 채취하는 비결을 그에게 알려 준다. 벌집을 통째로 집어서 물웅덩이에 재빨리 던지는 것이 그 비결이다. 그러나 그것을 할 때는 신속하게 해야 한다. 그러지 않으면 벌들에게 다시 공격해 올 시간을 주게 된다.

그는 그미가 알려 준 비결 대신에 흰개미 잡는 법을 가르쳐 준다. 막대기를 흰개미집 속에 집어넣었다가 도로 꺼내는 것이 바로 그 방법이다. 그다음에는 막대기에 달라붙은 흰개미들을 핥아먹기만 하면 된다.

그들이 너무 눈에 띄게 행복한 모습을 보이는 바람에 무리 내에 불만의 소리가 인다. 그러나 그들은 그런 것에 전혀 개의치 않는다.

여섯 번째 교접이 끝나자 그미가 그의 코를 문지른다. 그는 처음으로 자기가 다른 존재와 연결되어 있다고 느낀다. 그미에게 뭔가 특별한 것을 해주고 싶은 생각이 든다. 그는 자기 입을 그미의 입에 갖다 댄다. 그미는 싫은 기색을 보이며 뒤로 물러선다. 그는 고집을 부린다. 그는 전에 개미들이 서로 입을 맞추는 모습을 관찰한 적이 있다. 개미들은 입을 마주 댈 뿐만 아니라 먹이를 게워 올려 상대에게 나누어 주기도 한다. 그미는 그가 입을 맞추도록 가만히 있는다. 그러나 먹이를 게워 올리는 것은 거부한다. 입맞춤이 끝나자 그미는 이왕 입을 가까이 댄 김에 자기 입술 주위에 있는 벼룩을 잡아 달라고 부탁한다.

그때 무리의 새 우두머리가 나타난다. 그를 노려보는 우두머리의 시선에는 다음과 같은 뜻이 아주 분명히 담겨 있다. 〈무리 내에 불평하는 소리가 일고 있으니 이제 자제해야 한다. 누구든 행복할 권리는 있지만, 그런 식으로 너무 눈에 띄게 행복해하면 곤란하다. 너희의 사랑 행각은 무리

의 삶이 원만하게 돌아가는 데에 장애가 된다. 무리 내에 긴장을 일으키고 있다.〉

게다가 우두머리는 그들의 입맞춤을 좋아하지 않는다. 더러운 느낌을 주기 때문이다. 우두머리는 그들이 교접하기 전에 벌이는 놀이도 좋아하지 않는다. 너무 많은 시간을 낭비하기 때문이다. 또 우두머리는 그들이 서로 마주보는 자세로 교접하는 것도 좋아하지 않는다.

우두머리가 위협적인 모습을 보인다.

그는 윗입술을 말아 올려 앞니를 드러내고 고개를 쳐들어서 자기의 사생활에 간섭하지 말라는 뜻을 전한다. 우두머리는 한판 싸울까 하고 생각하다가 갑자기 심드렁한 기색을 보이며 머리를 흔든다. 〈그래, 너희들 하고 싶은 대로 해라〉라는 뜻이다.

이것은 아마도 새 우두머리가 내린 최초의 현명한 결정일 것이다. 우두머리는 어떤 중요한 것을 직감으로 깨달은 것이다. 우두머리는 굳이 지금 당장 나서지 않아도 때가 되면 저절로 문제가 해결되리라고 확신하고 있다. 우두머리가 방금 깨달은 것을 한 마디로 요약하면 이러하다. 〈그래, 너희의 사랑이 언제까지 가나 보자.〉

28. 외교술

여우원숭이들이 저렇게 철통같이 지키고 있으니 어떻게

접근한다?

 뤼크레스는 동료들에게서 따로 떨어져 나와 마음을 다잡고 숲 속의 빈터로 숨어 들어갔다. 그녀는 원숭이들이 망고 열매를 언제 던질지 불안해하면서 느릿느릿 앞으로 나아갔다. 여우원숭이들은 한 인간이 자기들 영역으로 들어오는 모습에 놀라 그 인간을 주의 깊게 살펴보았다.

 원숭이들은 새된 소리를 질러 뤼크레스를 겁주려 했다. 하지만 뤼크레스는 원숭이들은 거들떠보지도 않고 목표 지점에 정신을 집중시키고 천천히 전진했다.

 뤼크레스가 분화구에서 3미터도 채 안 되는 지점에 이르렀을 때였다. 아주 날카로운 소리가 허공을 갈랐다. 마치 작은 별똥별이 돌연 하늘을 가르듯이. 뤼크레스는 날아온 망고에 명치를 맞고 그 자리에 고꾸라졌다. 여우원숭이들은 다시 망고 열매를 던져 댔다. 뤼크레스는 낮은 포복으로 기어 가까스로 빈터 가장자리로 되돌아왔다. 뤼크레스는 몸에 묻은 먼지를 털면서 일어섰다.

「방법은 단 하나예요. 가장 가까운 마을로 돌아가 실탄을 충분히 갖추고 돌아와서, 나뭇가지를 향해 일제 사격을 퍼부어 원숭이들이 아무리 많아도 모조리 죽여 버리는 거예요.」

 앙주 린줄리는 여우원숭이들이 너무 많아 다 죽일 수는 없다고 반박했다. 나뭇가지 위나 나무줄기 뒤에 수백 마리가 숨어 있다는 거였다.

「다른 수가 있을 겁니다. 방법을 찾아봅시다.」

이지도르가 말했다.

세 사람은 나무껍질을 방패 대용물로 써보았지만 빗발치는 망고 탄알을 막아내기에는 어림도 없었다.

「여우원숭이들 때문에 꼼짝 못 하게 되다니, 목적지가 바로 저긴데, 이거 정말 한심하군!」

뤼크레스가 분통을 터뜨렸다.

「이곳을 지키기 위해서라면 언제라도 인간들을 죽일 태세를 철저하게 갖추고 있는 원숭이들입니다.」

앙주가 일깨워 주었다.

「우리를 통과시켜 달라고 설득하는 온건한 방법이 분명 있을 겁니다. 앙주 린줄리 씨, 당신은 정글에서 살아 봤잖아요. 그러니까 영장류 동물들이 싸울 생각 없이 그냥 왔다는 걸 다른 영장류 동물들에게 설명하기 위해 어떤 행동을 취하는지 알고 있을 거예요.」

뚱보 기자가 추측했다.

「이지도르 말이 맞아요. 한번 역할을 바꿔 봐요. 동물들에게 무조건 인간의 언어를 배우도록 강요하기보다는 차라리 우리가 동물의 언어를 흉내 내 보자는 거예요.」

뤼크레스가 거들었다.

「한때 동물을 흉내 내는 데에 탁월한 능력을 보였다던데요.」

이지도르는 건성으로 그 말을 덧붙였다.

앙주 린줄리는 이런 제의를 곰곰이 따져 보았다.

「잘된다는 보장은 없지만 한번 해볼게요.」

앙주 린줄리는 무릎을 꿇어 네 발로 기면서 서서히 그들을 향해 나아갔다. 그는 항복한다는 표시로 고개를 숙이고 애원하는 듯한 작은 울음소리를 지르면서 재주를 넘었다.

그러자 키가 50센티미터가량 되어 보이는 작은 여우원숭이가 나타났다. 이 원숭이는 이상하게 생긴 네발짐승을 자세히 살펴보고는 바늘처럼 가느다란 이빨을 드러내며 날카롭게 빽빽거리기 시작했다. 원숭이는 등을 불룩하게 만들고 턱을 쳐들어 싸우는 자세를 취했다.

「우리 조상이 바로 저랬을 거라고 생각지 않으세요? 저갈라고 원숭이와 흡사하게 생기지 않았을까요?」

뤼크레스가 이지도르에게 그렇게 소곤거렸다.

숲 가장자리에서 앙주 린줄리는 원숭이 연기를 계속했다. 앙주 린줄리는 손바닥으로 머리를 치고 그 손을 앞으로 내밀었다. 원숭이가 조심조심 다가왔다. 그리고 원숭이는 앙주 린줄리의 손바닥에 입을 올려놓았다. 그런 다음 원숭이는 송곳 같은 이빨을 인간의 손바닥에 피가 날 정도로 아주 천천히 찔러 넣었다. 앙주 린줄리는 얼굴을 찡그리기는 했어도 꼼짝도 하지 않고 있었다.

여우원숭이는 이빨을 꽂을 때와 똑같이 느릿느릿 앞니를 빼내고는 만족에 겨운 표정을 지었다. 원숭이는 머릿짓으로 손목도 물어뜯고 싶다는 표시를 했다.

고등 영장류로서 하등 영장류가 이렇게까지 무례한 짓을 하도록 내버려 두는 것은 견디기 힘든 일이다. 그런데 포르노 배우라는 직업을 거치면서 앙주 린줄리는 가상하게도 갖은 모욕을 다 참고 받아들이는 법을 터득하게 되었다. 온갖 영화 제작자들과 영화감독들이 그에게 모욕이라는 모욕은 다 주었던 것이다.

손과 손목 그리고 넓적다리 한곳을 물어뜯은 뒤, 여우원숭이의 우두머리는 안심을 한 듯 날카롭게 우는소리를 질러 댔다. 이 조그만 고문자가 또 다른 고행을 요구하고 있다는 것을 눈치챈 앙주 린줄리는 혹시나 하고 다른 쪽 손을 내밀었다. 그렇지만 우두머리 원숭이는 그 이상을 원했다.

그들 주변으로 여기저기에서 여우원숭이들이 나타났다. 원숭이들은 인간이 보여 준 무례함에 분노를 터뜨리기라도 하듯 빽빽거렸다.

이들이 더 원하는 게 뭐지?

우두머리 원숭이는 보다 분명하게 시늉을 했다. 린줄리는 자기 눈을 믿을 수가 없었다. 상대가 지금 흉내 내고 있는 것은 다름 아닌 교미 장면이었다. 린줄리는 머리를 들어 유감스러운 표정을 지으며 두 기자에게 말을 건넸다.

「결국 총으로 모조리 쏘아 죽이는 해결책이 그런대로 괜찮은 방안이란 생각이 들어요……」

「아니에요. 이 짐승은 단지 성적으로 복종하기를 요구하는 거예요.」

이지도르가 말했다.

「그렇지만 나는 전혀 그럴 생각이 없는데요.」

앙주 린줄리가 항의했다.

「원숭이가 하듯이 해봐요. 시늉을 내봐요. 원숭이는 그걸로 만족해할 거예요.」

「품위를 떨어뜨리는 짓입니다. 인간의 자존심이 달린 문제예요. 이놈은 아주 하찮은 동물에 지나지 않아요.」

우두머리 원숭이는 참지 못하겠다는 듯이 새된 소리를 한층 더 세게 질러 댔다. 나뭇가지 위에 있는 구경꾼들이 우두머리를 응원했다.

「게다가 이 사실이 알려지게 되면, 어떻게 될지 상상이나 가요? 내 인생은 볼 장 다 보는 꼴이지 뭐예요.」

「자자, 앙주. 배우란 어떤 역할이라도 다 소화해 낼 수 있어야 한다는 걸 잘 알고 있지 않아요? 여러 장면들 가운데 한 장면을 촬영한다고 생각해 봐요.」

「그렇긴 해도 난 수간을 하는 사람은 아니에요.」

우두머리 원숭이는 더욱더 거세게 새된 소리를 내질렀다. 앙주 린줄리의 이마에서 땀방울이 뚝뚝 떨어졌다.

「이건 정말…… 모욕적인 일이에요.」

「이것 봐요, 앙주, 나는 당신이 배우 생활을 하면서 못생긴 여배우들과도 연기했을 거라고 확신해요. 이 여우원숭이가 못생긴 여배우라고 칩시다.」

「그랬던 것은 사실이에요. 하지만 난 하는 쪽이었지 대주는 쪽은 아니었어요.」

두 사람 사이에 항의와 설득이 끊임없이 이어지자 뤼크레스는 짜증이 나서 언성을 높였다.

「이제 그만들 하세요! 자꾸 못 하겠다고만 하지 말고 어떤 고상한 목적을 위해 몸 바친다고 생각해 보세요. 과학이나 지식 또는 인류의 기원에 관한 진실을 위해서라고.」

앙주 린줄리는 체념하고 말았다. 그는 엎드려 궁둥이를 쳐들고 머리를 숙인 채 눈을 감았다. 앙주 뒤에서 우두머리 원숭이는 피그미의 새끼손가락만 한 생식기를 보란 듯이 꺼냈다. 그런 다음 원숭이는 그 조그만 생식기로 앙주의 뒤를 두드렸다. 우두머리는 자랑스럽게 홀레 흉내를 냈다. 그러자 그 주위에 모여 있던 모든 원숭이들이 자기 동족의 승리를 확인하며 환호성을 질러 댔다.

「그나마 다행인 건, 이 장면을 찍을 카메라가 없었던 거지 뭐.」

몸을 일으켜 세우며 앙주 린줄리는 이런 말로 제 마음을 달랬다.

여우원숭이 우두머리는 뒤로 물러났다. 그리고 자기의 작은 물건을 휘둘러 마지막으로 앙주 린줄리의 이마를 쳤다. 매우 만족한 우두머리는 다시 나뭇가지로 올라가 털 없는 거인에게서 거둔 쾌거를 두고 자기 족속들과 이러쿵저러쿵 이야기를 나누었다.

이지도르와 뤼크레스는 이런 여흥을 틈타 과감하게 숲 속의 빈터로 침입해 들어갔다. 두 사람은 분화구 위로 몸을 구부렸다. 한가운데가 움푹하게 패여 있었다. 둘은 손전등으로 안쪽을 비추어 보았다.

아주 깊숙했다.

29. 그미의 최후

그미의 눈길은 그윽하다.

그한테 그미란 비할 데 없는 존재다.

그미는 도저히 깊이를 헤아릴 수 없는 신비다. 그미는 단맛이자 쓴맛이고, 장난꾸러기이자 섬세한 암컷이며, 아이이자 어미이다. 그미는 새로운 존재이자 그가 진화하는 이유이다.

그는 그미의 눈에 시선을 붙박고 가만히 바라본다. 삶의 환희, 정신의 발랄함, 놀이를 좋아하는 성향. 그가 속한 무리의 어떤 암컷도 갖고 있지 못한 점이다. 그는 그미와 함께라면 아주 다른 세대를 만들어 낼 수 있을 거라고 생각한다.

그들은 그날 마지막으로 교접을 한다. 이번에 그것은 좀 다르게 이루어진다. 아주 현란하다. 처음에 그는 그미가 고통스러워한다고 생각한다. 그러나 아픈데 어떻게 그런 미소를 짓겠는가? 그다음에 그는 그미가 병이 났다고 생각한다. 그렇지만 그미는 자기를 계속 아프게 해달라고 부탁한다. 그는 이해하려고 애쓰다가 비로소 깨닫게 된다. 그미의 몸에 그것이 올라오고 있는 것이다. 그것이 오른다. 오르고 또 오른다. 그러다 그것은 길고 깊고 강렬한 떨림으로 끝난다. 그것은 하나의 경련이다. 오르가슴이다.

그는 이 현상이 직립 자세에서 비롯되는 결과임에 틀림없다고 생각한다. 그 현상을 정확히 이해할 수는 없지만 자연이 그것을 만든 데는 그럴 만한 이유가 있었을 거라는 생각이 든다.

암컷들이 흘레를 한 다음 곧바로 일어서게 되면 정액이 안으로 흘러 들어가지 않아 정자들의 갈 길이 더욱 험난해진다. 이것을 막기 위해서 두 다리로 다니는 〈새로운〉 암컷들은 교접이 끝난 뒤에 쾌락에 겨워 녹초가 된다. 그리하여 암컷들은 약간 드러누운 자세로 있을 수밖에 없는데, 이 자세는 정자들이 난소를 향해 기어 올라가기에 유리한 자세이다.

결국 암컷의 오르가슴은 직립 자세에 적응하면서 나타난 현상의 하나이다.

쾌락에 겨워 기진맥진해진 그미는 계속 몸을 쭉 편 채 두 다리를 처들고 쌕쌕거린다. 그러는 사이에 그는 삽입 상태를 계속 유지한 채 자기 자신의 쾌락을 얻는다. 그미에게는 쾌감의 오르내림이 느리지만, 그의 경우는 보통 쾌감의 상승이 빠르다. 그런데 이번에는 사정이 다르다. 쾌감의 상승이 느리고 훨씬 더 강력하다.

그의 온몸이 흥분되어 있다. 느낌이 고조된다. 오르고 또 오른다. 새로운 호르몬이 그의 혈관 속으로 흘러든다. 정말 놀라운 일이다! 그의 등에 난 모든 털이 곤두선다. 이제껏 경험해 보지 못한 짜릿한 느낌이 척주를 관통한다.

이건 〈수컷의 오르가슴〉이다. 그는 이런 것이 존재한다고 상상조차 하지 못했었다. 한 줄기의 전류가 그의 골수까지 밀려온다. 오늘 그는 또 하나의 사실을 발견했다. 수컷도 역시 오르가슴을 느낄 수 있다! 이것은 단순한 사정과는 다르다. 더욱 강렬한 별개의 것이다. 쾌락의 절정에서 그의 머릿속에 꽃불이 찬란하게 터졌고, 그런 뒤에 빨간 장막, 주황색 장막, 하얀 장막이 차례대로 드리워졌다.

마지막으로 한 번 더 엔도르핀이 나오자 그는 곧바로 달콤하고 깊은 잠에 빠져 들었다.

그가 깊이 잠들어 그미가 잠시 무방비 상태에 놓여 있는 걸 보고, 세 암컷이 이 기회를 틈타 다른 무리에서 온 그 암컷을 없애 버리려고 결심한다. 오르가슴의 충격이 가시자마자 소변을 보러 가는 그미를 세 암컷이 에워쌌다. 가장 질투심이 강한 암컷이 그미에게 다가선다. 〈뽀얀 젖퉁이〉다. 이 암컷은 아무 말 없이 막대기를 하나 주워 들더니 가지고 노는 시늉을 하다가 슬로 모션처럼 천천히 그미 머리 위로 치켜든다.

그미가 비명을 지른다.

그는 소스라쳐 깨어 일어나 전속력으로 달려간다.

그미는 너무 멀리 있다.

그는 고함을 지르며 달린다. 〈안 돼!〉 하고 말하고 싶다. 하지만 이 단어가 아직 생겨나지 않았기 때문에 단지 〈우우우!〉 하고 소리 지른다.

그는 더 빨리 달린다.

너무 늦었다. 일격이 가해지고 두개골은 호두 부서지는 소리를 낸다. 뽀얀 젖퉁이는 무리의 옛 우두머리를 죽일 때와 똑같은 동작으로 그미를 내리쳤다. 이 동작을 써먹으려고 잘 기억해 두었다는 듯이 말이다.

그미는 뒤로 나동그라진다. 그러나 아직 죽지는 않았다. 그미는 머리가 피범벅이 된 채 계속 허우적거린다. 그러자 이번엔 다른 두 암컷이 다가가서 마구잡이로 그미의 두개골을 여러 차례 후려친다. 막대기를 어떻게 휘두르는 건지 몰라서 이렇게도 해보고 저렇게도 해보는 것 같다.

그가 맹수처럼 울부짖는다. 도착해 보니 이미 모든 게 끝나 버렸다. 그미의 두개골은 끈적끈적한 죽이 되어 있다. 구역질이 치밀어 오른다. 그는 아직 이 사실을 믿을 수가 없다. 그렇게 쓸데없이 많은 폭력이 휘둘러진 것에 경악한 그가 뒷걸음질을 친다. 그미가 어떻게 되었는가를 알아보려고 다른 암컷들이 온다. 손가락을 두개골에 넣어 골을 조금씩 떼어 먹는 암컷들도 더러 있다. 수컷을 유혹하는 방법을 잘 알고 있는 그 암컷의 매력을 자기들도 갖기 위해서이다. 어쩌면 자기들도 열정적인 사랑을 경험하게 되기를 바라는 것인지 모른다…….

그가 울부짖는다. 마치 그렇게 울부짖으면 후두 안에 낮게 자리 잡은 성대가 진동하여 자기 고통을 표현하는 말이 나와 주기라도 할 것처럼 그는 훼손된 자기 짝의 시체를 옮긴다.

왜 암컷들이 이런 짓을 했을까? 이상한 감정이 엄습한다. 문득 행복하게 살려면 그들 둘은 숨어 살아야 했을 거란 생각이 든다. 화가 난다. 그는 사랑하던 암컷의 시체를 내려놓고 그 극악한 짓을 저지른 암컷을 죽이려고 나아간다. 하지만 모두가 그 암컷을 비호한다. 그들은 이것만으로도 폭력은 충분하지 않았냐고 그를 이해시키려 한다. 사건을 해결하기 위해 필요한 것은 또 다른 죽음이 아니며 무리의 식구도 이미 줄 만큼 준 상태라는 것이다.

그래도 그는 막대기를 하나 집어 들고 앞으로 나아간다. 그는 〈뽀얀 젖퉁이〉를 죽이고 싶다. 그런데 무리의 새 우두머리가 끼어든다. 우두머리는 그에게 진정하라고 타이른다. 그는 복수할 권리가 있다며 성을 낸다. 우두머리가 그를 떼민다. 그는 격분을 참지 못한다. 〈뭐라고? 저 악독한 암컷을 보호하겠다는 것인가.〉

우두머리는 그에게 무슨 말을 해야 할지 모른다. 정의란 개념이 아직 생기지 않은 때였다. 아마 언젠가 이런 종류의 사건들을 해결할 방법을 찾게 될 것이다. 당장은 무리의 이익을 생각해 죽음을 막아야 한다. 이것이 비록 집단 사냥을 계속 조직하기 위한 조처에 불과할지라도. 이것은 전혀 사적인 이유가 아니다.

하지만 그가 보기에 이것은 무리가 범죄자들을 보호한다는 것을 의미할 뿐이다. 불같이 화를 내며 다시 고함을 지르고 자기 가슴팍을 쳐댄다. 무리가 뽀얀 젖퉁이를 보호하려 든다면 나는 온 무리를 다 죽여 버릴 테야.

벌써 지배적 수컷들은 그가 복수를 못하도록 방어선을 이루고 있다.

그는 지배적 수컷들을 위협하고 꺼져 버리라고 호통친다. 그는 하늘, 땅, 구름 그리고 비와 바람 등에게 호소한다. 모두 내 분노의 증인이 되어 주소서. 그는 무리가 뽀얀 젖퉁이를 계속 보호하려 든다면 온 무리를 다 죽여 버리겠다고 되뇐다.

이런 위업을 완수하기 위한 용기라도 내려는 듯, 그는 그미의 시체를 두 손으로 들어 올려 분노에 찬 고함을 질러 댄다. 그가 내지르는 분노의 외침이 정글을 쩌렁쩌렁 울린다. 새들이 짹짹거리며 날아오르고 개구리들은 늪 속으로 뛰어든다. 그가 더욱더 세게 고함을 지른다. 크게 벌린 그의 입에선 고통스러운 절규만이 나올 뿐이다.

바로 그때 땅이 흔들리기 시작한다.

30. 동굴 밑바닥에서

손전등 불빛을 비추자, 동굴 밑바닥에 깔린 모래와 그 위에 남은 발자취가 보이고, 그 동굴 가장 안쪽 오른편으로 음료 자동 판매기와 비슷한 철제 가구가 보였다.

세 사람 가운데 운동 신경이 가장 발달한 앙주 린줄리가 제일 먼저 칡줄을 타고 미끄러져 내려갔다. 때마침 칡줄 하나가 옆쪽으로 드리워져 있었다. 뤼크레스와 이지도르도 그의 뒤를 따라 내려갔다.

세 사람은 철제 가구부터 살펴보기 시작했다. 그것은 분명 자동 판매기였지만 약간 개조가 된 배급기였다. 각 자판마다 하나의 상징물이 그려져 있는데, 이 자판 체계를 조작하여 맛있는 과자를 빼먹는 장치였다. 자판 위에 그려진 상징물을 제대로 조합했을 때 원하는 먹을거리가 떨어졌다.

「결국, 이 기계는 여우원숭이들의 신이로군!」

이지도르가 외쳤다.

「아제미앙 교수는 원숭이들한테 많은 초콜릿을 먹게 해 주고 그 대신 원숭이들에게서 자신의 비밀 장소를 보호해 줄 것을 보장받았군요.」

뤼크레스가 감탄했다.

그건 원숭이들의 보물이었다.

이지도르는 그 기계를 조작해 보았다. 원숭이 한 마리가 줄을 타고 내려와 인간들이 자신들의 기계 신을 망가뜨리지는 않나 확인해 보고 싶어 하는 눈치였다.

이지도르가 말했다.

「이 배급기는 제법 영리한 종이라야 사용할 수 있어요. 배급기에서 과자를 빼내려면 주어, 동사, 목적어를 나타내는 상징물이 그려진 자판을 눌러야 합니다. 요컨대 조리 있는 문장을 만드는 것이죠. 비록 낱말들이 그림으로 대체되어 있기는 해도.」

방법을 터득하며 여우원숭이들의 지능이 발달했을 성싶었다. 가장 영리한 원숭이들만이 맛있는 것을 나눠 주는 기계와 대화를 하고 기계가 주는 선물을 받아 갈 수 있게 되어 있었다. 아제미앙 교수는 자연 도태가 힘이나 공격성이 아닌, 언어 능력에 따라 이루어지도록 조작해 두었다.

결국 원숭이들의 뇌는 다른 식으로 언어를 받아들이는 것으로 판명되었다.

이 짐승들이 단단한 망고 열매를 퍼부어 그들을 맞이한 것은 놀라운 일이 아니다. 갈라고 원숭이들은 이제 진화할 만큼 진화하여 자기들 영역이 침범당할 경우 효과적인 방어 전술을 치밀하게 구상할 수 있게 되었다.

「아제미앙 교수는 이 동굴 속에 〈인류와 가까운 영장류를 더 빨리 진화시키는 기계〉를 설치했군요.」

뤼크레스가 요약하여 말했다.

「〈태초에 말씀이 있었다.〉」

이지도르는 그렇게 성서의 첫 구절을 인용하고 나서 자못 거창하게 말했다.

「여기에 동물에게 언어를 가르치는 기계가 있도다.」

이 기계 장치는 두 기자가 반 리스베트 박사의 병원에서 본 배급기와 비슷했기 때문에, 이지도르와 뤼크레스는 아제미앙 교수가 미모사 병원에서 이 기계를 입수했거나 아니면 그 이식 수술 전문의가 아제미앙의 협력자일 거라고 추론했다. 어쨌거나 반 리스베트 박사는 자기가 직접 설계한 이 기계가 정글 한가운데 설치되어 있다는 사실을 모를 리 없었다.

앙주 린줄리가 인정했다. 소피 엘뤼앙이 아제미앙의 연구에 재정 지원을 중단했을 때, 반 리스베트 박사의 병원이 그 뒤를 이어받았다는 거였다.

「기관 이식 전문 병원이 인류의 기원에 관한 연구에 돈을 지원하여 얻는 이익이 뭘까요?」

뤼크레스가 의아해했다.

그들 가까이에서 여우원숭이들이 마치 수직으로 난 고속도로를 달리듯 줄을 타고 오르락내리락하였다. 동굴 바닥에 내려온 우두머리 원숭이는 기계 앞으로 가서 자판을 두드려 조리 있는 문장을 여러 개 조합해 냈다. 우두머리 원숭이는 자기가 기계 신에게 말을 걸 줄 안다는 사실을 인간들에게 증명해 보이기라도 하듯 〈원숭이는 먹을 것을 원한다〉, 〈태양이 하늘을 비춘다〉, 〈바나나는 먹기 좋다〉 등의 문장들을 만들었다.

세 사람은 동굴의 나머지 부분을 손전등으로 비추어 보았다. 전체적으로 보아 동굴은 둥그런 방처럼 생겼는데, 아마도 빗물이 흘러내려 침식한 석회 동굴인 것 같았다. 지질학에서는 이런 것을 카르스트[8]라고 부른다. 안쪽 벽면은 매끌매끌했다. 천장까지 높이가 약 5미터이고 천장은 폭이 1.5미터가량인 들머리로 끝났다. 이 들머리를 통해 그들이 동굴 바닥으로 내려왔던 거였다.

그들의 오른쪽으로 3미터 높이에 달하는 암벽의 우툴두툴한 곳에서 물이 간헐적으로 새어 나왔다. 왼쪽 우묵하게 패인 곳에서 그들은 상자 하나를 발견했다. 그들은 상자를 잡고 열어젖혔다. 상자 안에는 편지 한 통과 또 하나의 작은 상자가 들어 있었다.

---

8 석회암 대지가 빗물이나 지하수의 침식을 받아 이루어진 특수한 지형. 깊은 골, 사발 모양의 구덩이, 종유동 등의 형태가 생겨난다.

세 사람은 이 편지를 읽기 시작했다. 그 결과 그들은 생명의 신비를 알았고 엄청난 충격을 받았다.

31. 리프트 밸리

대지진이다.

단숨에 땅에 거대한 단층이 생겨 넓디넓은 숲 자락을 집어삼킨다. 쩍 벌어져 널름거리는 바위틈으로 영장류 무리가 눈 깜짝할 사이에 사라져 버린다.

모조리 빨려 들어간다. 마치 모기 한 마리가 하품하는 게으름뱅이의 입안에 삼켜지듯 영장류 무리가 삼켜진다.

이 당치않은 〈그미〉의 살해 광경을 보고 더 이상 참지 못하겠다는 듯이 지구가 이 무리를 삼켜 버린다.

그는 끊임없이 뒤로 또 뒤로 물러난다. 온갖 동물이 모여 살던 숲과 덤불의 공간에 이제 높이가 적어도 20미터나 되게 솟아오른 가파른 낭떠러지가 생겼다.

그는 아주 이상한 감정을 느낀다. 땅이 이미 그의 원수를 갚아 버렸기 때문에 그가 화를 내보아야 이제 아무 소용이 없다. 그렇다면? 그는 너무 놀란 나머지 꼼짝 않고 있다.

그는 아무 생각 없이 뒤로 물러선다. 그런데 그의 앞쪽에서 구멍이 커지기 시작한다. 뒤로 물러나는 것만으로는 안 된다. 땅거죽은 끊임없이 아가리를 벌려 댄다. 땅을 가르는 리프트 밸리에 쫓겨 그가 전속력으로 내닫는다. 주위의 모든 것이 쓰러진다. 여기저기에서 불길이 치솟고 열기와 재가 사방에 자욱하다. 용케 살아남은 동물들은 이 천재지변을 피하려고 다 함께 달음박질한다. 영양이 사자 곁에서 달린다. 뱀은 생쥐 새끼 옆에서 달린다. 동물들이 다른 동물들에게 느끼던 본능적인 두려움도 큰 재앙 앞에서 까맣게 사라진 모양이다.

빨간색과 주황색이 뒤섞인 용암이 갑자기 비탈을 타고 흘러내려 그를 바짝 뒤쫓는다. 그는 달린다. 예전에 하이에나 세 마리가 그를 추격할 때 그랬듯이 부글거리는 용암이 악착같이 따라붙어 그와의 거리를 좁혀 온다. 그러나 이번에 덤벼드는 적수는 액화된 광물이다. 그는 이놈에 맞서 싸울 수는 없다고 느낀다.

그는 쩍 갈라진 크레바스[9]를 훌쩍 뛰어넘는다. 크레바스에 묶여 용암의 발걸음은 조금 느려진다. 그는 나뭇가지를 잡고 다른 나뭇가지로 옮겨 가며 뛰어다닌다. 그러나 용암이 덤벼들자 나뭇가지도 휘어진다. 그는 나무에서 떨어져 분지로 굴러가 어떤 구멍으로 미끄러져 들어간다.

그곳은 깊다.

바닥에 젖은 모래가 깔려 있어 떨어지는 충격이 누그러진다. 그러나 이미 그를 따라잡은 용암이 번쩍거리는 아교처럼 구멍 위에서 빨간색, 노란색, 검은색으로 비 오듯 떨

---

9 눈에 묻힌 계곡이나 빙하의 갈라진 틈. 여기서는 지진으로 인한 지면의 균열을 가리킨다.

어지기 시작했다. 그는 동굴 벽에 찰싹 달라붙는다. 새로 나타난 더 가파른 비탈 때문에 진로가 바뀐 용암은 갑자기 그에게 덤벼들기를 중단한다.

아주 고요해진다.

살아남았다.

그는 기다린다.

아무도 그를 공격하지 않는다.

그는 녹초가 되어 곯아떨어진다. 아침이 되자 그는 자기가 떨어진 곳을 휘 둘러보고는 빠져나갈 수 없는 곳에 갇혀 버렸음을 깨닫는다. 그는 단단하고 미끈거리는 암벽으로 된 막다른 골목 안에 갇혀 있다. 붙잡고 이곳을 빠져나갈 만한 것은 하나도 없다. 그는 펄펄 끓는 용암은 피했어도 이 틈 속에 홀로 버려진 채 아마 허기와 갈증으로 죽게 될지도 모른다.

낭패다. 어쨌거나 그미가 없는 그의 삶은 아무 의미가 없다.

그는 죽음을 기다리지만 죽음은 오지 않는다. 그러자 그는 살아남기 위해 애를 쓰기로 마음을 고쳐먹는다.

그는 앉아서 들머리를 통해 조금밖에 보이지 않는 하늘을 쳐다본다. 그는 구름에게 어떻게 하면 여기를 빠져나갈 수 있는지, 적어도 이 지하 감옥에서 굶어 죽지 않으려면 어떻게 해야 하는지 알려 달라고 애원한다.

바로 그때 하늘에서 무엇인가 떨어진다.

32. 아제미앙 교수의 원고

〈결국 그대들은 해냈다. 여기에 이렇게 와 있으니 말이다. 우선 와준 것에 대해서 감사한다. 이제 놀랄 준비를 하고 이 글을 읽어 주기 바란다.〉

이 광경은 한 폭의 종교화와 비슷했다. 이지도르가 편지를 집어 들었다. 이지도르 옆에서 뤼크레스가 손전등으로 편지를 비추었다. 앙주는 이지도르의 등 너머로 편지를 읽으려고 애썼다.

이지도르가 침착하게 편지를 읽어 나갔다.

〈나 피에르 아제미앙은 심신이 모두 건강한 상태에서 이 아름다운 달 5월에 이 글을 쓴다. 나는 인간의 기원에 관해서 내 나름대로 몇 가지 견해를 견지해 왔다. 예컨대, 나는 인간을 원숭이와 연계시키는 것은 막다른 골목에 갇히는 것이라고 생각해 왔다. 원숭이가 인간으로 바뀔 이유가 전혀 없다고 보기 때문이다.

퍼즐 한 조각이 모자란다. 내가 이곳에서 발견한 것은 내가 평생을 바쳐 연구한, 바로 그 퍼즐 한 조각이다…….〉

33. 그것

하늘에서 떨어진 동물은 정말 운 좋게도 먹을 수 있는 동물이다.

지진에서 살아남은 두 동물은 서로를 바라보고 냄새도 맡아 보고는 서로 상대방을 살아 있는 고기라고 생각한다.

두 동물은 배가 고파 예민해진 상태다.

그는 오래 참지 못한다. 그는 축 처진 입술을 위로 젖히고 두 주먹을 불끈 쥐고 상대를 향해 돌진한다. 그러나 상대도 그의 속셈을 알아차리고 그의 배를 맞받아친다. 목숨을 건 결투다. 둘은 숨을 돌리려고 잠시 싸움을 멈추었다가 또다시 결투에 들어간다.

둘의 힘이 거의 같다는 사실이 더욱더 힘겨루기를 부추긴다. 그들은 이틀을 내리 싸운다.

사흘째 되는 날 두 경쟁자는 잠이 부족한 데다 먹은 것도 없어서 서로 거리를 두고 떨어져 있지 않을 수 없다. 이제 그들은 잠을 잘 수가 없다. 둘은 한 쪽이 조금이라도 약해지는 기미를 보이면 다른 쪽에서 그 틈을 노려 공격해 오리라는 것을 알고 있다.

34. 또 다른 동물

〈……여기 냄비처럼 생긴 이 장소에서 우연한 사건이 일어나게 된다. 나는 흔적을 관찰함으로써 이 사건의 추이를 재구성하려고 노력했다. 이 사건이란, 지금은 확신하는 바인데, 사랑 행위였다. 이곳에서 영장류 한 마리가 다른 종에 속하는 동물 하나와 교접을 했다. 이것이 내가 밝힌 진실이다. 자연을 거스르는 이런 사랑 행위에서 잡종 피조물인 인간이 태어났다.

그런데 이 다른 동물이란 무엇인가? 나는 한때 영장류와 하이에나의 결합을 생각했다. 이런 가정은 인간이 동물 가운데 거의 유일하게 웃을 줄 아는 동물이 된 이유를 설명할 수 있었을지는 모른다. 《웃음은 인간의 본성이다》라고 철학자 앙리 베르크손이 말했지만, 이 경우 베르크손은 하이에나를 염두에 두지 않고 한 말이었다.

그다음에 나는 영장류와 사자의 결합을 생각했다. 이 가설은 우리의 정수리에 작은 갈기 같은 머리털이 나는 까닭은 설명할 수 있었을지도 모른다······〉

35. 그 동물

두 동물은 적의를 품고 상대방을 매섭게 노려본다.

바로 그때 사건이 일어난다. 잘 익은 과일 하나가 동굴 안으로 떨어진 것이다.

망고 열매다.

그들은 잠시 경계를 늦추고 이 열매가 어떻게 떨어졌는지 생각해 본다. 뜻하지 않게 과일이 떨어진 것은 그들로서는 대단한 일이다. 과일이 떨어진다는 것은 서로를 잡아먹지 않아도 영양 섭취를 할 수 있음을 뜻한다. 그들은 동굴 안으로 떨어지는 것들을 함께 먹을 수가 있다.

하나, 서로 우연히 마주친다.

둘, 서로 누가 힘이 더 센가 알아보려 한다.

그러다가 어느 쪽도 다른 쪽을 지배하지 못하면 다음을 생각하기 시작한다.

셋, 힘을 합친다. 서로 해칠 생각을 그만둔다면 휴식할 수도 잠잘 수도 있다는 사실을 깨닫는다.

이 깨달음에는 둘의 생존이 걸려 있다.

그가 선수를 친다. 그는 과일을 집어 들고 둘로 쪼개 반쪽을 상대방한테 내민다. 처음에 둘은 조심스럽게 망고를 조금씩 물어뜯다가 나중에는 게걸스럽게 씹어 먹는다.

그들은 과일 하나 덕분에 지옥에서 탈출한다.

망고 하나 덕분에.

망고 덕분에 목숨을 건지다니……. 누가 이런 일을 예상할 수 있었을 것인가? 그 후 며칠이 지나자 다른 먹을거리도 동굴 안으로 떨어진다. 식물뿐만 아니라 임팔라·토끼·몽구스처럼 천적을 피해 정신없이 달아나다가 미처 구멍을 보지 못한 동물들도 떨어진다.

구멍을 처음으로 차지한 두 동물은 점점 더 잘 먹게 된다. 그들은 울퉁불퉁한 벽면에서 마실 물이 새어 나오는 것도 발견한다. 지하 감옥 같은 그들의 거처는 아주 편안한 둥지가 된다. 더 잘된 일은 각자 동굴 안으로 떨어지는 작은 먹이들을 죽이기 위해선 상대방이 필요하다는 생각을 하게 된 것이다. 표범이나 사자 한 마리가 떨어질 때 생길 위험에 대해서는 말할 필요도 없다. 그런 맹수가 떨어지면 둘은 하나로 힘을 합쳐 이런 포식자들도 해치우게 될 터이다.

36. 만남

〈……이곳에서 영장류 한 마리와 함께 갇히게 된 동물은 그냥 아무 동물은 아니다. 이 만남은 단순한 우연은 아닌 듯하다. 그것은 필연이었다.〉

37. 다른 한 쪽

그러던 어느 날, 뱀 한 마리가 떨어진다. 뱀이 다른 한 쪽의 얼굴을 문다. 그는 이것이 공동의 위협임을 곧바로 깨닫는다. 살아남기 위해서는 다른 한 쪽이 필요하다. 다른 한 쪽을 구해야 한다.

그는 독을 빨아들였다가 자기 자신이 중독되는 것을 피하려고 재빨리 도로 뱉어 낸다. 그가 속했던 무리의 늙은 우두머리가 그렇게 해서 목숨을 구하는 것을 본 적이 있다.

다른 한 쪽은 아주 놀랐지만 그가 하는 대로 내버려 둔다.

망고를 나눠 먹고 뱀을 물리치고 난 다음, 둘은 서로 몸을 접촉한다. 다른 한 쪽 동물은 고맙다는 표정으로 그를 바라본다.

그때 그 자신도 영문을 알 수 없는 일이 벌어진다. 함께 갇힌 다른 한 쪽은 수컷 영장류가 아니라 암컷이다. 어쩌면 그는 단순히 욕정에 못 이겨, 생각할 수도 없는 일에 몸을 내맡기게 되었는지 모른다. 그는 다른 한 쪽이 마치 그미인 양 몸을 섞는다. 그는 그미를 생각하면서 다른 한 쪽과 흘레를 한다.

이렇게 하여 다른 한 쪽은 새로운 그미가 된다.

38. 뜻밖의 상대

〈……반 리스베트 박사의 논문이 내게 실마리를 제공했다. 반 리스베트 박사는 논문에서 인간은 침팬지와 99퍼센트의 유전자를 공통으로 가지고 있지만, 침팬지의 기관은 인체 기관과 호환성이 없다고 설명했다. 이식 수술을 시행하려면 전문가들은 뜻밖에도 혈통 관계가 더 먼 또 다른 동물에게서 신장, 폐 혹은 부신 등을 찾아보아야 했다. 그러나 이유는 알 수 없어도 그 또 다른 동물의 유전자 암호는 인간과 매우 흡사한데……〉

39. 그의 동반자

 교접이 끝났을 때, 두 주인공은 최악의 신성 모독을 저지른 듯한 느낌을 받는다. 그럼에도 〈자연을 거스르는〉 이 행위는 아주 〈자연스럽게〉 이루어졌다. 게다가 각자 자기 무리와 외따로 떨어져 있어서 그들은 자기 무리의 어느 누구도 이런 〈접촉〉이 있었다는 사실을 절대 모를 거라고 생각한다.

 그들은 묵묵히 서로의 눈을 바라본다. 그들이 놀란 것은 비록 그들의 생김새는 아주 대조적일지라도 둘 다 똑같이 따스한 눈빛을 지녔다는 사실이다.

40. 결국 그것이었어?

 앙주와 뤼크레스는 초조한 표정을 드러내기 시작했다. 그들은 이지도르가 일부러 그들의 참을성을 시험하는 것이 아닌가 하는 의구심을 품고, 이지도르의 현학적이고 느릿느릿한 목소리를 듣고 있었다.

 〈……이 또 다른 동물은 우리가 잘 아는 동물이다. 이 동물은 인간이 사는 곳이면 어디에나 있기 때문에 우리는 이제 관심도 갖지 않는다. 그렇지만 모든 것을 그냥 덮어두기에는…….〉

41. 새로운 그미

둘은 서로를 유심히 살핀다. 둘의 두개골 형태는 전혀 다르다. 새로운 그미의 귀는 옛날 그미의 귀보다 훨씬 더 뾰족하게 생겼다. 새로운 그미의 얼굴은 더 앞으로 튀어나왔으며 또 입 밖으로 삐죽 나온 이빨이 그에게는 아주 낯설다. 그렇지만 둘의 털은 비슷하다. 털이 박힌 살갗은 분홍빛이고 털은 갈색이다.

그는 손을 내민다. 새로운 그미는 앞발을 들어 그 손에 갖다 댄다.

그들의 앞다리는 전혀 닮지 않았다.

42. 결국 그것이었어!

〈……어찌된 일인지 이 또 다른 동물의 기관은 인체 기관과의 호환성이 가장 크다. 바로 이 점을 반 리스베트 박사가 강조한 바 있다. 이 동물과 인간은 많은 공통점을 지니고 있지만, 인간은 이 동물을 몹시 멸시하기 때문에 관심이라곤 눈곱만큼도 없다. 이 동물의 피부색은 인간과 똑같은 분홍빛이다. 눈빛도 인간과 마찬가지로 푸른색이거나 갈색이다. 이 동물은 어미가 새끼들을 교육시킨다는 점에서 가족적인 습성도 인간과 같다. 잡식 동물이라는 식성도 공유한다. 사교성도 마찬가지다. 영역에 대한 애착도 마찬가지다. 신경 쇠약에 가장 잘 걸리는 동물이고, 스스로 너무 불행하다고 생각될 때는 자살도 하는 동물이다. 인간과 마찬가지로 애정을 지니고 있고…….〉

「제기, 언제 아제미앙은 이 벼락 맞을 짐승의 이름을 밝히려는 거야.」

앙주 린줄리가 투덜거렸다.

이지도르도 초조해지기 시작해서 여러 줄을 단호히 뛰어넘었다.

〈……이 또 다른 동물은…….〉

43. 이브

새로운 그미는 그와는 전혀 딴판이다. 그럼에도 아주 가깝다.

새로운 그미는 그와 마찬가지로 거북해한다.

44. 또 다른 동물은……

〈……또 다른 동물은 바로…….〉

이지도르는 흠칫했다. 그는 자기 눈을 믿을 수가 없다. 그는 힘겹게 읽었다.

〈……이 동물은 바로…….〉

45. 그들

그는 무엇 때문에 그미가 자기에게 매우 친밀하게 느껴지고 은밀한 공범자처럼 여겨지는지 모른다. 아마 둘 다 이미 오래전부터 각자 자기의 종 안에서 스스로가 특별하다고 느껴 왔으리라. 둘 다 자기 무리의 다른 개체들과 비교해 볼 때 훨씬 개방적이고 모험적이다.

훨씬 더⋯⋯

앞서 나아간 자들이다.

훨씬 더⋯⋯

멀리 내다보는 자들이다.

46. 분명하게!

〈⋯⋯이 또 다른 동물은 바로⋯⋯.〉

서스펜스를 너무 오래 끌어 왔다. 이지도르는 마침내 자기 눈 아래 나타난 아주 뜻밖의 이름을 발설해야 했다.

〈돼지다.〉

이지도르는 외설스러운 말을 내뱉기라도 한 것처럼 잠시 침묵을 지켰다. 뤼크레스와 앙주는 주먹으로 한 방 얻어맞은 표정이었다. 그들은 분명 한 방 크게 얻어맞을 태세가 이미 되어 있었다. 아무리 그래도 이건 너무 심하다⋯⋯. 긴 침묵이 뒤따랐다. 세 사람 모두 〈우리의 여자 조상은 암퇘지였다!〉는 주장을 받아들이기 위해서는 좀 더 시간이 필요했다. 결국 아제미앙 교수의 유명한 이론이란 바로 〈이브는 암퇘지였다〉는 거였나?

이지도르가 가장 먼저 냉정을 되찾았다. 그가 계속 읽어 나갔다.

〈……아니, 그냥 돼지라기보다는 그의 조상인 야생 돼지 또는 멧돼지다. 이 종을 총칭하여 부르는 용어는 멧돼짓과이다. 멧돼짓과는 몸집이 작은 아프리카 멧돼지, 길들여진 집돼지, 몸집이 크고 혼자 사는 야생 돼지를 포함한다. 《모든 인간 안에는 돼지가 잠자고 있다》라는 오래전부터 내려오는 속담이 있다. 왜 이런 말을 새겨듣지 않았던가? 먼저 유대교에서, 뒤이어 이슬람교에서 돼지고기를 먹는 것을 금해 왔다. 그렇지만 유대교는 이런 금기를 절대로 명백하게 설명하지는 않았다. 왜 돼지를 건드리지 말아야 하는가? 돼지가 우리의 먼 조상이기 때문이라면? 돼지를 먹는 일은 거의 식인종 같은 행위일 것이다. 고대인들은 분명하게 밝히기를 꺼렸고, 까닭도 말하지 않은 채 계율을 엄격하게 지킬 것만을 요구했다.

16세기에 한 예수회 신부가 남아메리카의 한 인디언 부족과 함께 살았을 때 인간 고기를 먹지 않을 수 없었는데, 그 신부는 인간 고기가 《구운 것이거나 날것이거나 그 맛은 돼지고기와 진배없다》는 사실을 지적한 바 있다.

반 리스베트 박사는 그 혈통 관계를 이식 수술이라는 다른 경로를 통해 발견했다. 돼지는 인간에게 기관을 이식했을 때 가장 부작용이 없는 동물이다. 인간은 돼지의 신장이나 심장은 받아들이는 반면에 침팬지의 신장이나 심장에는 거부 반응을 일으킨다. 마찬가지로 당뇨병 치료를 위해 돼지의 인슐린을 쓰지 원숭이의 인슐린은 쓰지 않는다.

바로 이곳 올도웨이 강가, 나 자신도 우연히 떨어질 뻔했던 이 동굴 속에서 나는 깨달았다. 수컷 원숭이 한 마리가 암컷 멧돼지 한 마리와 함께 이곳에 갇히게 되었다. 자기 무리와는 영원히 외따로 떨어져 절망한 상태에서 그들은 교접을 했다.

어떤 논리로 보더라도 이 두 종간의 유전적인 적합성은 믿지 못할 일이다. 왜냐하면 오늘날에도 이런 두 종간의 교배는 부적합한 상태로 있으니까. 그렇지만 각각의 염색체가 아직 완전히 안정되지 않았을 때는 가능했을지도 모른다. 이질적인 유전자와 결합할 수 있는 가능성이 아직 열려 있을 때였다. 어쨌든 이 두 동물에 의해 반은 원숭이고 반은 돼지인 잡종 인류가 태어난 것이 사실이다. 이 동물은 원숭이와 돼지의 교차 교배로 태어난 잡종이다. 잡종 인류는 원숭이 아담과 멧돼지 이브의 자손이다. 이 잡종 인류를 잡종 카인이라고 부를 수 있겠다. 어쨌거나 이 동굴을 빠져나오는 방법을 발견한 것은 틀림없이 잡종 카인이었을 것이다.〉

이지도르는 읽기를 멈추고 멍한 시선으로 잡종 짐승은 어떤 모습이었을까를 머릿속으로 그려 보려고 하면서 잠자코 있었다. 이 짐승의 모습을 상상하기란 쉽지 않았다.

뤼크레스는 더 이상 듣고 싶지 않다는 듯 귀에 손을 갖다 붙였다. 그녀는 알지 않았더라면 더 좋았을 거란 생각이 들었다. 모르는 편이 인류 전체를 위해서도 더 나았을 것이다.

세 사람은 이런 해괴망측한 사실의 폭로에 뒤따르는 책임 때문에 두렵기도 하고 흥분되기도 해서 서로 얼굴을 망연히 바라보았다. 이지도르는 마지못해 다시 읽기 시작했다.

〈……최초의 《선행 인류》인 이 잡종은 분명 원숭이보다는 돼지에 더 가까운 전혀 뜻밖의 용모를 하였음에 틀림없다. 그런데, 그 자손은 어떻게 생겨났을까? 나는 한순간 원숭이 아담과 멧돼지 이브가 암컷인 둘째를 나았을 것이고, 이 잡종 암컷이 바깥 세상에 나간 제 오라비와 결합했으리라고 가정했다. 오누이가 결합하여 번식을 했으리라고……〉

「아하, 아시겠어요? 근친상간이에요.」

비밀스러운 요소 하나를 간파하자 만족한 앙주 린줄리가 목소리에 힘을 주었다.

〈……하지만 이런 일이 일어나기란 쉽지 않다.〉

이지도르가 다른 페이지로 넘어가면서 앙주가 한 말을 바로잡았다.

〈내 생각은 잡종 카인이 동굴을 떠나 넓은 바깥 세상으로 나와 거기서 애인들을 많이 사귀었을 거라고 본다. 잡종 카인은 그 후로 그저 단순히 암컷 영장류들과 몸을 섞었을 테고, 이렇게 해서 인류에게는 원숭이의 특징들이 더 깊게 심어지게 된 것이다. 바로 이것 때문에 오늘날 우리가 돼지보다는 원숭이와 더 닮게 된 것이다⋯⋯.〉

「어찌되었거나⋯⋯.」

뤼크레스는 테나르디에 부장의 얼굴을 떠올리면서 말을 잇지 못했다.

〈⋯⋯수수께끼 하나가 남아 있다. 어떻게 해서 내가 동굴 밖으로 나간 잡종 카인의 뼈를 이 동굴에서 되찾게 되었단 말인가? 나는 이것을 설명하기 위해 다른 가정보다도 더 그럴듯한 가정을 한다. 나는 바깥세상에서 새끼를 번식한 다음 잡종 카인이 가족을 그리워했다고 생각한다. 카인은 아주 모범적인 자식이었을 것이므로 부모를 매우 사랑했으며 부모를 동굴 속에 내버려 두고 싶지 않았다. 그리하여 카인은 이곳으로 되돌아왔다. 부모를 동굴 바깥으로 끌어올려 부모에게 자신이 바깥세상에서 성공한 것을 보여 주고 싶었다. 불행하게도 부모를 지하 감옥에서 끌어내는 도중에 카인은 미끄러지게 되고 그 자신도 동굴에 다시 떨어지게 되었을 것이다. 카인의 부모는 늙어서 카인이 바깥으로 다시 빠져나가도록 들어 올려 밀어 줄 힘이 없었다. 결국 그들은 바깥 세상에 《인류의 실험》을 시작해 놓은 뒤에 가족끼리 모여 여기서 죽은 것이다. 한편 바깥세상에서는 카인이 임신시킨 암컷 영장류를 통하여 그들과는 전혀 관계없이 그 실험이 계속되었다.

이것이 그들의 무덤이다. 무덤 가운데 가장 환상적인 무덤이다. 《호모 사피엔스》의 창시자인 아담, 이브 그리고 카인이 여기서 죽었다.

하지만 그들의 해골이 완벽한 상태로 남아 있는 것은 아니다. 두더지 같은 동물들이 해골을 뒤적거리다가 때로는 이러저러한 곳으로 아주 멀리 가져가기도 했을 것이다. 아담의 것은 골반과 늑골 몇 개만 남아 있다. 이브의 것은 아래턱뼈와 무릎뼈 한 조각이 남아 있을 뿐이다. 이 밖에도 뼈가 몇 개 더 있는데, 이것들은 아직 내가 확인하지 못했지만 틀림없이 가족이 먹다 남긴 뼈다귀일 것이다.

카인의 것으로는 거의 훼손되지 않은 오른발 뼈가 발견되었다. 이 오른발이 바로 내 진술의 진실성을 증명하는 증거물이다. 이것은 돼지 발과 비슷하게 생겼는데, 발가락이 다섯 개이다!

악천후와 포식자들로부터 보호하기 위해, 나는 그대들이 여기에 도착하기를 기다리며, 이 유물을 등온 상자에 넣었다. 이 상자 속이라면 이 유물이 비바람과 악의를 품은 자들을 피할 수 있을 것이다. 그대들이 이 편지를 발견하면 또한 이 상자도 발견한 셈이다. 상자를 열어 보라……〉

뤼크레스가 상자를 열었다. 아닌 게 아니라, 상자 안에는 폴리스티렌 솜에 싸인 뼈가 들어 있었다. 이 뼈는 손가락이 다섯인 일종의 손이었다. 그런데 손가락 끝에 원뿔꼴의 굽이 달려 있다는 점에서 특이했다.

〈……여기에 카인의 발이 있다. 발가락이 다섯인 카인의

오른발. 반은 돼지 발 같고 또 반은 사람 발같이 생긴 카인의 발이다······.〉

그들은 돌아가며 그 뼈를 살짝 스칠 정도로 건드려 보았다.

〈······나는 이런 이상한 역사가 우리 유전자 속 어딘가에 완전히 새겨져 있다고 확신한다. 또 곰곰이 생각해 보면, 인류 기원에 관한 모든 신화들은 다소간 이 사실을 시사하고 있다고 굳게 믿는다.

천국에서 추방당했다는 것은 먹을거리가 흔한 지상에서 쫓겨났다는 뜻이다. 카인이 털투성이로 묘사된 것은 카인이 원숭이를 닮았다는 것을 가리킨다. 마찬가지로 진흙에서 인간이 나왔으리라는 견해가 있는데, 진흙 세계에 대한 수많은 암시들은 카인이 갇혀 있다가 빠져나온 움푹한 땅을 상기시킨다. 또한 플라톤이 말하는 동굴의 신화도 있다. 혹은 하늘에서 떨어진 만나[10]의 전설도 있는데, 이것은 먹을거리가 하늘에서 내려와 동굴에 떨어진 것을 연상시킨다. 이런 식으로 여러 종교나 많은 신화에서 수많은 예를 인용할 수 있을 것이다.

내가 발견한 사실을 알고 있었거나 알고 있는 나 이외의 다른 많은 사람들은 그 사실을 공개적으로 말할 용기가 없었다. 그래서 그들은 우화나 상징 또는 암시로써 그 사실을 언급했다. 진실은 마땅히 밝혀져야 한다.

---

10 옛날 이스라엘 백성들에게 하늘이 내린 음식.

언젠가는 이 정보가 널리 보급되어야 할 것이다. 인간은 원숭이와 돼지의 잡종으로 생겨났다.

이것이 나의 비밀이고 나의 보물이다. 그대가 누구든지 간에 그대는 지금 이 비밀을 알고 있다. 나는 이 유서가 선량한 사람의 손에 떨어지기를 바란다.

그대들의 경청에 고마움을 표한다.

서명인: 피에르 아제미앙.〉

그들은 몹시 혼란스러워서 꼼짝 않고 있었다. 앙주 린줄리는 완전히 망연자실한 기색을 보였다. 뤼크레스 넴로드는 피가 나도록 입술을 깨물었다. 그들은 말을 잊은 채 한 시간은 족히 있었다. 그들은 알고 싶어 하던 것을 이제 알게 되었다.

우리 아버지들의 아버지의 비밀은 그런 것이었다.

47. 카인

그는 새로운 그미와 육체관계를 갖는다.
아홉 달 뒤 새로운 그미는 사내 아기를 낳는다.
그는 아버지가 된다.
그미는 어머니가 된다.
〈최초의 자식〉은 얼마 지나지 않아 행동이 재빠르고 놀이를 좋아하는 아기가 된다.

그들은 함께 동굴 밖으로 나가려고 애쓴다. 서로 어깨를 짚고 올라간다. 어머니가 아래를 받치고 아버지가 어미 위로 올라가 팔 끝에 아들을 떠받치고 흔든다. 하지만 아들이 자유의 몸이 되려면 아직 수십 센티미터가 모자란다.

몇 달 지난 다음에 아버지는 아들을 여러 번 공중으로 던져 올리려고 하지만, 탈출에 성공하기에는 아들이 아직 너무 어리다.

다른 방법을 찾아야 한다. 어머니는 둘째를 만들자고 제의한다.

48. 만사휴의

뤼크레스가 먼저 침묵을 깼다.

「이제 나는 왜 아제미앙 교수가 거울에다 S라는 글자를 그려 놓았는지 깨달았어요. S는 자기 살인자를 암시하는 게 아니라 마지막 순간에 〈빠진 고리〉의 진실을 폭로하려고 그랬던 거예요. 〈쉬이데 *suidés*〉[11]를 가리키는 S 말이에요.」

「아제미앙이 더 이상 소피 엘뤼앙과 같이 일할 수 없었던 것은 당연해요. 돼지고기 가공 회사 사장인 소피 엘뤼앙이 그의 연구에 재정적인 뒷받침을 해주었는데, 그 결과가 인간과 돼지가 혈통 관계가 있다는 것을 발견한 것으로

---

11 쉬이데는 프랑스어로 멧돼짓과란 뜻이다.

나왔으니!」

이지도르가 덧붙였다.

「아제미앙 교수의 주장을 들은 과학자들이 그에 동조하기를 거부한 것도 바로 그 때문일 거요. 인간의 조상이 돼지라니, 그건 정말 너무…… 우스꽝스러워요.」

이지도르와 뤼크레스는 함께 아제미앙의 원고를 꼼꼼하게 다시 읽기 시작했다. 글 읽는 데 너무 골몰한 나머지 두 사람은 앙주 린줄리가 발가락 다섯 달린 발뼈가 든 상자를 가지고 몰래 빠져나가는 것을 눈치 채지 못했다. 두 사람이 앙주가 떠난 것을 알았을 때는 이미 너무 늦었다. 칡줄을 타고 올라가다 보면 찍찍 하는 소리가 나서 두 사람이 글을 읽다 말고 돌아다보았을 수도 있으련만, 곡예사는 아무 소리도 내지 않고 어느새 지상에 올라가 있었다. 게다가 그는 두 사람이 따라오지 못하도록 위에서 줄을 풀어 버렸다. 이제 그는 가슴에 상자를 끌어안고 구멍들머리 가장자리에 서 있었다.

두 사람은 앙주가 총을 훔쳐 갔다는 사실도 알아차렸다.

「앙주, 어떻게 된 거예요?」

뤼크레스가 크게 소리쳤다.

푸른 하늘을 등진 앙주의 깡마른 실루엣이 역광을 받아 한결 거뭇하게 부각되었다.

「미안하오, 친구들. 하지만 어쩔 수가 없소. 평생 나는 실패만 거듭했소. 배우로서, 곡예사로서, 모험가로서 모두 실패했소. 이런 모질디모진 팔자를 고칠 절호의 기회가 온 거요. 아제미앙 교수는 죽었고, 그의 학문적인 유산이 우리 세 사람 손에 들어왔소. 셋, 다시 말해 둘은 과잉이 죠. 그래서 나는 당신들을 여기에 내버릴 수밖에 없소. 당신들한테 어떤 적개심이 있다거나 특별한 반감이 있는 건 아니요. 내 능력을 꽃피울 수 있게 한 번도 돕지 않은 사회의 잘못이죠. 그런데, 이제 크게 한번 성공할 기회가 온 거요.」

그의 태도는 자못 고압적이었다.

뤼크레스가 큰소리로 말했다.

「마지막으로 질문 하나 할게요. 아제미앙 교수를 죽인 사람이 당신인가요?」

앙주는 동굴 속을 향해 몸을 굽혀 큰 목소리로 이해할 수 없는 이야기를 꺼냈다.

「아니요. 아제미앙 교수는 나의 친구였소. 그는 자신의 작업을 계승할 사람으로 나를 지목했소. 그래서 나는 그의 유지(遺志)를 따랐고 앞으로도 계속 그럴 생각이오.」

「그럼 원숭이로 분장하고 〈우리는 어디에서 왔는가?〉라는 클럽의 회원들을 습격한 건 바로 당신이었지요?」

이지도르가 물었다.

앙주는 그렇다고 대답했다. 이제 와서 이 사실을 숨겨 보아야 무슨 소용이 있겠는가? 아제미앙이 죽기 얼마 전에 앙주는 그에게서 편지 한 통을 받았다. 아제미앙은 그 편지에서 클럽의 회원들에게 연락을 해서 자기에게 했던 약속을 상기시키라고 부탁했다. 아제미앙이 죽자 앙주는 원숭이로 변장하고 회원들에게 짓궂은 방법으로 의무를 다하도록 상기시켰다. 그는 회원들을 해친다기보다는 그들에게 겁을 주려고 했다. 앙주는 그들 모두에게 이런 뜻을 전하고 싶어 했다. 〈그대들의 그릇된 이론에 얽매이지 말라. 진정한 미싱 링크를 생각하라. 아제미앙 교수에게 한 약속을 잊지 말라. 그대들은 아제미앙 교수에게 불행한 일이 생기면 그의 비밀을 세상에 알리기 위해 모든 수단을 동원하겠다고 하지 않았는가.〉 앙주는 아제미앙과의 우정을 생각해서, 실험실에 처박혀 틀에 박힌 그릇된 주장만을 고집하는 그 모든 학자들을 질책하기 위해서 행동에 나섰다.

클럽이 주최하는 많은 모임에 참석했기 때문에 앙주는 회원 각자의 지론이 무엇인지 알고 있었다. 그러나 앙주가 원숭이 차림을 하고 극적으로 그들 앞에 모습을 드러냈지만 어떤 회원도 아제미앙 교수의 유지를 따르려고 하지 않았다. 아무도 탄자니아로 가지 않았다. 앙주 린줄리는 회원들이 그렇게 비열하게 굴자 매우 실망했다.

모든 회원이 아제미앙의 이론을 잘 알고 있었음에도 그것을 가장 먼저 공개하는 역할은 누구도 맡으려 하지 않았다. 모두가 다른 사람이 결심하기를 기다리고 있었다. 왕년에 곡예사이자 전직 포르노 영화 배우였던 그가 증거도 없는 사실을 떠들어 보아야 누가 그의 말을 곧이들었을 것인가?

완전히 낙담한 앙주는 그 편협한 학계에 품었던 헛된 기대에서 깨어나 결국 소피 엘뤼앙을 납치하기로 했다. 자기의 옛날 제자인 그녀가 특권에 안주하는 학자들보다 더 개방적인 태도를 보일 거라고 기대하면서.

이번엔 앙주의 판단이 틀리지 않았다. 앙주가 비행기에 올라 소피 엘뤼앙에게 무슨 일이 일어났는지 설명했을 때, 그녀는 금방 이해했다. 소피 엘뤼앙은 비록 가장 과감하게 나오지는 않았어도 가장 호기심 많은 태도를 취했다. 게다가 앙주 린줄리는 비록 소피 엘뤼앙이 다른 회원들과 동등한 학문적인 권위는 없었지만, 그래도 아제미앙 교수의 유언에 가장 큰 파문을 일으켜 줄 만한 충분한 재력이 있다고 확신했다.

앙주 린줄리는 발가락이 다섯인 발이 들어 있는 상자를 가리켰다.

「그러나 이제는 〈증거〉가 있어요. 증거가 있으면 모든 게 달라져요.」

그는 마지막으로 동굴 쪽으로 몸을 기울였다. 떠나기 전에 그는 인사를 대신해서 윙크를 하고는 이렇게 말했다.

「자 자, 마지막으로 한마디 해주겠소. 죽는 날까지 부디 행복하게 사시오.」

49. 아벨

둘째는 맏이와 아주 다르다. 털이 덜 더부룩하며, 원숭이를 덜 닮고 돼지를 더 닮았다.

아버지와 어머니는 또다시 자식들을 만들어 낸다면, 둘의 유전적인 특질이 합쳐져서 새로운 유형의 자식이 생겨날 것이라고 생각한다.

아버지와 어머니는 또 다른 자식들이 태어나길 기다리면서 둘째가 지대한 임무를 다할 수 있도록 교육시킨다. 그 임무란 마침내 동굴 꼭대기에 다다라서 환한 햇빛 속으로 나가는 것이다.

50. 돌로 된 감옥

이지도르와 뤼크레스는 구멍의 가장 깊숙한 곳에 있었다. 그들은 돌로 된 벽면에 기대어 앉았다.

「마침내 목적을 달성하는가 했더니, 이렇게 꼼짝없이 갇히게 될 줄이야.」

뤼크레스가 한탄했다.

「그래도 우리는 아담과 이브가 이 동굴에 갇혔을 때만큼 빈털터리는 아니에요. 1천6백cm^3의 뛰어난 두뇌에서 5천 년에 걸쳐 나온 기술과 지혜가 우리를 지켜 줄 거예요.」

자기가 말한 것을 증명해 보이려는 듯 이지도르는 두 사람의 배낭에 든 내용물을 쏟아 붓고 자기들에게 어떤 물품이 남아 있는지를 확인하였다.

그때 뤼크레스에게 한 가지 생각이 퍼뜩 떠올랐다.

「이 〈호모 사피엔스〉의 머릿속에 무슨 생각이 떠올랐는지 아세요? 고무줄 대신 브래지어를, 화살 대신 여기저기 굴러다니는 정강이뼈를 써서 활을 만들어 보는 건 어떨까요? 옛날에 우리 조상들이 하던 식으로 해보는 거예요.」

말이 떨어지기가 무섭게 두 사람은 줄 하나를 뼈에다 매고, 늑골 하나로 활을 만들었다. 그런 다음, 뤼크레스가 시위를 힘껏 당겨 화살을 허공으로 날려 보냈다. 임시변통으로 만든 화살은 수직으로 높이 날아갔다가 내리꽂힐 자리를 찾지 못하고 이내 동굴 안으로 떨어졌다.

「화살 여러 개가 적당한 두 암벽 사이에 정확하게 꽂혀서 갈고리 구실을 하게 되는 것은 영화에서나 있는 일이죠.」

뤼크레스는 등을 돌려 브래지어를 다시 착용했다. 그사이에 이지도르는 그녀의 매끈한 등을 감상했다.

「그런데 우리 섹스를 하면 어떨까요?」

이지도르가 제안했다.

기침이 갑자기 터져 나오는 바람에 뤼크레스는 토막토막 잘린 소리로 말하였다.

「예, 뭐라고 하셨지요?」

「우리가 섹스를 하면 어떻겠느냐고요.」

이지도르는 침착하게 되풀이했다.

「결국 아담과 이브는 이 동굴에서 빠져나가기 위해 그렇게 했어요.」

「그렇지만 나는 단지 이 구멍에서 빠져나가자고 당신과 함께 아이를 만들 생각은 없어요.」

뤼크레스가 쏘아붙였다.

「좋아요, 그렇다면 우리는 죽게 되겠군요.」

이지도르는 암벽에 몸을 다시 기대면서 말했다.

뤼크레스는 두 주먹을 허리에 갖다 댔다.

「이지도르 선배님, 이런 식으로 나를 협박하기에요? 정말로 선배님이 이럴 줄은 몰랐어요!」

이지도르는 냉정을 잃지 않고 부드럽게 말했다.

「좋아요. 그러면 그냥 내가 그대와 섹스를 하고 싶어 하는 것으로 생각하면 되잖아요. 나는 한 남자와 한 여자가 동굴 속에 처박혀 있고, 또 그들이 그곳에서 죽을 가능성이 있다면, 죽기 전에 얼마 동안 좋은 시간을 갖는 것은 괜찮다고 생각해요. 이런 상황에서는 그게 좋은 방법이 아닐까요? 우리를 먹여 살리는 지구라는 보호자 품에 안겨 죽도록 사랑해 보자는 것이죠. 솔직히 말하면, 나는 당신이 예쁘다고 생각해요. 작긴 하지만 정말 예뻐요.」

「당신들 남자들은 다 똑같아요. 정말 남자들 속에는 돼지가 잠자고 있나 봐요.」

뤼크레스가 중얼거렸다.

「돼지와 원숭이죠.」

이지도르가 그녀의 말을 고쳐 말했다.

뤼크레스는 상대방의 뻔뻔함에 그저 뜨악할 뿐이었다. 이지도르는 더 이상 고집하지 않았다. 그는 림프성 체질[12]

---

[12] 고대 의학에서 임파액 과잉에서 오는 체질이나 기질로 근육 박약, 안면 창백, 비활동성 등으로 나타난다.

답게 슬리핑백을 풀어 펼치고 길게 누워 버렸다.

「좋을 대로 해요.」

그가 말했다.

그녀는 뾰로통한 기색을 보이며 그를 따라 누웠다.

「어쨌거나 우리가 이곳을 탈출하려고 자식을 만들고 싶어도, 아이가 태어나는 데 걸리는 아홉 달 동안 버텨 낼 양식이 없어서 안 돼요.」

「아담과 이브는 견뎌 냈습니다. 배급기의 비스킷이 다 떨어지고 나면, 무슨 일이 있는지 알아보려고 내려오는 원숭이를 잡아먹으면 됩니다.」

「원숭이는 이제 타고 내려올 줄이 없어요.」

「두더지나 민달팽이 또 땅속에 있는 벌레들을 잡아먹으면 될 거예요. 맛은 없겠지만 그것들이 생존에 필요한 단백질은 공급해 줄 거예요.」

그는 이끼 낀 돌 하나를 베개로 삼았다.

「그래요. 하지만 아홉 달 뒤에 태어난 아기는 혼자서는 저 위로 기어오르지 못할 거예요. 이 점이 달라요. 인간의 새끼는 1년이 지나야 제대로 걸어요. 나는 1년이 지나면 우리 둘 중 한 쪽이 다른 쪽을 잡아먹을 거라고 생각해요. 당돌하게 들릴지는 모르지만. 나는 그 지경까지 가기 전에 바로 자살을 택할 거예요.」

「좋아요. 하지만 적어도 그전에 좀 즐기자는 거죠.」

그녀는 팔꿈치를 땅바닥에 대고 몸을 일으켰다.

「그만하세요.」

첫날 저녁에 그들은 아제미앙 교수의 기계에 조리 있는 문장을 조합해서 나온 비스킷으로 푸짐하게 식사를 했다. 두 사람은 각자 동굴의 끝에 자리 잡고 잠을 잤다.

이튿날 아침, 그들은 탈출하려고 몇 가지 시도를 해보았으나 별 소득이 없었다. 두 사람은 다투면서 오후를 보냈다.

셋째 날도 마찬가지였다.

넷째 날, 두 사람은 다시 아침나절에 다투었다. 그리고 저녁에는 인류의 기원과 그것에 대해 자신들이 조사한 것을 놓고 토론했다.

닷새째 되는 날, 그들은 인류의 기원에 대해 이야기하며 한나절을 보냈다. 저녁에 이지도르는 세 개의 조약돌 놀이를 하자고 제의했다. 그날 밤 동안에 그들의 잠자리가 조금 가까워졌다.

엿새째 날 아침에 그들은 인류의 기원과 그곳에서 빠져나가는 방법에 대해서 논의했다. 오후에 그들은 세 개의 조약돌 놀이를 몇 시간 동안 했다. 그리고 둘은 서로에게 좀 더 가까운 곳에서 잠들었다.

이레째 되는 날, 그들은 세 개의 조약돌 놀이만 했다. 그들은 452번째 판까지 갔다. 그 결과 이 놀이에서 아주 기묘한 경지에 도달했다. 그들은 상대가 〈이 사람은 내가 이렇게 하리라고 생각하고 조렇게 할 거란 말이야. 그럼 나는 요렇게 해야지……. 그런데 내가 요렇게 하리라고 생각하고 다시 이렇게 할 거란 말이야. 그럼 나는 조렇게 해야지〉라고 생각하는 순간을 포착할 줄 알았다.

시합을 벌일 적마다 두 사람은 상대방의 추론을 방해하고 상대의 마음을 간파하기 위해 엄청난 상상력을 동원해야만 했다. 상대의 생각을 텔레파시에 가까운 직관으로 꿰뚫어 보면서 동시에 상대에게 자기의 생각을 들키지 않도록 해야 했다. 그들은 이 놀이를 하는 가운데 서로를 더 잘 이해하게 되었다. 마치 여러 달을 두고 서로 자기 삶을 꼬치꼬치 상대에게 털어놓기라도 한 것처럼. 세 개의 조약돌 놀이에 빠져 그들은 먹는 것도 뒷전으로 하고 전혀 다투지도 않았다.

이렛날 저녁에 이지도르는 추위를 느끼자 뤼크레스에게 몸을 바싹 붙여도 좋으냐고 물었다. 뤼크레스는 승낙했다. 그러나 이지도르가 뤼크레스를 애무하려고 하자 뤼크레스는 아직 그럴 때가 아니라면서 이지도르를 얌전하게 밀어냈다.

여드렛날 아침, 그들이 잠에서 깨어나자마자 조약돌 놀이 시합을 새로 시작했을 때, 뭔가 새로운 것이 그들 눈에 띄었다. 칡줄 한 가닥이 동굴 꼭대기로부터 늘어뜨려져 있었던 것이다.

51. 카인과 아벨

아버지, 어머니, 첫째 아들, 둘째 아들이 동굴 안이라는 적대적인 환경에서 그럭저럭 살아간다. 그들은 하늘에서 떨어지는 동물들을 죽이고 남은 것은 더 오랫동안 간수하려고 찰흙 속에 묻어 둔다. 쥐 한 쌍이 동굴 안으로 떨어지자 둘째 아들은 쥐 사육을 할 수 있게 교미를 시키자고 제의한다. 둘째 아들은 정말 대단히 영리하다.

첫째는 자기도 무언가를 해야겠다고 궁리하다가 버섯 재배를 개발한다. 버섯은 영양이 매우 풍부한 것으로 밝혀진다.

온 가족이 동굴 위쪽에 도달하기 위해 다시 한 번 서로서로를 딛고 일어서기를 해볼 양으로 둘째가 충분히 자라기를 기다린다. 그들은 여러 차례 시도를 하는데, 거의 성공을 거둘 뻔한다. 그들은 둘째가 더 크기를 기다리기로 한다.

그런데 그들이 틀어박혀 살아가는 작은 동굴의 분위기가 무겁게 가라앉기 시작한다. 맏아들과 둘째 아들은 서로가 서로를 못 견뎌 한다. 둘은 아버지의 애무와 어머니의 핥아 주기를 놓고 서로 시샘을 하게 된다. 형은 동생이, 손은 말굽을 닮았고 얼굴에 괴상한 주둥이가 달렸다고 이죽거렸다.

둘째는 첫째가 난폭하고 부모를 공경하지 않는다고 나무랐다. 둘의 놀이는 으레 말다툼으로 끝나고, 말다툼은 진짜 싸움으로 변하기 일쑤다.

어느 날 둘이 다시 드잡이를 하며 싸우게 되었을 때 첫째가 둘째를 죽인다.

부모가 말릴 겨를도 없었다. 부모는 죽임을 당한 아들을 하염없이 바라본다. 다음에 그들은 동생을 죽인 아들을 본다. 그들의 희망은 끝나 버렸다.

어떻게 할 것인가? 맏아들을 벌할 것인가? 맏이를 죽일 것인가?

맏이를 갖기 위해 그들이 겪은 어려움을 생각하면, 그건 차마 못할 짓이다. 둘째가 태어나고도 어미는 임신을 몇 차례 했다. 그러나 그때마다 아이는 사산이 되었다. 이제 그들은 자식을 더 갖지 못하리라는 사실을 알고 있다.

아버지는 무섭게 화를 낸다. 그는 고래고래 소리 지르며 벽에다 주먹질을 해댄다. 첫째는 아버지가 더 좋아하던 둘째를 죽였을 뿐 아니라, 그들이 동굴을 빠져나갈 희망까지 꺾어 버렸다. 그들은 더 살아 봤자 아무 소용이 없으리라. 어머니가 나서도 아버지를 진정시키지 못한다. 역정이 극에 달한 아비는 첫째를 움켜잡고 홧김에 솟은 무시무시한 힘으로, 허공에 던져 버린다. 차마 죽일 수는 없지만, 그렇다고 그냥 두고 볼 수도 없다는 뜻이다.

그러나 첫째에게는 천장에 부딪혀 머리가 부서지는 일 따위는 생기지 않는다. 그는 천장이 아니라 좁다란 동굴 들머리 쪽으로 날아갔다. 영장류의 반사 신경을 되찾자 그는 다시 떨어지지 않으려고 들머리 언저리에 몸을 바싹 갖다 붙인다.

아래쪽에서는 아버지가 여전히 고래고래 소리 지른다.

아들은 아버지의 분노에 너무나 질겁하여 영장류를 뛰

어넘는 힘을 발휘해 지표면까지 기어 올라갔다.

아버지와 어머니는 소스라치게 놀라며 고함을 멈춘다. 첫째가 동굴에서 탈출하는 데에 성공한 것이다!

52. 뜻밖의 원군

칡줄 한 가닥이었다. 천천히 그들 쪽으로 내려오는 칡줄 둘레로 모여 여럿이 부산을 떨고 있었다. 이지도르와 뤼크레스는 약간 아쉬움을 느끼며 조약돌 놀이를 중단했다.

그것은 인간이 아니라 갈라고 여우원숭이들이었다. 칡줄이 사라지자 원숭이들에게도 적잖은 문제가 생겼다. 원숭이들도 동굴의 깊이로 보아 거기로 떨어지면 뼈가 부서지리라는 것쯤은 알고 있었다. 그리하여 원숭이들은 내려갈 확실한 방법을 모색하였다. 여우원숭이들은 해결책을 찾아내려고 며칠을 보냈다. 그런데 아마도 먹을거리가 나오는 배급기의 자판으로 잘 훈련된 두뇌를 써서 원숭이들은 마침내 해결책을 찾아내었을 것이다.

원숭이들은 나무통에 칡줄을 8자 모양으로 감는 게 필수적이라는 사실을 알아차렸다. 그들은 줄을 단단히 고정시키려고 매듭의 원리까지 발견해 낸 것임에 틀림없었다. 열 마리가량 옹기종기 매달려 한꺼번에 내려오는 것을 보면 줄이 퍽 단단하게 걸린 것이 분명했다.

줄을 타고 내려온 여우원숭이들은 두 인간이 이미 〈자

기들〉 비스킷을 많이 먹어 치운 것을 보고는 눈살을 찌푸렸다. 지배적 수컷 두 마리가 서로 다투었다. 두 수컷은 인간을 믿었다고 서로 비난하였다.

손해가 이토록 막심할 줄이야!

일주일 내내 동굴을 내려갈 방도를 찾느라고 머리를 쥐어짰는데, 막상 내려와 보니 숲 속 어디에서도 구할 수 없는 맛있는 먹이를 두 괴물이 너무나 많이 먹어 치운 거였다.

원숭이 우두머리가 두 사람에게 다가와 손을 움켜쥐더니, 당장 위로 올라가 꺼져 버리라는 뜻을 알렸다.

뤼크레스는 두 사람의 소지품을 끌어 모은 다음 칡줄을 움켜쥐었다.

「여부가 있겠습니까? 가라면 가지요.」

뤼크레스는 원숭이 우두머리에게 인사하는 시늉을 하며 그렇게 말했다. 우두머리는 피해가 막심한 것을 보고 아연실색하며 이마를 감싸고 있었다.

「이렇게 우리 인간들도 궁지를 벗어나기 위해 동물들을 필요로 할 때가 있다니까요.」

숨을 헐떡거리며 뤼크레스를 뒤따르던 이지도르가 동을 달았다.

여우원숭이들은 두 사람이 어서 줄을 타고 올라가 멀리 가버리라고 재촉하듯 고함을 질러 댔다.

마침내 두 사람의 틈입자가 눈에 띄지 않자 원숭이들은 〈지나친 관용주의자〉인 우두머리를 파면시켰다. 원숭이들은 비록 인간들이 복종한다는 표시로 알아서 기는 자세로 나오더라도 절대로 인간을 믿지 말자고 맹세하였다.

53. 동굴을 빠져나오다

 만이는 머리를 든다. 햇빛에 눈이 부셔 한동안 앞이 보이지 않는다. 그는 평생 빛이라고는 좁은 입구로 비쳐 드는 산란한 빛줄기밖에 없는 어둠 속에서 살아 왔다.
 햇빛에 몸을 드러내는 일이 그로서는 정말 견디기 힘들다. 그는 눈에 손바닥을 갖다 붙인다. 마치 빛에 취한 듯하다.
 낯익은 세계인 동굴 안으로 도로 내려가고 싶다. 그러나 아래쪽에서는 아버지가 그에게 계속해서 욕을 퍼붓고 있다. 그는 이제 선택의 여지가 없다는 것을 안다.
 빛이 그를 악착스럽게 따라다닌다. 이상한 느낌이 든다. 마치 집채 같은 불꽃이 그의 뇌를 휩쓸어 간 느낌이다. 불꽃같은 빛줄기가 워낙 강렬해서 다른 모든 감각들을 없애 버린다. 그는 웅크리고 앉아서 무섭게 파고드는 빛의 알갱이들을 두 팔을 들어 막아낸다.
 그럼에도 그의 뇌는 조금씩 조금씩 강한 빛에 익숙해진다. 그는 다시 일어선다. 하늘을 쳐다본다. 동굴 바닥에서 본 하늘은 좁디좁은 하늘이었다. 바깥에서 보는 하늘은 얼마나 광활한가!
 빛 때문에 눈이 부시다는 것 다음으로 이제껏 느껴 보지 못한 또 하나의 낯선 느낌이 엄습한다. 바로 추위다. 동굴 아래쪽은 실제로 늘 같은 기온을 보였다. 여기 바깥세상에서는 더운 공기의 흐름에 이어 찬 공기의 흐름이 그의 얇은 털가죽을 스치고 지나간다. 그의 모든 털이 곤두선다.

세 번째로 느낀 이상야릇한 느낌은 냄새와 관계된 것이다. 바깥에는 수십, 수백, 수천의 냄새가 서로 섞이고, 변화하고, 보충하며 존재한다. 과일 냄새, 땀내, 꽃가루 냄새, 나무 냄새, 오줌, 똥, 이끼, 지의류, 먼지, 흙냄새…… 이런 미세한 냄새들에는 수천 가지 메시지가 담겨 있지만, 그는 아직 그것을 해독할 줄 모른다.

그는 알껍질을 막 깨고 나온 새끼 새나 다름없다. 그는 빛과 바람과 냄새로부터 자기를 보호하려고 머리를 숙인다.

그의 머릿속에서 네 번째 문이 열린다. 청각이다. 동굴에서는 소리가 희미하게 들려 왔다. 바깥세상엔 왁자한 소리가 끊이지 않는다. 새들이 재잘거리고 나무들이 살랑거린다. 여치들은 날개를 파르르 떨며 울어 댄다. 올빼미 울음소리, 여우 우는 소리, 돼지가 꿀꿀거리는 소리, 사자가 으르렁거리는 소리도 들린다. 모든 감각에 엄습해 오는 그 뒤죽박죽인 신호들 속에서 그는 아버지의 목소리를 식별해 낸다.

아버지는 동굴 밑바닥에서 쉴 새 없이 아들한테 욕을 퍼붓고 있다. 맏이는 자기를 이 지경으로 몰고 온 몸서리치는 정황들을 떠올린다. 동생의 죽음. 아버지의 분노. 아버지는 아래쪽에서 주먹으로 아들을 위협한다. 어떻게 아버지가 자기 분신인 아들을 이렇게까지 원망할 수 있단 말인가?

맏이는 아버지가 마구 퍼부어 대는 증오의 소리를 들으며 꼼짝 않고 있다. 아버지는 그를 죽이지 못한 것이 못내 분한 모양이다. 맏이는 〈하지만 아빠, 아세요? 내가 해냈어요〉라는 뜻을 전하고 싶어 한다.

그는 말을 하려고 소리를 낸다. 그는 말을 하고 싶다. 아버지에게 자기의 정당함을 주장하고 싶다. 목구멍에서 한 번도 써본 적이 없는 근육들이 깨어나 비틀린다. 아빠한테 설명해야 해. 그는 목과 입과 뺨을 열심히 움직여 자기를 이해시킬 수 있는 소리를 내려고 애를 쓴다.

그는 같은 소리를 수없이 되풀이하며 내어 본다. 그는 수많은 일들을 부모에게 설명하고 싶다. 무엇보다 그는 부모가 결국 자신을 자랑스럽게 생각했으면 한다. 〈하지만 아빠, 난 해냈어요!〉 어떤 식으로든 또 어떤 사정에서 이루어졌든, 부모의 핏줄이 이어지게 되었다는 것을 알아주면 좋으련만.

그러나 그는 저기 아래쪽에서 어떤 격려나 축하의 신호도 발견하지 못한다. 아버지 역시 소리를 찾는 모양이나, 그것은 고통과 비난을 표현하려는 뜻에서다.

아버지는 그를 이해하지 못한다.

양쪽 다 고함치는 것과는 다른 방식으로 스스로를 표현하고자 한다. 그들은 목청에 힘을 주었다 뺐다 하면서 소리의 높낮이와 강약과 빠르기에 새로운 변화를 준다. 한쪽은 비난하기 위해. 다른 쪽은 설명하기 위해서. 대화는 있을 수 없다. 결국, 아들은 떠나야 한다고 생각한다. 그래서 마지막으로 〈아빠, 아빠가 나를 용서할 수 없기 때문에, 또 아빠가 나를 자랑스럽게 여기지 않기 때문에, 나는 떠나요〉라는 뜻의 알아듣기 힘든 말을 내뱉는다.

마지막으로 그는 동굴 아래를 향해 몸을 구부린다. 어머니의 휘둥그레 뜬 눈이 보인다. 동생의 시체가 눈에 들어온다. 바로 그 옆에서 아버지의 격분한 눈초리가 번득인다.

땅속 깊숙한 데서 올라오는 분노 어린 아버지의 그 눈빛을 그는 영원히 잊지 못할 것이다.

제 3 부 **꺼림칙한 사촌**

1. 훌륭한 주제

프랑스 파리
현대

땅속에서 무수한 사람들이 꾸역꾸역 빠져나왔다. 지하철 통로를 빠져나온 사람들은 강한 햇빛에 눈이 부셨다. 금세 햇빛에 익숙해진 사람들은 서둘러서 보도 위로 걸음을 옮겨 일터로 향했다. 지하철 출구에서 인간들이 끊임없이 지상으로 쏟아져 나오고 있었다.

이들은 모두 어디로 가는가? 대부분 자기 일터로 간다. 이들은 훈훈하고 네모난 또 다른 동굴로 급히 간다. 이 수많은 동굴에는 인간의 현대적인 활동이 숨어 있다. 전화하기. 신문 보기. 편지 읽기. 답장하기. 전화하기. 전날 본 텔레비전 프로그램을 놓고 동료들과 토론하기. 자동판매기에서 커피 뽑아 마시기. 빈 칸에 숫자 적어 넣기. 부하 직원들이 기입해 둔 숫자 검토하기. 부하 직원들에게 잘못한 점 지적하기. 자기 상관에게 보고하러 가기. 매출 총액 도출 과정을 도표로 보여 주기. 자동판매기에서 커피 뽑아 마시기. 계약서에 서명하기. 전화하기. 짧은 치마 차림의 여비서들 희롱하기. 음식점에서 식사하기. 전화하기. 고장 난 컴퓨터 수리를 맡길 기술자 부르기. 고장 난 전화기 고치는 사람 부르기. 자기 여비서 꼬드기기. 새 컴퓨터 구입하기. 새 전화기 사들이기. 새로 온 여비서 구워삶기. 전화하기. 자동판매기에서 커피 뽑아 마시기. 최근에 구입한 물건을 놓고 동료들과 이러쿵저러쿵 이야기 나누기. 누가 자기 부서나 다른 부서의 누구랑 잠자리를 같이하는지 알아보려는 잡담 늘어놓기. 손목시계 보기. 업무 수첩 훑어보기. 전화하기.

부르릉거리는 구치 오토바이가 〈르 게퇴르 모데른〉의 건물 앞에 멈춰 섰다. 뤼크레스 넴로드는 마이카 안경과 챙 없는 가죽 모자를 벗고 건물 쪽으로 바삐 걸어갔다.

지각이었다. 그녀는 둥글게 놓인 기자들의 의자 사이로 살짝 빠져 들어가 프랑크 고티에 옆에 앉았다. 크리스티안 테나르디에 부장은 그녀에게 눈길조차 주지 않았다. 다음 호에 대비해 기자들이 각자 선정한 주제를 돌아가며 발표하는 중이었다.

사회학적인 분석에 능하고 익살스러운 기사를 즐겨 쓰는 막심 보지라르는 음식점에서 감자튀김을 곁들인 비프스테이크에 늘 따라 나오는 이른바 장식용 샐러드로 시든 채소를 쓴다는 소문이 항간에 떠돌고 있으므로 그것을 바탕으로 악덕 요식업자들을 고발하는 기사를 쓰고 싶어 했다. 이 제안을 듣고 모두 흥분을 감추지 못했으며, 몇 사람은 이런 폐단을 뿌리 뽑기 위한 단체를 만들자는 의견까지 내놓았다. 이 주제는 채택되었다. 격앙된 이 기자는 내친김에 등을 간지럽게 하는 의복의 나일론 상표에 대한 기사를 제의했다. 그러나 그는 매사엔 다 때가 있는 법이라는 주의를 들었다.

범죄 사건을 전문으로 다루는 기자인 플로랑 펠그리니는 자기 아들을 물에 빠뜨려 죽인 한 어머니를 취재하고 싶어 했다. 정부의 품에 안겨 있다가 느닷없이 들어온 아들에게 들킨 여인이 그 아들을 살해한다. 그녀는 아이를 쓰레기봉투에 처넣은 다음 그 지방의 강물에 던졌다. 펠그리니는 자기가 제안한 주제에 흥미를 돋우려고 자식 살해범인 이 어머니가 아주 사진을 잘 받는 데다 수사를 맡은 검사가 그녀에게 홀딱 반했다고 강조했다. 이 주제도 채택되었다.

환경보호주의자인 클로틸드 플랑카오에트는 세계에서 가장 큰 숲의 하나인 파푸아 뉴기니 숲이 일본 식당의 1회용 나무젓가락이나 서양인들이 코를 푸는 데 쓰는 1회용 종이 손수건으로 변해 사라지고 있다고 말했다. 파푸아 섬의 남쪽에 침입한 인도네시아 사람들은 부랴부랴 숲의 벌채권을 일본이나 미국의 기업 연합들에 되팔았고, 이들 기업이 아무런 저항을 받지 않고 벌채를 할 수 있도록 파푸아 원주민을 학살하는 만행까지 저질렀다.

테나르디에 부장은 입을 삐죽거리다가 〈안 돼〉라고 내뱉고는 별다른 토도 달지 않았다. 그러자 클로틸드 플랑카오에트는 대양에서 물고기들이 사라지는 현상을 기사화하자고 제안했다. 대량 어획을 하는 선박들이 그 지경으로 바닷속을 싹 쓸어 버렸으며, 이제 다시 야생 물고기를 잡으려면 매우 깊은 바다에나 그물을 던져야 가능하다고 이야기했다. 이 어선들은 〈빵가루 입힌 대구 살〉처럼 형체를 전혀 알아볼 수 없을 만큼 기형이 되어 버린 끔찍한 괴물들을 잡아 오기도 한다는 거였다.

테나르디에 부장은 조금도 관심을 보이지 않았다. 부장은 젊은 여기자에게 임업이나 어업의 평판을 나쁘게 하는 짓을 하지 말라고 지시했다. 환경보호주의자인 여기자는 자리에 도로 앉아 고개를 떨구고 다음번에는 더 잘해 보겠다며 우물거렸다.

국제부 특파원인 장 피에르 뒤보는 자신이 중앙아프리카에서 돌아왔다는 사실을 상기시켰다. 그곳에서 그는 막대기나 돌로 서로 쳐 죽이는 사람들을 보았다고 보고했다. 서로를 깨끗하게 죽일 탄약이 충분하지 않은 까닭이라고 했다.

「아주 좋아.」

부장이 칭찬을 했다.

「그 기사로 시사 면을 시작하면 되겠어. 한 가지만 지적할까. 장 피에르는 언제나 방금 살해당한 엄마 곁에서 울고 있는 눈가에 파리가 잔뜩 붙은 어린 여자아이 사진으로 르포를 시작하는데, 조금 변화를 줘. 알베르 롱드르는 르포에서 관심을 끌기 위해 똑같은 사진을 계속 쓰지는 않았어. 그건 결국 신뢰성을 떨어뜨려. 글쎄. 그 사진 대신에 자기 아버지가 포로가 되었기 때문에 우는, 배가 볼록 튀어나온 어린 남자아이를 한번 써봐요…….」

조롱 반 아첨 반의 비웃음이 좌중에 일었다.

「다음.」

프랑크 고티에는 민간요법이나 침술, 그 밖의 자연 요법들을 고발하는 기사를 염두에 두고 있었다. 그는 〈어수룩한 환자들을 등쳐먹고 사는 협잡꾼들〉 모두에게 복수하고 싶어 했다. 장 피에르 뒤보는 자기가 민간요법으로 치료를 하고 있으며, 자기에겐 이 민간전승 약품이 아주 잘 듣는다고 프랑크에게 말했다. 펠그리니는 이런 민간요법들이 『르 게퇴르 모데른』 독자들 사이에서 매우 인기가 좋다고 지적했다. 부장은 그들에게 조용히 하라고 지시했다.

「할머니들이나 신봉하는 그런 요법이 효과가 있는지 없는지는 상관할 바 아니에요. 이런 기사의 이점은 바로 해묵은 논쟁에 다시 불을 붙인다는 데에 있어요. 꺼져 가는 논쟁의 불씨를 되살리는 것이 모든 신문과 잡지의 기능 아닌가요? 프랑크가 앙심을 품은 듯한 목소리를 제대로 낼 수만 있다면, 우리는 적어도 1년 내내 엄청난 우편물을 받을 거예요. 난 프랑크가 확실히 그럴 역량이 있다고 믿어요. 터무니없는 도발과 정정 보도야말로 저널리즘이 젖줄을 대고 있는 두 원천이지요.」

모든 시선이 뤼크레스 넴로드에게로 쏠렸다. 뤼크레스가 발언할 차례였다. 뤼크레스는 자리에서 일어섰다. 그녀는 치마에 주름이 잡혔을 거라고 짐작해서 기계적인 손놀림으로 짧은 치마를 잡아당겼다. 뤼크레스는 이지도르 카첸버그와 손잡고 빠진 고리에 대한 조사를 하러 아프리카까지 다녀왔으며, 특종을 가지고 왔다고 보고했다.

테나르디에 부장의 시선이 험악해졌다. 이지도르 카첸버그라는 이름을 듣자 언짢아하는 기색이 역력했다. 부장은 어서 이야기를 계속하라고 재촉했다. 마치 늑대가 어린 양에게 제 아가리로 들어오라고 부추기듯이.

「우리는 탄자니아의 정글 한가운데서 아제미앙 교수의 비밀을 찾아냈습니다. 이제 우리는 그의 이론을 알고 있습니다. 그는 우리들의 가장 오래된 조상을 진짜로 발견한 것 같습니다. 우리 아버지들의 아버지. 화젯거리가 될 거예요.」

부장은 시가에 불을 붙인 다음 연기를 한 모금 내뱉었다. 희뿌연 연기가 흩어졌다.

「주장을 뒷받침할 증거가 있어?」

「예. 음…… 증거물을 보긴 했는데, 그것을 도둑맞았다고 말하면 어떨까요. 부장님께서도 방금 터무니없는 도발과 정정 보도가 저널리즘이 젖줄을 대고 있는 두 원천이라고 말씀하셨잖아요…….」

「그건 민간요법의 경우지 고생물학은 그렇지 않아.」

프랑크 고티에 과학부장이 테나르디에 부장 대신 대답했다.

「인류 기원에 얽힌 신비는 워낙 중요한 주제라서 증거 없이 다룰 수는 없다고. 수중에 확실한 증거도 없이 아무 가설이나 내세울 수는 없잖아.」

뤼크레스는 선배 기자가 배신하는 것을 보고 몹시 놀랐다.

「그러나 제가 할 수 있는 이야기는······.」

「······가치가 없어, 증거가 없으니까.」

프랑크 고티에가 뤼크레스의 말을 앞질렀다.

「두개골이든 뼛조각이든 진짜 과학자들에게 감정을 받을 수 있는 것을 가져오란 말이야. 처음 맡은 일에 퍽 고심을 했어도 결과가 그렇다면 그 글을 실을 수는 없잖아. 우리 잡지의 신뢰성이 걸린 문제라고.」

뤼크레스는 숨을 깊이 들이마시며 평정을 유지했다.

「아제미앙 교수는······.」

뤼크레스가 말을 꺼냈다.

「······죽었어.」

프랑크 고티에가 다시 뤼크레스의 말을 가로막았다.

「그래서 그 양반은 자네 말을 지지해 줄 수 없어. 게다가 그 양반은 언제나 동료들한테 괴짜 취급을 받았어.」

테나르디에 부장은 프랑크 고티에가 수습기자를 매몰차게 몰아붙이는 것을 보고 흡족해했다. 그래도 뤼크레스는 아직 패배를 인정하지 않았다.

「좋습니다. 그럼 제가 증거를 가져오겠습니다!」

테나르디에 부장이 뿜어 놓은 둥그런 담배 연기에 휘감긴 뤼크레스는 그렇게 내뱉었다.

테나르디에 부장은 음흉하게 웃었다. 어떤 생각 하나가 부장의 머리를 퍼뜩 스치고 지나갔다.

「어쨌거나 이건 사실 아주 괜찮은 주제야.」

테나르디에 부장은 갑자기 한 걸음 물러섰다.

「이 문제를 한번 다뤄 볼까요? 프랑크, 과학적인 사실에 기초하여 자료를 만들어 보면 흥미롭지 않겠어? 인류 기원에 관한 지식이 현재 어디까지 와 있는가를 재정리해서 과학적인 자료를 만들어 볼 생각 없어? 이렇게 중요한 주제를 다룰 만한 프로 근성을 가진 사람은 프랑크 당신밖에 없어.」

프랑크 고티에는 이 주제가 매우 흥미로워서 기꺼이 민간요법에 관한 원고를 뒤로 미루겠다는 의사를 선뜻 밝혔다. 그에게는 우리 조상들에 대해 〈진짜〉 이야기를 즐겨 들려줄 고생물학자 친구들이 많았다. 막심 보지라르는 이것 역시 자기가 많은 관심을 가지고 있는 주제 중의 하나이며, 자기는 기꺼이 프랑스인들이 인류 기원의 신비를 얼마나 궁금해하는가를 밝혀 프랑크의 조사를 보충하겠다고 밝혔다.

뤼크레스는 어이가 없었다.

「그렇지만……」

「대단한 자료가 될 거야. 그 기사로 표지 제목을 뽑을 수도 있겠고!」

테나르디에 부장은 한술 더 떴다.

클로틸드 플랑카오에트는 프랑스에서 고속도로를 건설할 때 우연히 발견한 고생물학 유적지에 대한 박스 기사를 쓰겠다고 머뭇거리며 제의했다.

「훌륭한 생각이야, 클로틸드도 하려고 드니까 잘하네.」

「그렇지만……」

뤼크레스 넴로드는 자신의 귀를 의심하며 딸꾹질을 했다.

테나르디에 부장은 언제 그랬냐는 듯이 갑작스럽게 태도를 바꾸며 정례 회의를 마쳤다.

「그럼, 썩 괜찮은 커버스토리야. 〈우리는 어디에서 왔는가?〉라는 형이상학적인 물음은 우리 모두의 마음을 사로잡는 엄청난 질문이야. 그런 질문을 스스로에게 던져 보지 않은 사람이 누가 있겠어?」

2. 위층에서

「수족[13]의 신화에 따르면 인간은 토끼가 창조했다고 해요. 토끼 한 마리가 길을 가다가 핏덩이 하나를 보았어요. 토끼는 이것을 발끝으로 툭툭 치며 가지고 놀기 시작했대요. 이 핏덩이가 창자로 바뀌었어요. 토끼가 계속해서 장

---

13 아메리카 인디언의 한 부족.

난을 쳤더니 창자에서 갑자기 심장이 돋아나고 그다음에 눈도 생겼어요. 이 기관이 남자아이로 변했는데 이게 세계 최초의 사내아이라는 거예요.」

이지도르 카첸버그는 신화학 서적들을 훑어보고 있었다. 뤼크레스 넴로드도 그 가운데 한 권을 빼 들었다.

「16세기 멕시코 인들은 신이 화덕에서 찰흙을 구워 인간을 만들었다고 생각했어요. 그런데 최초의 인간은 신이 너무 오래 구운 나머지 아주 새까맣게 타서 나왔대요. 그래서 신은 이 결과가 만족스럽지 못하다고 생각하고, 이 최초의 조잡한 작품을 지구에 아무렇게나 내던졌는데, 그것이 바로 아프리카에 떨어진 흑인이에요. 그다음에 신은 두 번째 시도로 〈덜 구워진〉 작품을 만들어 냈어요. 그 결과 너무 희멀겋고 조야한 인간이 나왔어요. 신은 화덕 조절을 잘못해 또 실패했다고 중얼거리며 그 두 번째 작품도 지구에 던져 버렸는데, 이 인간은 유럽에 떨어졌어요. 그다음에 신은 온갖 정성을 다 기울여 세 번째 인간을 구워 냈대요. 신은 알맞게 그을린 구릿빛에 적당한 금빛이 나는 인간이 만들어지기를 바랐어요. 이번에는 일이 제대로 되어서 너무 굽지도 덜 굽지도 않은 완벽한 인간이 만들어졌어요. 신이 아메리카의 중심에 내려놓은 인간이 바로 멕시코 인들이었답니다.」

「기원전 2300년대 헬리오폴리스[14] 시대의 이집트인들은,

---

14 오늘날 카이로 북동쪽 변두리를 차지하고 있는 이집트의 고대 도시로 모든 신들의 발생지로 알려져 있다.

인류는 아툼Atoum 신의 자위행위에서 태어났다고 생각했어요. 이 신의 정액에서 최초의 인간인 쌍둥이 수Shou와 테프누트Tefnout가 생겨났다는 것이지요.」

뤼크레스는 이미 이지도르의 말을 이어받을 준비가 되어 있었다.

「기원전 1200년 무렵의 수메르 인들의 신화에 따르면, 신들은 자신들의 생필품을 조달하는 일에 지쳐 있었어요. 그래서 신들은 자기들 가운데 한 명을 희생시키기로 결정했어요. 희생양이 된 이 신은 다른 모든 신들이 무위도식할 수 있도록 한 무리의 하인들을 만들어 냈다고 해요.」

「이렇게 수많은 가설들이 넘쳐 나고 있는데, 이제는 아예 우리 아버지들의 아버지가 암퇘지와 몸을 섞었으리라는 정신 나간 주장마저 나돌다니!」

두 사람 모두 웃었다.

이지도르는 뤼크레스를 바라보았다. 그녀가 미소 지을 때마다 두 뺨에 작은 보조개가 생겼다. 바로 그때, 텔레비전이 저절로 켜졌다.

「현대 신화의 시간이에요.」

그가 말했다.

몸에 꼭 맞는 멋진 블레이저코트를 입은 아나운서가 뉴스 제목들을 말했다. 아나운서는 먼저 루마니아의 고아원에 대한 특별 르포를 소개했다. 기자는 루마니아에서 많은 어린이들이 교회 앞마당에 버려진다고 설명했다. 그러면 그 아이들은 국가가 운영하는 고아원으로 보내졌다. 더러운 고아원 장면. 떠드는 아이들. 뉴스 해설자는 국가에 이 많은 아이들을 돌볼 만한 충분한 재력이나 시설이 부족하기 때문에 버려진 신생아들을 우리 속에 가두듯이 철책이 쳐진 침대에 감금한다는 사실을 밝혔다. 침대에 갇힌 아이들은 끊임없이 울부짖었다. 어떤 미쳐 버린 아이들은 자신의 얼굴을 할퀴기도 했다. 가장 난폭한 아이들에겐 두 살 때부터 몸을 움직이지 못하게 구속하는 옷이 입혀졌다. 기자와 인터뷰를 하는 한 사회학자는 전 세계적으로 버려지는 아이들이 점점 늘어나고 있다고 설명했다. 이 사회학자는 현재 부모에게 버림받은 아이들이 1억 4천6백만 명에 이르며, 이 숫자는 모든 나라에서 급속도로 증가하는 추세라고 말했다. 이지도르는 갑자기 텔레비전을 꺼버렸다. 그는 매우 당황하는 것 같았다.

「1억 4천6백만!」

심한 타격을 받은 듯이 그가 숫자를 되풀이해 말했다.

그는 두 손으로 머리를 감쌌다.

뤼크레스는 왜 그가 그토록 〈최소 폭력의 길〉을 추구하고 더 찬란한 미래를 예견하려 애쓰는지 그제야 깨달았다. 현재는 그를 두렵게 했다. 그녀는 잠시 그가 왜 그렇게 의무처럼 뉴스에 귀 기울이는지 의아해했다. 하지만 그녀는 그 답을 알고 있었다. 〈그는 알고 싶어 한다. 그는 위험이 닥치면 땅에 머리를 묻고 외면하는 타조처럼 되고 싶어 하지 않는다. 그는 자기가 살고 있는 세계를 정면으로 바라보고 싶어 한다.〉

「별일 아니에요. 미안해요.」

그는 침착함을 되찾으며 중얼거렸다.

「전 알아요. 전 고아여서 누구보다도 먼저 이 문제와 관련이 있는 사람이거든요.」

「우리가 우리 아이들을 버린다면 인류 전체가…….」

「……사람들이 점점 더 자기네 자손들의 미래에는 신경을 쓰지 않는 것 같아요.」

그녀가 덧붙였다.

그는 단호한 태세로 다시 일어났다.

「당신에게 나의 또 다른 비밀 하나를 보여 줄 때가 된 것 같소.」

그가 말했다.

뚱보 기자는 그녀를 한가운데 있는 기둥 쪽으로 데려갔다. 그 기둥은 실내 중앙에 거대한 원기둥 돛대처럼 서 있었다. 그가 문 하나를 연 다음 나선형 계단을 공개했다.

그녀는 그를 따라갔다. 두 사람은 한 출입문 앞에 다다랐다. 그가 자물쇠를 열었다. 그는 계단의 전등을 끄고 일곱 개의 양초가 꽂힌 샹들리에에 불을 붙였다. 그 출입문은 물에 둘러싸인 작은 발코니를 향해 나 있었다. 두 사람은 위층의 저수탱크 속에 들어와 있는 거였다.

뤼크레스는 그가 왜 샹들리에를 이용하는지 알아차렸다. 〈너무 환한 불빛을 피하고 싶어서일 거야. 여기에는 천장이 없는 셈이야. 머리를 들면 별이 총총한 하늘이 보이잖아.〉 뤼크레스는 그렇게 생각했다.

「내 〈휴양지〉입니다.」

그는 촛불 일곱 개를 입김을 불어서 껐다. 그 여름날 밤의 별빛만으로도 실내를 비추기에 충분했다. 그가 나무로 된 구름다리를 가리켰다. 이 다리는 물을 둥그렇게 에워싸고 있는 가두리와 이어져 있었다.

「여기는 사람들로부터는 멀리 떨어진 곳이고 별들과는 더 가까운 곳이죠.」

그는 한쪽 구석으로 가서 음반 하나를 골라 하이파이 오디오 세트에 걸었다. 에릭 사티의 「짐노페디」였다. 음악이 실내를 가득 메우자 수면 위로 작은 소용돌이가 일었다. 그는 접의자 두 개를 가리켰다.

「굉장한데요……」

그는 그녀에게 조용히 하라고 손짓하고는 별을 가리켰다.

「오늘 저녁 프로그램은 사티, 그리고 은하수예요.」

「저는……」

그는 손가락을 입에 갖다 대었다.

「쉿……. 그냥 듣고 이해하세요. 아무 말 없이.」

그는 「짐노페디」의 볼륨을 높였다. 실내는 온통 음악으로 가득 찼다.

그녀는 별들을 올려다보았다. 관찰하면 할수록 새로운 별들이 자꾸 눈에 들어왔다.

별똥별 하나가 대기권으로 들어오면서 하늘에 가느다란 줄을 그었다. 그녀는 소원을 빌었다.

「제 느낌으로는…….」

이지도르가 굳이 침묵을 지키라는 신호를 보내지 않고 그저 은근한 미소만 지어 보였음에도, 뤼크레스는 이내 깨달았다. 그가 자기와 똑같은 것을 느끼고 있으며, 바로 그런 이유로 거기에 왔다는 것을. 그곳에서는 서로를 이해하려고 이야기를 나눌 필요가 없었다.

바로 그 순간 그녀는 어떤 소리를 들었다. 여기저기서 물결이 찰랑거리는 소리였다. 빛이 충분하지 않아서 그녀는 수면을 잘 살필 수 없었다. 동공이 더 커지자 그녀는 수면을 더 잘 볼 수 있었다. 물위로 떠오른 머리 세 개가 그녀를 바라보고 있었다.

그녀는 두려움으로 몸을 떨었다. 그런데 놀리는 듯한 표정으로 그녀를 뚫어지게 바라보고 있는 그 세 얼굴은 낯선 존재가 아니었다. 돌고래들이었다.

「저기…….」

이지도르는 다시 한 번 손가락을 입에 갖다 댔다. 그는 일어서서 옷을 벗고는 미지근한 물속으로 몸을 던졌다. 그가 물에 뛰어들자 그 주위에 물방울이 조금 튀었다. 이미 돌고래들은 작지만 날카로운 소리를 내면서 그와 장난치고 있었다.

「들어가도 돼요?」

그녀가 물었다.

「아니요, 너무 일러요.」

그래서 그녀는 물가에서 계속 별을 바라보며 그가 돌고

래들과 노는 소리를 들었다. 그녀는 무슨 일이 일어나고 있는 건지 곰곰이 생각했다. 그러자 문득 이지도르가 이곳에서 자기 속에 든 모든 나쁜 것들을 털어 낸다는 생각이 들었다. 물속에서 그는 인간을 땅에 들러붙게 하고 모든 뼈를 압박하는 중력의 횡포조차 느끼지 않을 거였다. 돌고래들이 그의 간호사였다. 밤에 돌고래들과 함께 하는 수영은 삶의 고통에서 벗어나게 하는 수단이었다.

그는 〈휴양지〉에서 엄청난 스트레스를 해소할 수 있었다. 그래서 그는 복수할 생각이나 분노에 사로잡히지 않을 수 있었다.

이지도르는 물 밖으로 떠올랐다가 다시 물속으로 헤엄쳐 갔다. 돌고래들은 그가 오늘 자신들을 특별히 필요로 한다는 것을 이미 눈치챈 듯했다. 그녀는 돌고래들의 몸에 모두 줄무늬가 그어져 있는 것을 발견했다. 이 돌고래들은 선박의 스크루에 걸려 상처 입은 것을 이지도르가 치료하여 회생시킨 돌고래들임에 틀림없었다. 그가 구해 주었던 돌고래들이 이젠 그를 구원하는 것이리라.

돌고래들은 이지도르가 호흡을 더욱 오래 멈추도록 이끌어 갔다. 돌고래들은 그가 계단이 있는 중앙 돛대 주위를 돌게 했다. 이지도르는 마음을 놓고 눈을 감은 채 돌고래의 등지느러미에 달라붙었다. 그의 얼굴에는 행복에 겨운 웃음이 번졌다.

그가 물 밖으로 나와서 수건으로 몸을 감쌌다.

「돌고래들과 이야기를 나누며 의견이라도 물어보셨

어요?」

이지도르는 갑자기 단호해진 듯한 표정이었다.

「돌고래들과 함께 있으면 좋아요. 내 자신을 되찾을 수 있어요……」

그는 당장 화제를 바꾸었다.

「나는 빠진 고리에 얽힌 이 문제가 아주 중요하다고 봐요. 다섯 발가락 화석이 어디론가 사라지지 않게 하려면, 우리가 서둘러 행동을 취해야 해요.」

「앙주는 분명 가장 많이 주겠다는 측에 그 화석을 팔려고 할 거예요.」

그녀가 분노에 차서 말했다.

「앙주는 돈 있는 사람과 믿을 만한 사람을 동시에 필요로 하고 있어요.」

이지도르가 말했다.

두 사람은 이 화석을 구입할 만한 사람들 명단에서 천문학자 샌더슨과 생물학자 콩라드를 제외시키자는 데 의견을 같이했다. 샌더슨과 콩라드는 둘 다 공무원이어서 이 곡예사를 만족시킬 만한 재력이 없었다.

반 리스베트 의사가 남아 있었다.

「이 여의사는 수십 억대에 이르는 개인 병원을 소유할 정도로 어마어마한 재력이 있을 뿐 아니라, 바로 인류가 돼지와 관계가 있다는 것을 최초로 발견해 낸 사람이기도 해요.」

그녀가 말을 이었다.

「그 병원을 둘러싸고 뭔가 이상한 일이 벌어지고 있어요.」

「이럴 수가!」

이지도르는 더 이상 말을 잇지 못했다. 그는 감초 사탕 봉지를 잡았다. 그는 당분을 더욱더 많이 섭취했다. 당분은 머리를 회전시키기 위한 윤활유였다.

「내가 왜 그 생각을 못했지!」

「무슨?」

「예의 그 CIRC 구역 말이오.」

「그 실험 구역이 어떻다는 거죠?」

뤼크레스가 놀라서 물었다.

「그냥 머리글자만 생각해 봐요.」

「CIRC?」

「예, 더 빨리 발음해 보세요.」

뤼크레스는 이 글자들을 여러 번 되뇌었다. 그러고는 전기 충격을 받은 사람처럼 말을 잃었다.

「키르케Circé! 그리스 신화에 나오는 키르케 여신!」

이번에야 뤼크레스는 동료가 불안해하는 까닭을 완전히 알아차렸다.

「키르케 여신 하면 생각나는 거 없어요?」

그리스 신화의 마녀인 키르케가 오디세우스의 뱃사람들을 돼지로 변모시킨 이야기를 뤼크레스에게 상기시킬 필요는 전혀 없었다.

두 사람은 저수탑을 떠나, 캄캄한 한밤중에 사이드카를

타고 전속력으로 돌진했다.

3. 외로움

그는 멀리 한 무리의 영장류를 보고 있다.
아버지를 생각하며.
맏이는 이 무리가 자기를 받아들여 주기를 바라면서 그들 쪽으로 달려든다. 그러자 이내 지배적인 수컷 셋이 그에게 꺼지라고 으름장을 놓는다. 그는 호락호락 물러서지 않는다. 그에게 돌이 날아온다. 어린것들도 그에게 돌을 던진다. 그들은 이방에서 온 자들을 싫어한다.

그는 자기가 어떤 얼굴을 하고 있는지 모른다. 그러나 이 무리가 적대감을 보이는 것은 자기가 그들과는 약간 〈다르게〉 생겼기 때문이라고 생각한다.

그는 멧돼지 일족에게 다가간다. 어머니를 생각하며.
이 무리에서도 가장 긴 엄니를 가진 수컷들이 그에게 덤벼들어 그들에게 가까이 갈 수 없음을 일깨운다.

그는 그들에게 말하고 싶다. 그가 어머니와 아버지와는 다른 특징들을 가진 것은 결점이라기보다는 자기의 개성을 돋보이게 하는 장점이라고. 하지만 그들은 그가 아무도 원치 않는 성가신 존재일 뿐임을 깨닫게 한다.

그 동물들은 맏이의 생김새도 냄새도 인정하지 않는다. 그들이 보기에 그는 돌연변이로 생겨난 괴물이다. 모두들 그가 후손을 남기지 않고 죽기를 바란다.

그는 몸을 옹송그린다. 그는 차라리 가족과 함께 동굴에 남았어야 했다고 생각한다. 적어도 가족은 그의 모습을 눈에 거슬려 하지는 않았다.

4. 개인 병원

뤼크레스는 미모사 병원의 바깥벽을 거뜬히 타고 올라갔다. 그렇지만 이지도르를 끌어올리기가 무척 힘들었다. 그는 몸무게가 엄청나고 운동 신경이 둔했다.

개 몇 마리가 나타났다. 이지도르는 클로로포름에 적신 동글납작한 초콜릿을 개들에게 던져 주었다. 이와 비슷한 경우를 대비해 지니고 다니던 것이었다.

덩치 큰 개들이 잠잠해졌다. 그들은 슬그머니 정원을 가로질러 건물 안으로 살짝 들어갔다. 아직도 입구 쪽에는 사람들이 분주하게 오갔다. 불면증 환자들이 참을성 많은 간호사들을 귀찮게 굴고 있었다. 두 과학부 기자는 눈에 띄지 않으려고 조심스럽게 복도를 가로질러 CIRC 구역으로 진입했다.

두 사람은 출입구를 통과했다. 오른편에 있는 강의실에서 떠들썩한 소리가 새어 나왔다. 두 사람은 가까이 다가갔다. 반 리스베트 박사가 열 명 남짓한 학생들에게 강의를 하고 있었다. 두 사람은 작은 통풍용 창살문 틈을 통해 강의 내용을 엿들었다. 반 리스베트는 돼지에서 췌장을 적출하는 방법과 그 췌장을 보노보 침팬지에게 이식하여 〈인체에 맞게 만드는〉 방법, 그리고 마지막으로 그 췌장을 사람에게 이식하는 방법을 학생들에게 설명했다. 그러고 나서 반 리스베트는 학생들에게 수술 성공률 그래프를 보여 주었다.

강의실 안에는 새끼 돼지 한 마리와 원숭이 한 마리가 있었다. 반 리스베트 박사는 그 돼지가 이식 수술을 할 때 거부반응을 거의 보이지 않을 정도로 이미 유전적으로 변화된 상태라고 설명했다. 그러고 나서 그녀는 불치병에 걸린 환자가 나오는 비디오카세트를 틀어 주었다.

「수술하기 전에 이 환자에게는 모르핀도 소용없었습니다. 우리는 이 환자의 척추관에 돼지 부신에서 나온 크로마핀 세포가 든 큰 피낭(被囊)을 이식했습니다. 돼지 부신은 자연히 몇 가지 통증 억제 물질과 특히 도파민, 엔케팔린, 소마토스타틴을 생성하기 시작했습니다. 결과는 우리 모두가 예상한 것보다 훨씬 좋았습니다. 어떤 환자들은 더 이상 모르핀을 맞지 않아도 견딜 수 있게 되었습니다. 환자 한 명만이 피하 이식 조직을 감당하지 못했을 따름입니다.」

반 리스베트는 미모사 병원이 이런 실험을 하는 유일한 곳은 아니라고 강조했다. 미국의 로드아일랜드 주 프로비던스 대학 생물학과와 로잔 의과 대학에서는 돼지 조직을 이식하여 파킨슨병을 치료하려고 시도하는 중이었다. 이 대학들은 이미 췌장이나 부신의 이식 심지어는 심장 이식

분야에서도 놀라운 성공을 거둔 바 있었다.

「무얼 찾으십니까?」

이지도르와 뤼크레스는 소스라치게 놀랐다. 경비원 한 사람이 그들에게 강의실로 따라오라고 정중하게 부탁했다.

「이 두 사람은 선생님 학생들이 아닌 것 같습니다.」

경비원이 말했다.

반 리스베트 의사는 두 사람을 알아보고 경비원에게 순찰을 계속하라고 일렀다. 이 방문객들이 위험인물은 아니었지만 그녀는 서둘러 강의를 끝내고 두 사람을 얼른 자기 연구실로 데려갔다.

두 사람이 자리를 잡고, 반 리스베트 박사도 마호가니 책상 뒤에 놓인 안락의자에 앉았다. 책상 위에는 여러 개의 볼펜과 세심하게 정리된 서류들이 놓여 있었다. 자리에 앉기가 무섭게 여의사가 말문을 열었다.

「나는 당신들이 탄자니아에 갔던 것을 알아요. 그러니까 당신들은 알고 있어요. 아마 그래서 여기에 불법으로 침입했을 거예요. 당신들은 현재 다섯 발가락 화석을 가지고 있는 사람이 나라고 생각하시죠. 그렇다면 당신들이 잘못 안 거예요. 앙주 린줄리가 내게 연락을 한 건 사실이에요. 그러나 그것은 자기가 경매를 열어서 제일 높은 값을 부른 사람에게 화석을 넘기겠다는 말을 전하기 위한 거였어요. 경매는 다음 주에 시르크 디베르[15]에서 공연이 끝난

---

[15] 파리에 있는 유명한 서커스 전문 극장.

직후에 열린다는군요.」

반 리스베트 박사는 두 기자에게 초대장을 내밀었다. 거기에는 다섯 발가락 화석 사진과 함께 경매 날짜와 장소가 상세하게 적혀 있었다. 그녀는 검정 스타킹을 신은 날씬한 다리를 꼬았다. 그러고는 안락의자에 깊숙이 몸을 묻었다.

뤼크레스는 여의사를 똑바로 바라보았다.

「선생님께서는 처음부터 아제미앙 박사의 가설이 인간과 돼지의 잡종이라는 것을 아셨지요? 왜 그 사실을 우리에게 전혀 언급하지 않으셨죠?」

「그것은 아주 미묘한 문제예요. 돼지는 늘 기분 나쁜 인상을 주어 온 동물이었어요. 농가에서 농부들에게 가장 많이 두들겨 맞는 것이 돼지입니다. 호사스러운 이 병원 손님 가운데 상당수는 중동의 석유 재벌입니다. 만일 이들이 돼지 심장이나 돼지 신장 혹은 돼지 부신을 달고 있다는 것을 알게 되면, 엄청난 스캔들이 일어날 거예요. 이들은 우리를 상대로 소송을 걸 테고, 그렇게 되면 우리는 아마 파산하고 말 거예요.」

의사는 두 사람을 뚫어져라 바라보다가 무슨 결심을 했는지 이렇게 말했다.

「오세요.」

그들은 건물을 빠져나왔다. 의사는 두 사람을 정원에 있는 조그마한 외딴집으로 데리고 갔다. 두 사람이 지난번에 왔을 때는 눈여겨보지 않았던 건물이었다. 안으로 들어서자 그 건물이 멧돼지와 동물을 기리기 위해, 마련되었다는 느낌이 들었다. 커다란 돼지 초상화와 포스터가 지천이었다.

「돼지를 연구하는 것은 그다지 마음 편한 일은 아니었어요. 나 같은 사람이 보기에는 돼지가 인간과 아주 가깝고 영리한 동물이지만, 다른 한편에서 보면 돼지는 대규모 사육장에서 가혹한 대우를 받는 동물이기도 해요. 이것은 인류의 엄청난 수치지요. 어떻게 우리가 진화된 동물이라고 할 수 있겠어요, 다른 동물들을 그렇게 취급하면서 말이에요? 나는 CIRC에서 하는 실험에만 만족할 수 없었어요. 그래서 동물 해방 전선의 도움을 받아 돼지 보호 협회 프랑스 특별 지부에 돈을 대기 시작했어요. 돼지 해방 전선이라고 해요. 나는 미모사 병원의 주주들을 설득했어요. 동물의 열악한 생활 조건에 반대하는 투쟁을 지지한다면 병원의 이미지를 높이는 데도 아주 큰 도움이 될 거라고 말했지요. 설령 이것이 생체 해부 반대 동맹으로부터 더 이상 방해받지 않기 위한 핑계에 지나지 않을지라도 말이에요. 그리하여 주주들은 우리에게 고풍스러운 별장의 건물들과 그 인근의 오렌지 밭을 모임 장소로 쓰게 해주었어요.」

젊은이들이 건물 입구에서 전단과 포스터가 가득 들어 있는 통과 돼지를 찬양하는 티셔츠들을 정리하고 있었다.

「이 사람들은 돼지의 명예를 회복시켜야 한다는 취지에 동조하는 자원 봉사자들입니다.」

반 리스베트가 설명했다.

뤼크레스와 이지도르는 의사를 따라 그야말로 돼지를 찬양하기 위해 만든 박물관처럼 보이는 곳으로 갔다. 거대한 돼지 조각상이 주 전시실 한가운데 놓여 있었다. 받침대에 붙은 동판에는 다음과 같은 명구가 새겨져 있었다.

〈모든 사람의 가슴속에는 돼지가 잠자고 있다.〉

의사는 돼지상의 곡선 부위를 한 손으로 다정하게 쓰다듬었다.

「내가 아는 한, 가장 온순하고 가장 사랑스럽고 우리와 가장 가까운 동물이에요. 예전에 골족[16]은 돼지를 숭배했어요. 골족은 돼지를 신성한 동물로 여겼는데, 그 까닭은 돼지가 송로를 찾아낼 수 있는 유일한 동물이어서 그랬대요. 고대 이집트에서는 하늘의 여신이며 별들의 어머니인 누트 신이 가끔 새끼에게 젖먹이는 암퇘지 모습으로 나타납니다. 터키 인들도 멧돼지를 대단히 숭배했던 사람들입니다.」

뤼크레스 넴로드는 필기를 하려고 귀가 돌돌 말린 수첩을 꺼냈다. 그녀는 다양한 상징물, 조상, 회화, 마법서 등 돼지를 찬양하기 위해 진열된 모든 것을 주의 깊게 살폈다.

「……그런데 멧돼짓과 동물의 영광은 오래가지 않았어요. 헤라클레스의 열두 업적 가운데 하나인 에리만토스[17] 산에 사는 멧돼지와 벌인 싸움은 멧돼지의 권위 실추를 상

---

16 옛 프랑스 지역에 살던 사람들을 말한다.
17 Erymanthos. 고대 아르카디아 지방에 위치한 산. 이 산에 거대한 멧돼지가 살았는데 헤라클레스가 생포하여 그물에 가둔다.

징해요. 여러 신화를 훑어보면 도처에서 돼지가 패배하여 영광을 빼앗기는 사건을 찾아볼 수 있어요. 멜레아그로스는 칼리돈 숲의 거대한 멧돼지를 끝장내고,[18] 테세우스는 크로미온에서 암퇘지를 죽이고…….」[19]

그들은 돼지우리로 꽉 찬 방으로 들어갔다. 모든 돼지우리는 이곳에 사는 동물의 편의를 최대한 고려하여 설비되어 있었다. 푹신한 쿠션과 실용적인 구유를 갖춘 돼지 우리였다. 우리는 부드러운 빛으로 조명이 되어 있었다. 모든 우리에는 그곳에 사는 돼지의 이름과 두드러진 유전적 특징들을 적은 명패가 달려 있었다. 샤를 에두아르, 막시밀리앵, 볼프강 아마데우스, 아킬레스, 요한 세바스찬, 루드비히 같은 이름이 적혀 있었다. 이름 옆쪽에 적힌 과학적인 정보는 CIRC에서 실행하는 이식에 도움이 될 것이라고 두 기자는 생각했다.

반 리스베트 의사는 새끼 돼지 한 마리를 붙잡아서 두 사람에게 쓰다듬어 보라고 했다.

「보세요, 피부가 얼마나 불그스름하고 부드럽고 윤기가 나는지. 돼지는 아주 길들이기 쉬운 동물이에요. 돼지는 고양이보다 더 깔끔하고 개보다 더 충실해요. 그리고 대소변을 보게 하려고 거리로 데려 나가 산책시킬 필요도 없어

---

18 멜레아그로스는 아이톨리아 지방에 있던 고대 그리스 도시인 칼리돈의 영웅으로 칼리돈 숲의 멧돼지 사냥에서 이 나라를 짓밟던 멧돼지를 죽인다.
19 아테네의 영웅 테세우스는 크로미온에 도착하여 파이아라 불리는 회색 괴물인 암퇘지를 죽인다.

요. 이름을 부르기만 하면 옵니다. 주인 손을 핥기를 좋아하죠. 재주를 부릴 줄도 알아요. 신문을 물어 올 수도 있고, 다른 어느 동물 못지않은 후각으로 자취를 추적할 수도 있어요. 돼지가 송로를 찾아낼 수 있는 유일한 동물이라는 것은 공연히 나온 얘기가 아니에요.」

이지도르가 새끼 돼지를 품에 안았다.

「돼지야말로 정말 모든 의미에서 고상한 짐승입니다.」

의사는 여전히 열을 올리며 말을 계속했다.

「돼지는 영리하고 다감하고 예민합니다. 돼지에게는 가족 의식이 있고 부부 개념도 있어요. 교미할 때는 신경의 긴장이 너무 고조된 나머지 가끔 죽기까지 합니다. 그토록 이 동물이 열정적이라는 말일 테지요! 돼지는 호기심이 아주 많고 또 끊임없이 생활 조건을 개선하려고 노력해요.」

뤼크레스도 새끼 돼지를 어루만졌다.

「보세요, 두 분도 금세 돼지와 친해지잖아요. 그게 당연해요. 돼지에게 두 분을 유혹할 기회를 준다면, 무척 잘할 거예요. 사실, 모든 사람의 마음속에 돼지가 잠자고 있다고 주장하기보다는, 단지 가장 훌륭한 사람들의 마음속에만 돼지가 잠자고 있다고 말하는 편이 옳을 거예요.」

반 리스베트 의사가 말했다.

「불쌍한 녀석.」

이지도르가 새끼 돼지에게 다정하게 말을 걸었다.

「넌 재수가 없구나. 넌 좋은 세상에 태어나지 못했어.」

그러더니 이지도르는 의사 쪽으로 몸을 돌리며 물었다.

「선생님께서는 언제 처음으로 돼지에게 특별한 관심을 가지게 되셨어요?」

의사는 두 방문객에게 벽에 붙여 놓은 서로 다른 종의 돼지들의 생식에 관한 설명을 읽어 보라고 손짓하면서, 그들에게 돼지에 얽힌 이야기 하나를 들려주었다.

옛날 중국에서 돼지는 아이들이 무척 좋아하는 친근한 동물이었다. 그 당시 중국 사람들은 개는 먹으려고 길렀고, 돼지는 애완용으로 길들였다. 어느 날 슈추안에서 어떤 소년의 집에 불이 났다. 이 소년은 자기 친구인 새끼 돼지를 구하러 집 안으로 뛰어 들어갔다. 그러나 이 새끼 돼지는 이미 연기에 질식하여 죽은 뒤였다. 이 소년은 반쯤 검게 타버린 새끼 돼지를 발견했다. 자연히 소년은 이 새끼 돼지를 마지막으로 품에 안아 보고 싶었다. 그런데 이 새끼 돼지의 시체에서 흘러내리던 녹은 기름에 소년은 손을 데었다. 그때 아픔을 누그러뜨리려고 소년은 손가락을 입에 갖다 대었는데…… 맙소사, 소년은 이 기름이 무척 맛이 좋다는 사실을 깨달았다. 이 소문이 퍼져 나갔다. 중국 사람들은 길들인 돼지를 꼬치에 꿰어 굽기 시작했다. 이것으로 돼지는 이 세상에서 애완동물로서의 이력을 마감했다.

같은 시기에 거의 도처에서 돼지는 완전히 사육하는 동물이 되었다. 돼지는 사는 데 공간을 별로 차지하지 않으며 잡식성이고 공격적이지 않은 동물이다. 바로 그 점이 돼지의 비극을 낳았다. 돼지의 적응력, 온순함, 인간에 대한 친화력 같은 것들이 결정적으로 스스로를 죽음의 구렁

텅이로 빠뜨린 셈이었다.

그들 주위에 줄지어 붙여 놓은 사진들이 산업화한 돼지 우리의 초기 모습을 보여 주었다. 산업화한 대규모 사육. 고기를 썰고 갈고 가공하는 기계들. 어떤 벽보에는 돼지를 재료로 인간이 만들어 낸 모든 물건들의 명세서를 게시해 놓았다. 그 품목은 화필에서 돼지기름으로 만든 양초를 거쳐 굽으로 만든 풀, 가죽 제품, 방광으로 만든 담배쌈지에 이르기까지 아주 다양했다.

「지금 이 순간에 전 세계에서 사육되는 돼지가 몇 마리인지 아세요? 6억 5천만. 미국 인구의 세 배예요!」

이지도르와 뤼크레스는 사진들을 바라보았다. 피라미드처럼 쌓인 돼지고기 통조림, 셀로판지에 덮인 돼지 편육 더미, 볼로냐산 큰 소시지 더미, 잘게 다져 기름에 지진 돼지고기 더미, 사과나 후추가 들어간 흰색 순대 혹은 검은색 순대 더미, 이탈리아 소시지의 일종인 살라미 더미…….」

「돼지들의 종부 성사지요.」

아주 오래된 광고 포스터 하나는 소시지처럼 생긴 내장을 내밀고 싱글벙글하는 돼지 한 마리가 〈돼지 안에 든 것은 뭐든지 맛있어〉 하고 말하는 모습을 담고 있었다.

반 리스베트는 한 무리의 학자들이 나온 사진 앞으로 갔다.

「영국의 어떤 연구소가 우연히 인체 기관과 돼지 기관 사이에 호환성이 있다는 놀라운 사실을 발견하고 나서도 무려 30년이 지났습니다. 아직 그 이유가 밝혀지지는 않았지만 인체 기관은 돼지 기관과 호환성이 있습니다.」

의사는 포르말린 용액에 넣어 손상되지 않게 보관한 여러 기관들이 들어 있는 표본병들을 정리해 둔 선반 쪽을 가리켰다.

「병원에 장기가 부족하여 문제가 생기거나, 제3세계에서 눈을 훔치려고 부랑자를 죽이고, 신장을 떼어 내려고 아이들을 죽이는 상황을 생각하면, 돼지는 우리 인간을 구해 주고 있는 셈입니다.」

반 리스베트는 새끼 돼지를 다시 품에 안았다.

「이 녀석 이름은 막시밀리앵이에요. 우리가 여기서 키우는 모든 새끼 돼지 가운데 가장 영리한 놈이죠. 지능 검사를 했더니 으뜸이었어요. 오세요, 녀석이 어떻게 하나 보여 드릴게요.」

의사는 두 기자를 어떤 방으로 데리고 갔다. 그곳에는 그들이 침팬지들의 놀이방에서 보았던 것과 흡사한 암호 자물쇠가 달린 돼지 놀이방이 여러 개 설치되어 있었다.

반 리스베트는 새끼 돼지를 놀이방 안에 집어넣었다. 그러자 새끼 돼지는 재빨리 콧잔등으로 상징물이 표시된 톱니바퀴 장치를 돌게 하여 조리 있는 문장 하나를 만들어 냈다. 〈나는 당신 쪽으로 가요.〉 놀이방의 문이 저절로 열렸고, 새끼 돼지가 달려와서 여의사의 손을 핥았다.

「막시밀리앵은 내 침팬지들 가운데 가장 영리한 놈보다 더 빨라요!」

뤼크레스는 수첩의 페이지를 넘겼다.

「대단하군요. 그런데 이 모든 사실은 우리가 처음 만났을 때, 선생님 자신의 이론이라고 밝힌 바 있는 라마르크주의와는 모순되는데요. 선생님께서는 우리에게 환경이 결국 영장류를 인류로 변화시켰다고 주장하지 않으셨나요?」

기관 이식 전문의는 그때는 두 사람에게 인류의 기원에 관한 자기 이론의 반쪽만 소개했다고 말했다.

「아제미앙 교수의 발견은 훨씬 더 멀리 나아간 거예요. 이 발견은 반드시 큰 흐름들만이 종들을 변화시키는 건 아니라는 것을 보여 줍니다. 이따금 단 한 개체의 의지만으로도 변화를 이끌어 내기에 충분하다는 거예요.」

「단 한 개체라고요?」

뤼크레스가 물었다.

「예. 단 하나의 존재가 전체 무리의 행동을 변화시킬 수 있어요. 따라서 종 전체의 역사도 변화시킬 수 있다는 것이지요.」

의사는 작은 세면대에서 손을 씻었다.

「사람들이 흔히 생각하는 것과는 달리, 나는 대수롭지 않은 것이 대단한 효과를 가져올 수 있다고 봅니다. 물 한 방울이 큰 바다를 넘치게 할 수도 있어요.」

뤼크레스는 반 리스베트의 이론을 필기해 둔 페이지를 다시 펼쳤다. 그리고 이 이론은 이제 보충해야 한다고 생각하면서 이렇게 적었다.

〈반 리스베트 이론(계속) 단 한 개체의 의지만으로도 세계를 변화시키기에 충분하다.〉

반 리스베트의 설명이 이어졌다.

「수컷 원숭이 한 마리가 암돼지와 교미하면서 종 전체가 돌연변이를 일으킨 셈이죠. 이런 우연한 만남에서 태어난 잡종이 잘 적응하여 살아남고 번식을 했기 때문에 이 교배를 통해 생긴 우발적인 유전 특질이 종 전체에 영향을 미친 거지요. 이 잡종이 이제는 자기 주위의 개체들에게 돌연변이를 일으키고 있고 언젠가는 온 세계를 변화시킬 거예요. 물 한 방울이 바다를 넘치게 하는 거죠!」

그들은 문득 한 가지 분명한 사실을 깨달았다. 그 우연한 만남이 없었다면 지구에는 원숭이와 돼지만 있을 뿐, 사람이 나타나지 않았을 수도 있다는 것을…….

5. 썩은 고기를 먹는 짐승들과 함께

맏이는 몹시 허기를 느끼기 시작한다.

사냥은 쉽지 않다. 그는 한 번도 사냥으로 동물 잡는 법을 배우지 않았다. 가족이 살던 동굴 안에서는 먹이가 하늘에서 떨어지고, 먹이는 떨어지면서 반쯤 죽은 상태가 된다.

거기 동굴 안에서는 먹는 일이 문제도 아니었는데, 여기 지상에서는 먹이에 다가가기가 쉽지 않다.

그는 타조를 뒤쫓는다. 그러나 추격은 오래 가지 못한다. 이 우아한 새는 단거리에서도 장거리에서도 그를 쉽게 따돌린다. 가슴이 타버릴 지경이 되자, 그는 달리기를 그만둔다.

전략을 바꾼다.

그는 새끼 코뿔소를 포획할 생각을 한다. 그러나 어미 코뿔소가 뿔을 휘둘러 위협하자, 방향을 바꾸어 달아날 수밖에 없다.

지난번보다는 빨리 달렸지만, 여전히 먹이를 구하지 못해 배가 몹시 고프다. 달음박질, 그것은 몹시 피곤한 일이다.

그는 이 방식이 좋지 않다고 느낀다. 자연이 그를 달리기하는 동물로 만들 작정이었으면, 더 길고 근육이 발달된 다리를 갖추게 했을 것이다. 또 그가 부지불식간에 취하는 직립 자세는 달리기에 그다지 적합하지 않다. 이 자세는 유선형이 아니어서 바람을 거스르며 달리는 데에 방해가 되기 때문이다.

그는 대초원을 어슬렁거린다.

사냥감들이 자기를 피하여 달아나는 것은 단지 그가 포식동물이기 때문일 뿐만 아니라 특이한 개체이기 때문이기도 하다는 느낌이 들자 그는 더욱 의기소침해진다. 사냥감들은 그를 괴물 취급 하고, 〈그놈〉이 접근하게 내버려 두지 않겠다는 태도다.

더욱더 놀라운 일은 어떤 포식 동물도 그를 뒤쫓지 않는다는 사실이다. 사자도 표범도 하이에나도 그의 고기에는 관심이 없는 듯하다. 뱀들조차 그를 물지 않고 독거미들도 그를 쏘지 않는다. 모기들도 멀리서 앵앵거리고, 파리마저도 그를 피해 멀리 날아가 버린다.

모든 동물들이 그의 죄를 알고 있는 것은 아닐까 하는 생각이 든다. 내가 풍기는 특이한 냄새가 그들을 불안하게 하는 것은 아닐까? 다른 동물들은 그가 너무 특이하기 때문에 이미 알려진 동물들 중의 어느 것에도 그를 포함시키지 못하고 있다.

그는 뿌리 하나를 먹는다. 동굴에서 나온 이후로 하는 수 없이 뿌리만 먹고 있다. 식물들은 적어도 눈이나 코는 없어. 뿌리는 나를 심판하지 않아.

그는 늘 햇빛이 거북하다. 그래서 낮 동안은 나뭇가지나 땅굴에서 잠을 자고, 밤에 사냥을 하기로 한다. 그럼으로써 자고 있는 동물들을 잡아 보려는 것이다.

그는 꼼짝 않고 있는 도마뱀 한 마리에게 다가간다. 그의 손이 닿자마자 도마뱀이 달아난다. 뜻대로 되지 않는다. 올빼미와 작은 다람쥐와 민달팽이에게도 다가가 보았지만 역시 실패다. 이제 그의 몸에 단백질이 부족해지기 시작한다.

이러다가 평생 뿌리만 먹고 살게 되는 건 아닐까 하는 걱정이 든다. 그것은 퇴화가 분명하다. 조상들이 식단에 고기를 넣기까지 그토록 오랜 세월을 보냈는데 내가 도로 초식 동물이 되어서는 안 되지. 무슨 수를 써서라도 고기를 찾아야 해. 그러나 다가가기 무섭게 전속력으로 도망치는 이 모든 짐승들을 어떻게 붙든단 말인가?

어느 날 그는 반쯤 뜯어 먹힌 기린 송장을 발견한다. 틀림없이 썩은 고기를 먹는 짐승들이 실컷 먹고 남긴 것이리라. 이게 해결책이야. 약간 썩긴 했지만, 그래도 고기는 고기야. 게다가 털가죽을 벗길 필요도 없이 그냥 먹기만 하면 되잖아?

그렇게 생각하며 그는 거무스레하고 바싹 마른 데다 냄새까지 진동하는 작은 살점들이 드문드문 붙어 있는 뼈 하나를 집어 들어 입에 갖다 댄다. 처음엔 고기 맛이 나더니 이내 끔찍한 썩은 맛이 난다. 그는 여러 번 고기를 물어뜯는다. 이것은 굉장히 중요한 동작이다. 그는 이렇게 음식물을 섭취하면 썩은 고기를 먹는 짐승들 대열로 퇴보한다는 것을 알고 있다. 그렇지만 그는 적어도 육식 동물 클럽에 남는다는 사실도 안다. 그리고 그는 계속 살아남아 있게 되고 배고픔도 덜해질 것이다.

우선 살아남고, 그다음에 생각하자.

그는 고개를 든다. 동굴에서는 천장이 아주 가까웠다. 그가 밖으로 나온 이후로는 모든 것이 다다를 수 없게 멀어만 보인다.

6. 저 높은 곳에서

 떨리며 구르는 북소리. 쨍하고 부딪치는 심벌즈 소리. 시르크 디베르 극장의 궁륭 천장에서 광도가 갑자기 높아진 별들처럼 스포트라이트가 터져 나왔다. 번쩍거리는 양복 차림의 루아얄 씨가 간간이 터져 나오는 박수갈채를 받으며 나타났다.
 텔레비전과 영화가 이미 오래전에 이 박진감 넘치는 볼거리에 결정타를 주었다. 구청과 맺은 협약으로 공짜로 초청된 초등학생들과 한물간 유흥에 향수를 느끼는 몇몇 사람을 빼고 나면, 객석에는 관객이 거의 없었다.
 이지도르와 뤼크레스는 반 리스베트 옆자리에 앉았다. 다섯 발가락 화석의 경매는 공연이 끝난 뒤에 앙주 린줄리의 〈66 트레일러〉에서 있을 예정이었다.
 스포트라이트가 꺼졌다. 둥둥 울리는 북소리. 쨍하고 부딪치는 심벌즈 소리. 마음을 사로잡는 곡조의 팡파르가 울려 퍼지자 아이들이 손바닥을 치며 박자를 맞추었다. 루아얄 씨는 원형 무대 위에서 펼쳐질 다양한 묘기에 대해 찬사를 늘어놓았다.
 검은 앞치마를 두른 사내들이 원형 무대에 커다란 짐승 우리를 설치했다. 그러자 금빛 단추가 달린 진홍색 복장을 한 조련사가 수사자 두 마리와 암사자 세 마리를 데리고 나타났다. 조련사가 채찍으로 철썩 치자, 사자들이 조련사가 가리킨 굴렁쇠로 뛰어올랐다. 조련사가 다시 철썩 소리를 내자 맹수들은 한쪽 구석으로 가서 줄지어 섰다. 짧은 무도복을 입은 여자 조수가 굴렁쇠에 불을 붙였고, 사자들은 차례차례로 굴렁쇠를 뛰어넘었다. 둥둥 울리는 북소리. 쨍하고 부딪치는 심벌즈 소리. 가장 무시무시한 수사자가 조련사 옆에 꿇어앉아 아가리를 크게 벌렸다. 조련사가 자기 머리를 사자 아가리에 집어넣었다. 그런데 사자는 아가리를 닫지 않았다. 그렇지만 사자의 미친 듯한 눈초리를 유심히 살펴본 이지도르와 뤼크레스는 사자는 오래전부터 자기를 존중하지 않은 주인에게 복수하려고 적당한 구실이 생기기만을 기다리고 있음을 알아차렸다. 조련사는 머리를 다시 빼냈다. 박수갈채가 우렁차게 터져 나왔다.

불이 켜졌다가 다시 꺼졌다. 루아얄 씨가 다음 묘기를 소개하려고 다시 등장했다.

「신사 숙녀 여러분, 최면술의 대가를 모시겠습니다!」

무대에 등장한 대가는 검은색 야회복 차림을 한 키가 작은 사내였다. 그는 관객 가운데서 지원자 세 사람을 불러냈다. 관객들이 웅성거리는 가운데 세 젊은이가 스스로를 소개했다.

최면술사는 세 사람의 눈을 똑바로 뚫어지게 바라보았다. 최면술사는 다음 단계로 넘어갈 준비가 되었다고 판단하고는 첫 번째 사람에게 푹푹 찌는 불볕더위가 주는 고통을 느껴 보라고 주문했다. 그 젊은이는 급히 옷을 벗었다. 둥그런 불빛이 그의 얼굴과 가슴에 흐르는 굵은 땀방울을 비추어 주었다. 박수갈채. 두 번째 젊은이에게는 원숭이로 변신하라고 지시했다. 그러자 그는 아주 자연스럽게 바로 바닥에 쪼그리고 앉아 침팬지가 우는 소리를 내면서 둥그렇게 원을 그리며 뛰어올랐다. 최면술사가 그에게 바나나를 내밀자 그는 넋을 잃은 듯한 눈알을 굴리면서 바나나를 게걸스럽게 먹어 치웠다. 다시 박수갈채. 마술사는 마이크를 잡고 지원자 각자가 가진 자연스러운 소질을 일깨우면서 암시만으로 최면을 건다고 설명했다. 세 번째 지원자에게 마술사는 시간을 거슬러 올라가라고 주문하면서 아깃적의 모습을 보여 달라고 요청했다. 지원자는 시키는 대로 아기처럼 재잘대면서 네 발로 기어가기 시작했고, 엄지손가락과 셔츠 자락을 한꺼번에 입에 넣어 마치 늘 끼고 다니는 인형이라도 되는 양 깨물었다. 최면술사가 옷자락을 빼내려고 하였다. 하지만 그가 큰 소리로 울음을 터뜨렸기 때문에 최면술사는 그에게 옷자락을 되돌려 주었다. 그러자 아기가 된 이 젊은이는 매우 기뻐하며 재잘거리기 시작했다. 또다시 박수갈채.

실내가 환해졌다가 다시 어두워졌다. 루아얄 씨는 공연의 마지막 순서로 공중 그네 곡예사들을 소개했다. 무대 요원들이 용구를 설치했다. 그러자 3인조 곡예사가 보아란 듯이 등장했다.

타잔 역의 앙주 린줄리와 약간 해진 인조 모피를 두른 킹콩과 번쩍이는 금박 옷을 입은 풍만한 몸매의 아름다운 제인이 따라 나왔다. 루아얄 씨는 박수를 유도했다. 용감한 곡예사들은 그물을 치지 않고 그네를 탈 모양이었다.

「왠지 불길한 예감이 드는데요.」

이지도르가 중얼거렸다.

「설마 무슨 일이 있겠어요? 이것은 소설이 아니에요. 앙주가 죽어서 좋을 사람은 아무도 없어요.」

어깨를 으쓱하며 뤼크레스가 말했다.

팡파르가 울려 퍼졌다. 브라스 밴드의 연주에 맞추어 세 곡예사가 공중으로 돌진했다. 곡예사들은 이 그네에서 저 그네로 날아다니며 마지막에는 항상 서로를 다시 붙잡았다. 그 순간에 관객들은 찬사와 불안이 섞인 소리를 내질렀다.

루아얄 씨가 마이크를 잡고 소리쳤다.

「긴장되는 순간입니다. 이제 앙주 린줄리가 뒤로 두 번 돌기를 해보이겠습니다. 그는 이 위험한 묘기를 보여 줄 수 있는 유일한 곡예사입니다. 그래서 이 뒤로 두 번 돌기는 그의 이름을 따서 〈앙주 공중회전〉이라고도 부릅니다.」

「왠지 불길한 예감이 드는데요.」

이지도르는 나직하게 같은 말을 되풀이했다.

북소리가 둥둥거리며 울려 퍼졌다.

「걱정하지 마세요.」

이번에는 반 리스베트가 말했다.

「앙주는 프로예요. 난 이미 이 묘기를 여러 번 보았어요. 앙주는 대단한 곡예사예요.」

천장 높은 데서 앙주 린줄리는 다리를 팽팽하게 앞으로 내밀고 두 손을 십자형으로 가슴에 댄 채 공중으로 뛰어올랐다. 그는 뒤로 두 번 돌기를 우아하게 해냈다. 관객들이 이미 돌멩이처럼 떨어지는 그를 보고 있는 바로 그 순간, 킹콩이 한 치의 어김도 없이 정확하게 그를 붙잡았다.

안도의 박수갈채가 터져 나왔다.

「보세요, 비관주의자가 될 필요는 없잖아요.」

「더 세게 쳐주세요!」

루아얄 씨가 소리쳤다.

「이번에는 단원들이 앞으로 수그린 몸을 뒤집으면서 트리플 악셀[20]을 실행하겠습니다. 〈죽음의 공중회전〉이라고도 합니다.」

정적. 둥둥 울리는 북소리. 앙주는 만면에 웃음을 띠었지만 약간은 긴장된 표정으로 그네로 기어 올라갔다. 그는 예고한 대로 공중 돌기를 하고 나서 두 손을 내밀었고, 킹콩도 두 손을 내밀었다. 네 손이 서로 만나서 꽉 잡고 늘어졌다.

박수 소리가 더욱 거세졌다.

브라스 밴드가 이제 긴장이 풀렸음을 알리려고 쾌활한 곡조를 연주했다. 공중의 세 곡예사는 공중 그네 묘기의 마지막을 장식하려는 듯 서로서로 손을 건네고 건네받으며 왔다 갔다 하였다. 그때 앙주 린줄리가 자기의 컨디션이 최상이라고 느꼈는지 루아얄 씨에게 자기의 가장 훌륭한 묘기인 수직 공중회전으로 공연을 끝내고 싶다는 뜻을

---

20 공중에서 세 바퀴 반 회전하는 것.

알려 왔다.

다시 절박하게 둥둥 울리는 북소리. 관객 가운데는 꾸며진 서스펜스에 싫증도 날 뿐더러 목을 길게 빼는 일에 지쳐서, 이제 자기들 머리 위 높은 곳에서 벌어지는 일에 관심을 보이지 않는 사람들이 많았다. 아이들은 주전부리를 달라고 졸라 댔다. 엄마들은 목도리를 매만졌다. 앙주는 펄쩍 뛰어올랐다가 빙빙 돌며 내려오면서 두 팔을 앞으로 쭉 뻗었다. 맞은편의 두 곡예사는 앞선 공중회전 때보다 그에게서 훨씬 멀리 떨어져 있었다. 킹콩은 타잔과 결합하려고 아주 힘차게 자기 몸을 쭉 뻗었다.

두 손이 다른 두 손에 가 닿으려는 찰나였다. 인간의 손이 원숭이의 손에 닿는 이 장면은 시스티나 성당에 있는 미켈란젤로의 천장화와 흡사했다. 그림에서는 하느님이 손가락 끝으로 인간에게 지혜를 내리고 있지만, 여기서는 인간이 원숭이에게 손가락을 내밀고 있었다. 이 모습은 우의적인 의미를 띠었다. 비록 여기에 등장한 원숭이가 나일론 모피를 입은 가짜이기는 했지만.

손과 손이 서로 닿으려 하였다. 손들이 거의 닿을 뻔했다. 그런데 마지막 순간, 손을 잡아 줘야 할 바로 그 순간 원숭이가 눈에 띄지 않게 교묘히 피해 버렸다. 그 동작은 거의 알아차릴 수 없었다. 경악하는 소리가 객석에서 튀어나왔다.

앙주 린줄리는 깜짝 놀라 두 눈을 휘둥그레 떴다. 그는 무슨 영문인지 이해하려고 원숭이 가면 뒤에 숨은 시선을 찾았다. 원숭이 가면의 구멍을 통해 그는 무언가 아주 놀라운 것을 보았다.

타잔이 떨어졌다.

천하의 곡예사 앙주라도 날개가 달린 건 아니었다. 그는 뼈가 부러지는 둔탁한 소리를 내며 땅바닥에 으스러졌다. 이지도르와 뤼크레스는 무대 중앙으로 달려갔다.

앙주는 그들을 알아보고 미소를 지어 보였다.

「다행이군요……. 그곳에서…… 살아 나오다니…….」

그는 단말마의 헐떡임에 가까운 웃음을 흘리고 핏덩이를 토해 냈다. 그가 손을 입에 갖다 대자 손바닥에 불그스레한 핏방울이 흥건하게 괴었다. 그는 잔뜩 겁에 질려 있었다. 그의 이상한 웃음이 다시 터져 나왔다.

「비밀은…… 비밀로…… 남을 거요……. 그자들이 가로막는 한 아무도 그 화석을…… 공개하지 못할 거요.」

그는 다시 낄낄 웃다가 기침을 해대며 피를 토했다. 그러고는 눈을 감아 버렸다. 뤼크레스는 거세게 그를 흔들었다.

「다섯 발가락 화석은 어디 있죠?」

앙주가 다시 눈을 떴다. 눈빛이 흐릿했다.

「나무들은…….」

「뭐라고요? 나무들이라고요?」

「나무들은 땅속에 뿌리를 감추고 있어요.」

이지도르와 뤼크레스는 그 말이 무슨 뜻인지 이해하려고 애썼다.

「아마 인류의 뿌리는 드러나지 말아야 한다는 뜻일 거예요.」

뤼크레스가 그렇게 추측했다.

이 불운한 곡예사를 응급실로 실어 가려고 벌써 긴급 구조대가 오고 있었다. 구조대원들은 그를 들것에 싣고 타인의 죽음에 지대한 관심을 보이는 구경꾼들을 헤치고 어렵사리 길을 뚫으면서 서둘러 출구 쪽으로 갔다. 그 와중에도 두 기자는 구조대를 따라가는 데 성공했다. 뤼크레스는 들것에 바싹 붙었다.

「제발, 빨리빨리. 화석이 어디 있죠? 말해요, 당신이 손해 볼 것은 없어요.」

앙주 린줄리는 더 이상 어찌할 수 없다는 것을 깨달은 듯 기둥 뒤쪽에 있는 천 자락을 가리켰다.

「내…… 트레일러 속에. 분재 뿌리…… 밑에.」

그는 숨을 헐떡거렸다.

그러고 나서 그는 단말마의 경련을 일으켰다.

두 기자는 주차장에 세워 둔 트레일러 쪽으로 돌진했다. 〈66 트레일러.〉〈앙주 린줄리, 공중 그네 곡예사.〉 이미 문은 부서져 열려 있었다. 트레일러 안에는 가구들이 뒤엎어져 있었고, 모든 것은 엉망진창이었다. 분재는 부서진 화분 조각 옆에 널브러져 있었다.

두 사람은 밖으로 나왔다. 범인은 멀리 달아나지 못했을 것이다. 두 기자는 도망치는 실루엣 하나를 발견했다. 그 작자는 팔에 상자를 끼고 있었다. 뤼크레스는 오토바이에 올라탔다. 도망자를 따라잡고 보니 놀랍게도 그는 그녀가 아는 사람이었다. 바로 파리 발 다르에스살람 행 비행기에서 만난 마티아 신부였다. 그녀는 달리는 오토바이에서 뛰어내리면서 그를 땅바닥에 쓰러뜨렸다. 신부는 뤼크레스의 팔에 묶여 허우적거리며 환각에 사로잡힌 듯한 눈알을 굴려 댔다.

이지도르는 조용히 뤼크레스 쪽으로 걸어와서 신부를 보고는 일이 어떻게 돌아간 것인지를 알아차렸다.

「불쌍한 린줄리, 보물을 경매에 붙일 생각만 했지, 그것을 공짜로 얻고 싶어 하는 손님들이 있으리라고는 예상하지 못했군.」

신부는 마지못해 투명 상자를 내놓았다.

「이 발을 없애야 해! 없애야만 돼. 없애야 해. 이건 악마의 발이야. 없애 버려야 해!」

신부는 연도(連禱)를 하듯이 그렇게 되뇌었다.

「안 돼요. 죽음도 파괴도 이것으로 족해요.」

이지도르가 조용하게 말했다.

「이지도르 말이 맞아요, 신부님. 이걸 없애 버리는 건 온당치 못해요.」

「그러나 그것은 신의 뜻이야. 제발, 이 상자를 태워 버려요. 이것은 악마의 손이야. 악마의 손가락이 달린 손이라고.」

이지도르는 모든 게 제대로 있는지 확인하려고 투명한 상자를 집어 들었다. 그게 정말 그토록 많은 소동을 일으킨 문제의 바로 그 화석인지 확인하고 싶었다. 그가 막 상자를 열려고 할 때였다. 갑자기 타이어 끌리는 소리가 나면서 자동차 한 대가 나타나더니 자동차 문 밖으로 팔 하나가 불쑥 튀어나와 상자를 낚아채 갔다.

7. 고독 체험

 힘 안 들이고 썩은 고기를 먹는 짐승이 되려면 독수리 떼를 따라다녀야 한다.
 독수리들은 맹수들이 사냥물을 먹는 장소를 가리켜 준다. 그는 자기 차례를 기다리기만 하면 된다.
 가장 먼저 먹는 자는 대개 사자이고, 하이에나, 독수리, 재칼, 까마귀, 쥐가 차례로 그 뒤를 잇는다. 그러고 나면 맨 마지막으로 그의 차례가 온다.
 동굴에서 쫓겨난 그는 사고무친의 외돌토리고 생태계에서 가장 낮은 자리에 속해 있다.
 그러나 자기 차례가 오기도 전에 자발없이 설치는 자들은 늘 있게 마련이다. 그래서 사자는 이따금 하이에나를 죽여 참을성 있게 기다려야 한다는 것을 가르치고, 하이에나는 독수리에게, 다시 독수리는 재칼에게 복수를 한다. 그 과정에서 스트레스가 생겨나는 것은 당연하다.
 그는 고기 조각을 두고 쥐들과 협상해야 한다. 그에게 쥐들은 멸시할 만한 상대이다.

몇 번에 걸쳐 그는 먹이 피라미드에서 쥐를 뛰어넘어 한 등급 올라가려고 시도해 보았다. 그러나 쥐에게 피가 나도록 물어뜯겼다. 쥐들은 작지만 힘을 합치면 그처럼 덩치가 큰 상대도 이겨 낸다. 안 되는 것을 고집할 필요는 없다. 그는 처음으로 교훈을 얻었다. 자연에는 저마다 자기 자리가 있으며 그것을 지켜야 한다. 자기 분수를 모르는 자들은 응분의 대가를 치러야 한다.

저기 위에서 마침 독수리들이 내려오기 시작한다. 그는 죽은 고기를 나눠 먹는 곳으로 달려간다. 자기 자리를 차지하려고.

8. 오토바이로 추격하기

두 기자는 화석 도둑의 자동차를 추격했다.

뤼크레스는 챙 없는 가죽 모자를 쓸 겨를도 없었다. 그녀의 약간 웨이브 진 적갈색 긴 머리카락이 같이 추격하는 옆 사람의 얼굴을 뒤덮으며 흩날렸다. 도둑이 탄 자동차는 붉은 신호등을 무시하고 보행자들을 위협하면서 전속력으로 달아나고 있었다.

뤼크레스는 앞선 자동차를 따라잡기 위해 속도를 더욱 높였다. 마침내 자동차와 나란히 달릴 수 있게 되자, 그녀는 자동차 운전자를 흘낏거렸다. 운전자는 원숭이 가면을 쓰고 있었다. 이지도르는 그에게 가벼운 인사말을 건넸다.

불안해진 운전자는 첫 번째 교차로에서 방향을 틀었지만, 사이드카는 계속해서 차 뒷바퀴에 바짝 달라붙었다.

꼭 치타가 코뿔소를 뒤쫓는 격이었다.

원숭이 가면을 쓴 사람은 끊임없이 뒤보기 거울을 보면서 추적자들이 어디에 와 있나 보려고 가끔 몸을 뒤로 돌리기도 했다.

원숭이 가면의 남자는 오토바이의 속도를 떨어뜨리려고 일부러 큰 진흙탕 속으로 들어갔다. 그러나 뤼크레스는 미끄러운 진창을 교묘하게 피해 달렸다.

이지도르는 사이드카에 달린 공구 상자를 뒤졌다. 온갖 잡동사니가 다 들어 있었다. 마침내 그는 제1차 세계 대전 때에나 썼을 법한 낡아 빠진 모제르총을 찾아냈다. 그런 다음 도둑이 탄 자동차의 오른쪽 바퀴를 겨누어 그는 타이어를 맞추었다. 효과가 바로 나타났다. 쫓기는 자동차는 금방 균형을 잃고 갑작스럽게 진로에서 이탈하여 쓰레기 더미에 처박혔다.

뤼크레스는 잽싸게 오토바이에서 뛰어내려 도둑의 목덜미를 잡고 가면을 벗겨 냈다. 그녀는 도둑의 얼굴을 보자마자 놀라서 뒷걸음질을 쳤다.

「당신은?」

9. 가면을 벗고서

맏이는 물웅덩이에 몸을 굽히고 물위에 비친 제 얼굴을 바라본다. 〈난 누구일까?〉

그의 눈은 영장류의 눈이다. 그런데 피부는 아주 발그레하고 매끈매끈하다. 그의 광대뼈는 영장류와 다르게 생겼다. 귀는 영장류보다 더 뾰족하고 털이 적게 나 있다. 코는 덜 납작하다. 그의 이빨은······.

맏이는 물에 비친 자기 이빨을 바라본다. 그는 자기가 잘생기지도 못생기지도 않았다고 생각한다. 그저 다르게 생겼을 뿐이다.

아니, 그는 못생겼다. 그는 다른 동물들이 자기가 못생겼다고 생각한다는 것을 알고 있다. 그는 다른 어느 누구와도 닮지 않았다. 단지 그의 동생만이 그와 거의 똑같았는데, 그는 동생을 죽여 버렸다. 동생은 그보다 훨씬 잘생겼다. 게다가 동생은 그보다 더 영리하고, 더 온순하며, 더 우아했다.

그의 아버지는 동생을 더 좋아했다. 아버지는 가장 원초적인 충동에 이끌렸다.

맏이는 얼굴만 못생긴 것이 아니라 마음도 곱지 못하다.

그는 물웅덩이에 비친 자기 모습을 다시 바라본다. 〈아무도 나를 좋아하지 않는다〉는 생각이 든다.

또 다른 생각이 든다. 훨씬 더 견디기 어려운 생각이다. 〈나도 내가 싫다.〉

그는 단지 못생긴 정도가 아니라 흉측하기까지 하다. 그는 자연이 만들어 낸 조화롭고 상호 보완적인 모든 것들에게 모욕적인 존재다. 그와 비슷한 것이라곤 아무것도 없다. 그는 그 어떤 존재에도 도움이 되지 않는다. 그의 가족조차 그를 내쳤다. 그는 잉여 존재이다.

〈차라리 죽어 버리자.〉

그는 죽고 싶다. 그러나 그는 자기가 너무 서툴러서 자살에 성공하지 못하리라는 것을 알고 있다. 게다가 그에겐 자살할 용기조차 없다.

〈나는 왜 존재하는가?〉라는 또 다른 생각이 그를 괴롭힌다.

〈도대체 나는 왜 이 세상에 태어났는가……?〉

뺨을 타고 흘러내린 눈물 한 방울이 물웅덩이에 떨어져 그의 그림자를 일렁거리게 한다. 극도의 불안이 엄습한다. 그는 이 세상에서 혼자다. 그는 태어나지 않는 편이 더 낫지 않았을까 하고 생각한다. 그의 마음에 어둠이 밀려온다.

그는 울음을 터뜨린다. 자기에게는 미래가 없다는 느낌이 든다. 그가 흘리는 눈물이 웅덩이를 넘치게 하지는 않아도 둥근 파문을 일으킨다. 파문이 끝없이 번져 간다.

10. 더 복잡한 이론

원숭이 가면이 벗겨지면서 정체가 드러난 자는 놀랍게도 천문학자 샌더슨이었다. 그의 얼굴에 당황한 기색이 역력하였다. 그는 화석이 담긴 상자를 내놓았다. 이지도르는 다섯 발가락 화석이 원래대로 있는지 확인했다.

「그것을 없애 버려야 해요!」

샌더슨이 풀 죽은 목소리로 말했다.

샌더슨은 주먹을 세게 내리쳐 부수어 버리려고 했다. 그러나 이지도르가 상자를 부수지 못하게 그를 멀찍이 떼어 놓았다. 뤼크레스는 그의 손목을 잡고 비틀어서 그를 제압했다. 샌더슨은 차 문에 부딪혀 쓰러졌다.

「지금 당신들이 가지고 있는 것이 무언지 알기나 해요? 당신들은 무슨 짓을 하고 있는지도 모르고 있어요. 여기에는 우리 지구인들의 입장에서 볼 때 엄청난 것이 걸려 있어요. 내 목숨도 그에 견주면 아무것도 아닙니다.」

그는 두 사람을 바라보다가 갑자기 피식 웃었다.

「어쨌거나 이것은 틀림없이 가짜일 거요. 나는 진짜 인류의 기원을 알고 있어요.」

「별똥별 말인가요?」

「내가 나의 이론을 전부 다 말했던 건 아니에요.」

「말씀하시죠.」

뤼크레스가 재촉했다.

「선생님의 새로운 이론이 뭔가요?」

그녀가 손목을 풀어 주자 그는 옷매무새를 조금 고쳤다.

「엄밀히 말해 새로운 이론은 아니에요. 단지 지난번 털어놓은 이론의 연장이라고 할 수 있어요.」

이지도르가 제안했다.

「길바닥에서 이럴 게 아니라, 자동차와 오토바이를 주차시키고 어디 가까운 카페에 가서 차분하게 이야기를 계속하지요.」

그들은 그 동네에 있는 술집으로 들어갔다. 그들은 술집 안쪽에 놓인 낡아 빠진 플라스틱 의자에 앉아, 긴장을 이완시키는 데 도움이 될 알코올음료를 주문했다. 샌더슨은 보청기를 제대로 낀 다음 자기의 이론을 마저 펼쳐 보였다.

「다른 모든 동물들은 지구에 잘 적응했는데, 오로지 인간만이 제대로 적응하지 못했어요. 다른 모든 동물들은 열, 빛, 의사소통 같은 자신들의 생활 조건을 완벽하게 관리합니다. 고래들은 수 킬로미터 떨어진 곳에서도 의사소통을 할 수 있습니다. 반면, 우리 인간들은 단 몇 미터만 떨어져도 벌써 의사소통을 하기 힘들어요. 동물들은 아무런 문제없이 겨울을 날 수 있지만, 10도 이하에서 옷을 입지 않은 인간은 죽습니다. 흔히 동물들은 기술을 개발하지 않기 때문에 〈짐승〉이라고 불립니다. 그런데 사실 동물들은 기술이 필요 없어요, 동물들은 본래 지구에 적응되어 있기 때문이죠. 이제 중요한 문제 하나를 제기해 보겠습니다. 왜 인간들이 지구에서 적응하지 못한 유일한 동물일까요?」

「왜 그렇죠?」

샌더슨은 단숨에 술을 들이켜고 여전히 야릇한 웃음을 머금은 채 말했다.

「우리 인간은 원래 지구에서 생겨난 존재가 아니기 때문이죠.」

샌더슨은 다음과 같이 설명했다. 인류는 별똥별에 실려 온 박테리아에 감염된 원숭이로부터 나왔을 가능성이 있을 뿐만 아니라, 지금의 형상대로 우주에서 직접 지구에 착륙했을 수도 있다는 거였다.

「아마도 인간들은 원래 살던 행성을 더 이상 살 수 없을 정도로 망쳐 놓았을 거예요. 많은 인간들이 죽었을 테고 살아남은 자들은 그곳을 떠나 지구에 다다르게 된 거죠. 그들은 자기들의 파괴적인 과학 기술을 의도적으로 잊어버렸고, 그 비극적인 역사도 망각의 늪에 묻어 버렸습니다. 말하자면 그들은 모든 것을 원점에서 다시 시작한 것이지요. 선사 시대의 인간들은 조상들의 기술을 스스로 포기하기로 한 환경보호주의자 히피였을 거예요.」

「그러고 보면 선생님 이론은 키쿠유 부족 출신의 우리 친구의 역진화론과 비슷한 데가 있군요.」

탄자니아의 술집 주인을 떠올리면서 뤼크레스가 토를 달았다.

뤼크레스는 〈샌더슨의 이론: 바이러스를 실어 온 별똥별〉 다음에 이렇게 적었다.

〈샌더슨의 또 다른 이론: 외계의 선행 인류 지구 착륙.〉

이지도르는 코냑 한 잔을 단숨에 마시고, 이렇게 요약했다.

「그러니까 우리 인간은 이 지구에서 속죄를 하고 있는 셈이군요. 선생님께서는 그 점에서 불교에 가까운 가설을 내놓으셨어요. 인간이 전생에 지은 악업을 다 씻을 때까지 끊임없이 다시 태어난다는 윤회설 말이에요. 인류는 이 별에서 저 별로 옮겨 다니다가 마침내 인간이라는 이름에 걸맞게 행동할 수 있는 행성을 발견하겠지요…….」

샌더슨은 이지도르의 말에 동의했다.

「인간들은 지구에서 속죄하는 종이에요. 인간들은 〈회개〉하기 위해 지구에 왔습니다. 인간들은 다른 곳에서 끔찍한 실수를 저질렀어요. 그래서 자기들이 〈선한〉 동물임을 증명하기 위해 지구에 온 거예요. 비옥한 지구와 완벽한 조화를 이루며 살 수 있는 동물들임을 증명하기 위해서 말이에요. 처음에 그들은 틀림없이 완벽했을 거예요. 그 후로 여러 세기가 지나면서 조금씩 인간의 본성이 드러나기 시작했습니다. 오랫동안 꾹 눌려 있던 용수철이 풀어지듯 좋지 않은 성향이 되살아난 것이죠. 인류는 불과 철을 다시 발견하고 바퀴 따위를 재발명하여 갖가지 방식으로 그것들을 남용했습니다.

그 모든 지식은 이미 인간의 뇌 깊숙이 파묻혀 있었던 것입니다.

그런데 지구에 도착하면서 모든 인간들은 다른 행성에서 저지른 악행들뿐만 아니라 스스로 묻어 두었던 그 지식의 위험성조차 망각했어요.

〈선과 악을 알려 주는 나무를 건드리지 말고, 그 나무에 달린 열매를 먹지 마라〉라고 성서는 경고하고 있어요.

그런데 인간들은 그 열매를 우두둑 깨물었어요. 이제 그에 따른 재앙이 인간들을 숨 막히게 하려는 참입니다. 현대인들도 조상들이 저지른 잘못을 똑같이 되풀이하려 하고 있습니다. 과거에서 교훈을 끌어내지 못했기 때문에 같은 잘못을 재현하게 되는 것이지요. 인간들은 언젠가는 이 지구를 파괴하게 될 것입니다. 그래서 어쩔 수 없이 다른 행성으로 가서 또다시 인류의 모험을 되풀이하겠지요. 인류는 이런 잘못을 도대체 몇 차례나 되풀이하게 될까요? 인류는 영문도 모르는 채 얼마나 많은 별들을 파괴하게 될까요? 또 얼마나 많은 별들이 이미 〈우주의 기생충들〉인 우리들 때문에 파괴되었을 까요?」

천문학자 샌더슨은 절망에 겨워 자기 손을 비틀었다. 두 기자는 그를 걱정스레 바라보았다. 탁자 위에는 단지 다섯 발가락 화석이 담긴 상자만 놓여 있었다. 두 기자는 이 상자를 되찾기 위해 겪었던 온갖 어려움을 회상하고 있었다. 두 사람은 이제 아제미앙 박사의 발견물을 포기하고 싶지 않았다.

「다섯 발가락 화석은 하나의 깨달음을 얻는 데 도움이 될 거예요.」

상자를 불빛 아래로 갖다 놓으면서 이지도르가 자신 있게 말했다.

바로 그때 원숭이 차림을 한 사람이 잽싸게 술집 안으로 들어와 순식간에 그 귀중한 물건을 다시 빼앗아 달아났다. 뤼크레스와 이지도르는 출입문 쪽으로 급히 뛰어갔다. 종업원이 그들을 가로막고 술값을 지불하라고 요구했다. 뤼크레스와 이지도르는 창문을 통해 원숭이 차림의 그 작자가 술집 앞에 주차된 승용차의 운전석에 앉아 시동을 건 다음 큰길의 많은 차량들 틈으로 사라져 가는 것을 보았다.

11. 수업 시절

맏이는 벌판을 향해 나아간다. 그는 자기가 중요한 역할을 맡고 있다는 것을 안다. 그의 아버지는 동굴 속에 갇혀 있다.
〈이제부터 나는 나야〉라고 그는 생각한다. 그는 무엇인가를 배울 필요가 있다고 어렴풋이 느낀다.
아버지는 자주 그에게 구멍 위로 지나가던 구름을 가리키곤 하였다. 아마 구름을 관찰하고 있으면 무엇인가 배울 점이 있을 거야…….
그는 저 높은 곳에서 증기 소용돌이가 느릿느릿 뒤틀리면서 알 수 없는 형상을 만드는 것을 오래도록 쳐다본다. 그는 관찰한다.
구름을 찬찬히 바라보고 있노라니, 그 모양에 무슨 뜻이

담겨 있다는 느낌이 든다. 어떤 구름은 동물과 비슷하다. 〈그래, 구름은 이러저러한 모양을 지어 나에게 말을 하는 거야〉 하고 그는 생각한다. 눈을 감고 구름의 모습을 다시 떠올리고 정보 하나가 느껴진다. 그 정보는 마치 머릿속에 퍼뜩 떠오르는 하나의 생각과도 같다.

〈내가 이미 알고 있는 것을 찾아내야 해.〉

그는 다시 눈을 뜬다. 그 생각은 아무 뜻도 없다. 그것은 마치 잠결에 가끔 머리를 스치고 지나가는 엉뚱한 생각과도 같다.

〈내가 이미 알고 있는 것을 찾아내야 해.〉

내가 그것을 이미 알고 있다면 왜 그것을 찾으려고 애쓴단 말인가?

〈그것을 잊어버렸기 때문이지.〉

그는 즉시 스스로에게 대답한다.

그는 아직 젊다. 곰곰이 생각해 보면, 그는 두 가지 중요한 경험을 했다. 바깥세상의 빛을 발견한 것이 첫째요, 믿고 의지할 것은 오로지 자기 자신뿐임을 알게 된 것이 둘째다.

그는 이제 그것을 알고 있다.

그는 계속해서 구름을 쳐다본다. 내 머릿속에는 어떤 보물이 숨어 있을까? 구름이 다시 그를 도와줄 것이다. 그는 자기가 바라보는 작은 구름이 무엇을 닮았는지 생각해 본다. 약간 둥글게 생겼는데, 앞쪽이 뾰족하고 뒤도 뾰족하게 나왔다.

저 구름은 한 마리⋯⋯ 쥐 같은데.

12. 더욱더 복잡한 이론

뤼크레스와 이지도르는 원숭이 가면을 쓴 또 다른 강도가 탄 자동차를 추적하려고 자기들의 구치 오토바이로 뛰어올랐다. 늘 북새통인 파리의 교통 혼잡을 틈타 두 사람은 어렵지 않게 그 차를 따라잡았다. 하지만 이번에는 곧바로 덤벼들지 않았다. 그들은 그 차를 뒤쫓으면서 원숭이 차림의 운전자가 어디로 가려는지 알아볼 생각이었다.

그리하여 그들은 엘뤼앙 식품 가공 회사의 공장에 이르게 되었다.

두 기자는 사이드카를 정문에서 약 1백 미터 떨어진 곳에 세우고 원숭이 가면을 쓴 남자를 뒤따라갔다. 이 사내는 안내실을 성큼성큼 가로지르고 복도를 지나서 어떤 사무실로 들어갔다. 그는 바로 전화기를 집어 들었다. 뤼크레스와 이지도르는 눈에 띄지 않게 주의를 하면서 그를 바싹 뒤쫓았다.

「됐어요. 그게 내 손에 들어왔어요.」

그는 전화기에 대고 간결하게 말한 다음 가면을 벗었다. 기술자 뤼시앵 엘뤼앙의 얼굴이 네온 불빛 아래 드러났다. 바로 그때 이지도르가 놀란 나머지 몸을 지나치게 움직였고, 그 바람에 책상 위에 있던 무거운 자가 바닥에 떨어졌다. 두 사람이 대처할 틈도 없이 뤼시앵 엘뤼앙은 손에 권총을 쥐고 그들을 겨누었다.

「대단하군요, 기자 양반들. 이렇게 나를 찾아낼 줄이야!」

그는 무기를 든 채 두 사람의 몸을 차례로 수색하였다. 그러다가 뤼크레스의 호주머니에서 빨간색 다용도 접칼이 나오자 그것을 자기 누이가 쓰던 책상 서랍에 집어넣었다.

「앙주 린줄리를 죽인 사람이 당신이죠.」

여기자가 말했다.

「물론이죠.」

그는 선선히 시인했다.

「난 하찮은 일개 광대가 우리의 약점을 이용해 부자가 되고 그것도 모자라 우리를 욕되게 하는 것을 가만히 보고만 있을 수는 없었어요. 아제미앙 교수의 괴상망측한 이론을 아는 사람은 적으면 적을수록 좋아요.」

「당신은 살인자예요.」

뤼시앵 엘뤼앙은 입을 삐죽거렸다.

「그보다는 이상주의자라고 하는 편이 나을 거요. 나는 하나의 대의를 위해 싸우고 있어요. 식품 산업을 위해 싸우는 거란 말이오.」

「돈이죠! 항상 더 많은 돈을 원하잖아요.」

뤼크레스가 말했다.

「틀렸어요. 나는 돈만 아는 쩨쩨한 사람은 아니오. 내가 하는 싸움은 훨씬 야심 찬 거요. 나는 모든 사람들이 맛있는 음식을 먹으면서 행복해지길 바라고 있어요. 나는 미식가를 자처하는 사람이에요. 돼지고기는 맛있어요. 렌즈콩을 곁들여 먹는 빵가루 입힌 족발 맛을 보셨는지? 음…… 맛좋아요. 돼지 볼때기 살에 라비고트 소스를 쳐서 드셔 보았나요? 라비고트 소스 아시지요? 초기름 소스에 풍접초 꽃봉오리와 파슬리와 약간의 향신료를 첨가한 거 말이에요. 사과를 곁들인 서인도 제도식의 하얀 순대는 드셔 보았나요? 럼주와 함께 먹으면 맛이 그만이죠.」

「하얀 순대는 돼지 혈장입니다.」

이지도르가 토를 달았다.

뤼시앵 엘뤼앙은 이야기를 계속했다.

「돼지머리 젤리라는 요리는, 물을 긁어 낸 돼지 코 살로 만든 거예요. 더욱이 가끔씩은 콧물이 약간 남아 있는데, 노란 젤리 같아요. 나는 그것이 역겹지 않아요. 맛은 괜찮거든요.」

그는 두 사람이 싫어하는 기색을 내비치자 재미있다는 표정을 지었다.

「또 호밀 빵과 투렌 지방산 포도주를 곁들여 먹는 마늘 소시지는 어때요? 아니면 토마토 조각과 피노 블랑[21] 한 잔을 곁들여 먹는 볼로냐식 피스타치오 소시지는요? 또 중국 식당에서 아주 훌륭하게 요리되어 나오는 캐러멜 섞은 돼지 갈빗살은 어떻고요? 나는 단지 돈에 눈먼 기업가

---

21 *pinot blanc*. 프랑스 샤랑트 지방의 술로 코냑과 신선한 포도즙을 섞어 발효시킨다.

는 아니에요. 나는 내 직업을 헐뜯는 사람들에 맞서 그것을 적극적으로 옹호할 만큼 내 일에 미쳐 사는 프로예요.」
「그렇다고 사람까지 죽일 필요가 있었나요?」
뤼크레스가 물었다.
「모든 정열에는 희생과 고통이 따르게 마련입니다. 당신들은 이 사건이 누설되었다면 무슨 일이 일어났을지 상상이나 해봤어요? 벌써…….」
「벌써 뭐요?」
이지도르가 그에게 뒷말을 재촉했다.
뤼시앵 엘뤼앙은 사육장과 도살장 쪽을 가리키며 아리송한 손짓을 했다.
「이미 여기서는 문제가 생겼어요. 그 까닭은 모르겠지만, 얼마 전부터 돼지들이 미친 것 같아요. 녀석들이 무슨 짓을 하는지 알아요? 궤도를 벗어나서 전기 충격 장치로 뛰어들고 있어요.」
「저희들 스스로요?」
「그래요. 돼지들이 자살을 하는 거죠. 그렇다고 고기 맛에 이상이 생기지는 않지만, 많은 직원들이 불안해하고 있어요.」
그는 두 사람을 총신으로 밀어붙여 앞으로 나아가도록 하였다. 그들은 돼지고기를 절단하는 구역으로 향했다.
「아제미앙 교수의 아파트를 불 지르려고 했던 사람이 바로 당신이지요?」
총부리가 적갈색 머리칼을 가볍게 스쳐 지나갔다.

「그때 우리가 처음으로 마주쳤지요, 넴로드 양.」

「그다음에 나에게서 뭔가를 알아내려고 원숭이 가면을 한 남자 셋이 나를 납치했지요.」

「그 세 남자는 바로 나와 나의 조수들이었어요. 당신을 찾기가 수월하지는 않았지. 다행히 한 알자스 술집에 앉아 있는 당신을 알아보고 뒤를 밟았어요. 이미 당신이 가라테 하는 것을 보았기 때문에 조심했어요. 그래서 보조자를 구한 거죠.」

「그건 가라테가 아니라 〈고아원 태권도〉예요.」

단어의 정확한 사용에 늘 신경 쓰는 이지도르가 바로잡았다.

「두 조수에게 가면을 쓰라고 했어요. 생체 해부 반대 동맹이 이용하던 수법이죠. 이것 때문에 그 동맹 사람들이 용의자로 지목받았어요. 나는 일석이조를 노렸어요. 당신이 찾아낸 것이 무엇인지 알고 싶었고, 당신을 위협해서 이 사건을 더 이상 꼬치꼬치 캐지 않게 할 작정이었죠.」

「나를 죽일 수도 있었을 텐데?」

「하긴 그렇게 하지 않은 것이 후회가 돼요. 그렇지만 그런 어설픈 짓은 두 번 다시 하지 않을 거요.」

「아제미앙 교수를 살해한 것도 당신인가요?」

이지도르 카첸버그가 물었다.

「아, 그건 아니에요! 그건 맹세코 내가 한 짓이 아니에요. 다만 누군가 나와 똑같은 목적을 추구하고 있는 자가 있다는 사실에 조금 흥미를 느끼고 있지요…….」

이윽고 그들은 도살장 안으로 들어갔다. 뤼시앵 엘뤼앙이 손잡이를 당기자 분쇄기와 절단기 따위의 기계들이 돌아가면서 윙윙거리는 소리를 내기 시작했다.

「이제 당신들이 그토록 좋아하는 돼지들과 운명을 같이 할 때가 되었소.」

뤼시앵 엘뤼앙이 말했다.

「소시지와 리예트 때문에 이런 위험한 짓을 해요? 도무지 이해할 수 없어요!」

이지도르가 소리쳤다.

뤼시앵 엘뤼앙은 두 사람에게 조종 트랩으로 연결된 계단으로 올라가라고 명령했다.

「내게는 훨씬 더 결정적인 동기가 있어요. 나는 그것을 〈인류의 편의〉라고 부르고 싶군요.」

「당신에게는 그게 〈진리〉보다 더 중요한가요?」

뤼크레스가 대들었다.

「물론이죠. 사람들은 진리 따위에 관심이 없어요. 정의에도 관심이 없듯이. 중요한 것은 인류를 편안하게 만들어 주는 거예요.」

「지난번에 소개한 이론의 연장이 될 새로운 이론이 되겠군요.」

뤼크레스 넴로드는 수첩을 꺼내지 못하는 것을 조금 아쉬워하며 이렇게 중얼거렸다.

「그래요. 당신들한테 내 이론을 못 밝힐 이유가 뭐 있겠어요. 인류의 과거나 기원을 결정하는 것은 현재를 살고 있는 인간의 몫입니다. 자기의 조상이 누구인가를 결정하는 것은 결국 현재 인간의 몫이라는 말입니다. 우리는 진실이 어찌되었든 간에 〈무엇이 우리의 마음을 편하게 하는가〉라는 것을 기준으로 우리 조상을 선택하면 되는 겁니다. 우리는 기업가든, 과학자든, 기자이든 간에 영원하고 거창한 진리를 알릴 것이 아니라, 인류의 마음을 편안하게 해주는 진리를 알려야 합니다.」

「냉소적이군요.」

뤼크레스가 말했다.

「아니, 현실적인 거죠. 이런 나를 비난할 사람은 아무도 없다고 장담해요. 내가 말하는 인간 집단의 편의라는 개념은 시대에 따라서 〈국시〉 혹은 〈공익〉으로 불리던 것이었어요. 달리 말하면, 이것은 호모 사피엔스 사회 집단에 불안을 야기하지 않으려는 욕구라고 할 수 있겠지요. 이것을 일컬어 고대 로마인들은 〈쿠이에타 논 모베레〉라고 했죠. 〈가만히 있는 것을 건드리지 마라〉라는 뜻이죠.」

뤼시앵 엘뤼앙은 계속해서 두 사람에게 좁은 통로를 가리켰다. 이 통로는 점점 더 시끄러운 소리를 내는 기계들이 있는 곳으로 이어졌다.

「어린 사촌과 놀다가 겪은 일이 기억나요. 사촌은 아홉 달 된 아기로 말을 할 줄도 걸을 줄도 몰랐어요. 나는 이 아이에게 궤도 위에 공 하나를 놓고 노는 놀이를 보여 주었어요. 첫 번째 공을 밀어 두 번째 공에 부딪치게 하면 두 번째 공이 앞으로 나아가는 그런 놀이지요. 나는 열 번 정도 이 놀이를 되풀이했어요. 이렇게 해서 이 아이는 첫째 공을 밀어 둘째 공을 맞추면 둘째 공이 굴러간다는 것을 알게 되었어요. 그다음에 나는 녀석이 어떻게 나오는지 알아보려고 궤도에다가 아교를 발랐어요. 그러니까 첫째 공이 둘째 공을 쳐도 둘째 공이 굴러가지 않게 되었어요. 처음으로 첫째 공이 둘째 공을 쳐도 둘째 공이 움직이지 않는 것을 보자 아이는 놀란 표정을 지었어요. 두 번째 시도에 아이는 난처한 표정을 지었어요. 세 번째에는 그가 슬픈 표정을 짓더군요. 고통스럽다는 듯이. 네 번째가 되자 아이는 울음을 터뜨렸고 밤새도록 울어 댔어요. 아무리 달래도 소용이 없었지요.」

두 기자는 신뢰를 얻으려고 귀담아듣는 척하였다.

「이 일은 내게 곰곰이 생각할 거리를 제공했어요. 당신들께도 마찬가지일 거라고 생각해요. 사람들은 나이와 상관없이 확고부동한 지표를 필요로 해요. 일단 어떤 현상이 일어났으면 이 현상이 계속되어야지, 그렇지 않으면 사람들은 불안해해요. 사회 전체를 놓고 봐도 비슷해요. 하나의 인습이 깨지게 되면, 이것을 집단에 대한 위협으로 간주합니다. 지표가 상실되기 때문이지요. 그런데 돼지가 바로 이런 지표들 가운데 하나입니다. 돼지가 소시지를 제공하며 또 소시지는 맛이 좋다는 것은 널리 알려진 사실입니다. 당신들이 돼지가 우리의 먼 조상이며, 그래서 돼지를 조상으로 떠받들어야 한다고 말할 경우, 당신들은 돼지고기 산업만 파산시키는 게 아닙니다. 그렇게 하면 당신들은 인간 집단의 논리를 어지럽히는 셈이죠. 당신들은 우리 마음속 어딘가 숨어 들어가 〈둘째 공이 멈추는 것을 좋아하지 않는 아기〉를 울리는 거예요.」

이지도르가 대꾸했다.

「당신이 〈집단의 논리〉라고 말하는 것은 내가 보기에는 〈보수주의〉일 뿐이에요. 바로 그 보수적인 논리로 인간들은 전쟁을 벌여 왔어요. 전쟁은 하나의 논리였고 지표였지요. 하지만 프랑스 영토에서는 1945년 이후로 전쟁이 없었어요. 그래서 모두가 만족하고 있어요. 설령 그 때문에 군수 산업자들이 슬퍼할지라도⋯⋯.」

뤼시앵 엘뤼앙은 당황하지 않았다.

「프랑스에는 전쟁이 없지만, 세계에는 여전히 많은 전쟁이 일어나요. 죽이는 것이 인간의 속성이기 때문에 그런 겁니다. 어떤 정치가나 사상가나 이상주의자라도 이것을 바꿀 수는 없을 거예요. 우리는 육식 동물입니다. 살아남기 위해 싸웠던 우리 선조들의 유전자가 우리에게 간직되어 있어요. 우리는 우리들 먹이가 뿜어내는 미지근한 피의 감미로운 맛을 버리지 못해요. 바로 그런 까닭에 돼지고기를 소금에 절인 상태로 먹는 것입니다. 짭짤한 피의 맛을 되찾기 위해서 말이죠. 그 맛은 우리 안에 감춰져 있던 사냥꾼의 본성이 되살아나게 합니다.」

뤼시앵 엘뤼앙은 자기만의 독특한 생각을 발표하는 데 즐거움을 느끼는 것이 분명해 보였다. 그는 말을 이어 나갔다.

「어찌 보면 내가 당신들을 죽이려고 하는 것도 내게 사냥꾼의 본능이 살아 있기 때문일 거요. 그렇지만 아무렇게나 죽이지는 않을 거요. 당신들은 돼지들의 편에 서고 싶어 했지요? 좋아요. 이제부터 돼지들과 함께 골고다의 언덕을 오를 수 있을 거요.」

「우리를 어떻게 할 작정이에요?」

뤼크레스는 자기 주위에서 위협적으로 윙윙거리는 갖가지 기계들 때문에 불안을 느끼며 물었다.

뤼시앵 엘뤼앙은 아무런 대답 없이 두 사람을 중앙에 있는 거대한 기계의 꼭대기 쪽으로 몰고 갔다. 이 기계 위쪽에는 투명하고 거대한 깔때기가 설치되어 있었다. 깔때기 안으로 수백 마리의 돼지들이 쏟아져 들어오고 있었다. 멀리서 보면 그 돼지들이 마치 분홍빛 가루 같았다. 깔때기 아래쪽에 이른 돼지들은 한 마리 한 마리씩 컨베이어 벨트 위로 떨어졌다. 거기서 돼지들은 자동적으로 전기 충격 장치 쪽으로 가게 되어 있었다.

「설마 우리를 저 안으로 내던지지는 않겠지요?」

뤼크레스가 분개했다.

뤼시앵 엘뤼앙은 웃음을 터뜨렸다.

「이게 너무…… 〈비인간적〉이라는 뜻인가요?」

「더군다나 그렇게 되면 당신이 그토록 좋아하는 소시지에서 이상한 맛이 날 염려가 있어요.」

이지도르가 덧붙였다.

「이런 말을 한다고 당신의 마음이 바뀔지는 모르지만,

소시지에 사람 고기가 섞이게 되면 미식가들에게 들킬 위험이 있어요.」

뤼시앵 엘뤼앙은 여전히 총을 겨누었다.

「하나는 알고 둘은 모르시는군. 인간의 살은 돼지고기와 아주 비슷한 맛을 낸다고 하지요. 문제는 당신들 옷이에요. 그것이 어쩌면 내 돼지고기 제품의 명성을 해칠지도 모르겠군요. 엘뤼앙 소시지에는 실오라기 하나 들어가지 않아요. 그러니 옷 벗어요!」

뤼크레스는 풀오버를 벗었다. 뤼시앵 엘뤼앙은 그녀에게 더 벗으라고 손짓했다.

「전부 다요?」

그녀가 낙담하며 물었다.

「그렇소. 전부 다요.」

두 사람이 옷을 다 벗고 나자 돼지 힘줄로 그들의 손목과 발목을 묶었다. 그런 다음 먼저 뚱보 이지도르를 아래로 떠밀었다. 육중한 이지도르는 포동포동한 돼지 등 위로 나가떨어졌다. 돼지 등에 떨어졌기 때문에 추락으로 인한 충격이 조금 누그러졌다.

다음으로 뤼시앵 엘뤼앙은 뤼크레스 넴로드 쪽으로 눈길을 돌렸다. 그녀는 얌전하게 가슴과 하복부를 가리고 있었다. 그는 알몸이 된 그녀가 몹시 귀엽다고 생각했다. 그녀는 그가 자기를 풀어 줄지도 모른다는 느낌이 들었다. 그러나 그는 다시 정신을 차리고 그녀를 돼지들이 우글대는 커다란 깔때기 안으로 밀어 넣었다.

「미안해요. 당신들이 죽는 것을 지켜보고 싶지만 이제 가봐야겠어요. 이 유감스러운 사건을 확실하게 묻어 버리기 위해서 난 아직 할 일이 많아요. 잘 가시오. 어쨌거나 당신들이 소시지 맛을 해치지 않을까 걱정되긴 해요……. 그래서 내일 감식가들한테 물어볼 생각이오.」

「우리를 죽인다 하더라도 진실은 반드시 드러나고 말 거요.」

이지도르가 말했다.

「음…… 어쩌면 당신 말이 옳을지도 몰라. 그렇지만 그것도 진실이라야 그렇게 될 거요. 바로 그런 이유로 나는 다섯 발가락 화석을 곧장 파괴하지는 않을 거예요. 먼저 감정부터 해봐야죠. 결국 우리가 정말로 돼지의 후손인지 아닌지 알게 될 사람은 나 혼자뿐이죠. 어쨌든 감정이 끝나면 그것을 없애 버릴 거요.」

뤼시앵 엘뤼앙은 두 사람에게 인사를 했다. 그러고는 다섯 발가락 화석이 든 상자를 가지고 사라졌다.

13. 우리는 쥐와 마찬가지인가?

그는 속이 빈 그루터기에서 발견한 쥐들을 몇 시간 전부터 관찰하고 있다.

상처 입은 쥐 한 마리가 보인다. 그 쥐는 도와 달라고 울부짖는다. 그러나 아무도 오지 않는다. 다친 쥐가 외치다가 녹초가 되었을 즈음, 숫쥐 한 마리가 다가와서 다친 쥐를 죽인 다음 그것을 먹어 치운다.

이번 관찰과 또 다른 많은 관찰에서 그는 몇 가지 교훈을 끌어낸다. 쥐들의 사회는 냉혹한 사회다. 다치거나 늙거나 병든 쥐는 약해지는 기미가 보이자마자 잡아먹히게 된다. 힘이 세지 않거나 집단에 이익을 가져다주지 못하는 자들은 버려지거나 죽임을 당한다. 갓 난 새끼들이 살아남는 것도 어미의 보호 덕분이다. 아비가 새끼를 잡아먹으려 할 때 어미는 분노를 터뜨려 제지한다.

쥐들의 사회는 냉혹하지만 번성하는 사회다. 쥐들은 모든 것에 적응한다. 그들은 씨앗, 작은 포유동물, 썩은 시체, 마른 식물, 썩은 과일을 먹을 줄 안다. 그들은 떼를 지어 중간 크기의 포식 동물도 서슴없이 공격한다. 그들에게는 날카로운 이빨이 있기 때문에 작은 재칼들까지도 괴롭힌다. 그렇지만 그들의 사회는 충돌이 끊이지 않는 사회다. 집단에 속한 모든 개체가 자기 지위에 불만을 품고 있으며, 지배적 수컷들 사이의 싸움은 끝날 줄을 모른다. 그래서 우두머리의 몸뚱아리는 최고의 지위에 오르는 과정에서 얻은 상처로 뒤덮여 있다. 어떤 우두머리는 모든 쥐들을 제압한 후 몇 분도 채 지나지 않아 죽어 가기도 한다.

그는 자기 어머니와 아버지의 무리도 이와 비슷하게 산다는 것을 안다.

가장 힘센 자가 누구인지 가려내려는 무수한 결투로 얼룩진 삶.

그는 다시 구름을 바라본다. 그는 구름이 조언을 해주어 고맙다는 인사를 한다. 그런데 구름은 이미 또 다른 동물 모양을 하고 있다. 이제 그 모양을 관찰해야 한다.

14. 깔때기 속에서

깔때기의 내벽은 매끈매끈했다. 뤼크레스와 이지도르는 다시 올라갈 수 없었다. 그들은 거대한 깔때기 속에 있는 돼지들 사이에서 쩔쩔매며 어쩔 줄 몰라 했다. 돼지, 돼지, 온통 돼지들. 매끈매끈하고, 불그스름하고, 열기가 느껴지는 수많은 돼지들. 전체적으로 보면 돼지들은 서서히 깔때기 아래쪽으로 가라앉는 중이었다.

「이번에는 정말 끝장인 것 같아요!」

뤼크레스가 말했다.

「사람은 언젠가는 죽게 마련이오.」

이지도르는 여전히 침착했다.

울부짖고 신음하고 미쳐 날뛰는 불그스레한 돼지들 틈에 끼여 납작하게 오그라들었다. 그들은 투명한 벽면을 통해 깔때기 밑바닥에 도착한 돼지들이 컨베이어 벨트 위로 떨어지는 광경을 보았다.

전기 충격을 받은 뒤 돼지들은 굳어 버린 채 집게에 덥석 물려 날카로운 칼날에 썰릴 차례를 기다렸다.

「이렇게 한심한 최후를 맞다니!」

뤼크레스가 진저리 치며 말했다.

「아휴 이 냄새, 나는 이 냄새가 싫어요. 뿔이 타는 냄새도 아니고 돼지 냄새가 원래 이래요?」

이지도르는 코를 킁킁거렸다.

「이건 공포의 냄새예요. 돼지들은 무서워하고 있어요. 그들은 자신들이 곧 죽는다는 것을 알고 있고, 그래서 두려워하는 거죠.」

실제로 많은 돼지들이 몸을 떨고 있었다. 어떤 돼지들은 경련을 일으키며 오줌을 싸기도 했다. 모든 돼지들이 애원하는 듯한 서글픈 눈길로 두 사람을 바라보았다.

「왜 돼지들이 소리 지르지 않죠?」

뤼크레스가 물었다.

「그들도 소용없다는 것을 알고 있어요. 게다가 우리도 소리치지 않고 있잖아요.」

뤼크레스는 다시 돼지들을 살펴보았다.

「왜 돼지들은 안 떨어지려고 매달리거나 뒷걸음질도 치지 않고 이렇게 흘러 내려가도록 몸을 내맡기고 있을까요?」

「그렇게 해봤자 최후의 순간이 조금 연장될 뿐이라는 사실을 알고 있는 거죠. 그들은 죽음을 면할 수 없다는 것을 의식하고 있어요. 또 어쩌면 돼지들은 대규모 사육장에서 사는 것에 넌더리가 났을지도 몰라요. 그들은 우리에 갇혀 햇볕도 쬐지 못하고, 마음대로 움직일 수도 없이 서로 몸이 맞닿도록 빽빽하게 채워진 채 미래에 대한 아무런 희망도 없이 살아갑니다. 그들은 죽음이 다가오는 것을 해방처럼 느낄지도 몰라요.」

두 사람은 갑자기 하나의 물결 위에 실리는 듯한 느낌을 받았다. 주위에 있는 돼지들이 그들보다 먼저 깔때기 밑바닥으로 미끄러져 내려가려고 미쳐 날뛰었다. 돼지들 속에서 어떤 규칙적인 움직임이 일고 있었다. 돼지들은 이지도르와 뤼크레스를 아래쪽으로 미끄러지지 않게 하려고 안간힘을 쓰는 듯했다.

「믿을 수가 없어요! 이들이 깔때기 위쪽에 우리를 머무르게 하려는 것 같아요!」

뤼크레스가 놀라 소리쳤다.

이지도르도 같은 사실을 확인했다. 다른 돼지들 틈에 끼여 서서히 내려가고 있던 돼지 여섯 마리가 주둥이로 그를 떠받치고 있었다.

「알 것 같아요. 자기들 편을 들다가 자기들과 함께 죽게 되었다는 것을 본능적으로 깨달았을 거예요. 그들은 결코 인간을 상대로 자기들의 입장을 변호할 수 없다는 것을 알아요. 반면, 우리는 이들의 입장을 대변할 수 있어요. 그래서 이들이 우리를…… 우리 두 사람을 구하려고 하는 거예요.」

「선배님 말이 맞아요!」

뤼크레스가 말했다.

「내 주위에 있는 돼지들이 나를 묶은 끈을 이빨로 조금씩 갉고 있어요.」

마찬가지로 여러 마리 돼지들이 이지도르를 결박한 끈을 맡았다. 아래쪽으로 미끄러져 내려가면서도 돼지들은 조심조심 물어뜯어 살을 다치지 않게 했다. 많은 돼지들이 모두 인간을 구해 내는 일에 참여하는 영광을 누리고 싶다는 듯 이지도르 주위에서 서로서로 떠밀었다.

「우리를 여기서 구해 내는 일이 모든 돼지의 이익을 옹호하는 일이라는 것을 이들이 어떻게 알았을까요? 이들은 집단의식이 없을 텐데요.」

방금 손이 자유로워진 뤼크레스가 말했다.

이제 죽음의 깔때기 안에서 돼지들은 서로서로 포개지며 자기들의 몸뚱이로 피라미드를 만들려고 하였다. 이렇게 하여 인간들을 깔때기 위쪽으로 올릴 참이었다. 두 기자는 자기들이 깔때기 위로 올라갈 수 있으리라고 기대하지 않았다. 그들은 가까스로 평형을 유지하고 있었다. 그래도 돼지 더미는 제법 탄탄했다. 뤼크레스는 깔때기 가장자리를 붙잡으려고 했다. 하지만 그때마다 그녀를 받치고 있는 돼지 더미는 조금씩 가라앉는 바람에 그것이 여의치 않았다. 문제는, 배출되는 속도가 줄어들긴 했지만 돼지들이 여전히 깔때기 밑구멍으로 떨어진다는 데 있었다.

돼지들이 이것을 알아차렸다. 새로운 지원자들이 살아 움직이는 피라미드를 보강하러 몰려들었다. 마침내 뤼크레스가 한 번 껑충 뛰어 깔때기 바깥으로 뛰어내릴 수 있을 때까지. 깔때기 밖으로 나온 뤼크레스는 피라미드가 다시 내려앉기 전에 이지도르가 기어오르도록 도와주었다.

두 사람은 숨을 헐떡거리면서 벌거벗은 채 단상 위로 갔다. 그들은 먼저 몸을 가릴 옷가지를 찾았다. 가까운 탈의실에 노동자들이 남겨 둔 작업복이 있었다. 뤼크레스는 작업복 하나를 집어 들었다. 너무 컸지만 재빨리 껴입었다. 이지도르도 자기 몸에 맞는 옷을 찾기가 쉽지 않았지만 그녀처럼 작업복 하나를 골라 입었다.

두 사람은 멀리서 분홍빛 덩어리들이 우글거리는 깔때기를 내려다보았다.

「저들이 우리를 구했어요. 그런데 저들은 곧 죽게 돼요.」

뤼크레스가 몹시 안타까워하며 말했다.

「저들을 위해 아무것도 해줄 수 없어요. 설령 저들을 이곳에서 빼내어 시내에 풀어놓는다 해도, 며칠 못 가 죽을 거예요. 저들은 아무것에도 적응되어 있지 않아요.」

「숲 속에다 풀어놓으면?」

「그들은 먹는 것도 스스로 해결하지 못해요. 겨울의 추위를 막아 줄 털조차 없어요. 예전에는 멧돼지였지만 지금은……」

「그렇다고 저들을 내버려 둘 수는 없어요! 우리 생명의 은인이에요.」

「그 보답으로 우리가 저들을 구할 수는 없어요. 저들은 자기들만의 힘으로는 더 이상 살아갈 수 없어요. 저들은 멧돼지 굴도 만들 줄 모르고, 심지어 먹을거리도 가려 낼 줄 모르죠. 저들은 어쩔 수 없이 죽게 될 동물이에요.」

뤼크레스는 옷매무새를 단정하게 고치며 말했다.

「선배님 이야기가 꼭 맞는다고 볼 수는 없어요.」

그녀는 새끼 돼지 사육 구역으로 향했다. 거기에는 〈바로 젖을 갓 뗀 새끼들〉이라는 표지판이 있었다. 그녀는 잠시 동안 두리번거리다가 새끼 돼지 한 마리를 재빨리 붙잡아 품에 껴안았다.

「이놈은 신세대에 속해요. 신세대들은 아직 완전히 체념한 돼지가 아니에요. 새끼 돼지들을 구할 수 있습니다. 새끼 돼지들은 아직 노예근성이 없어요.」

새끼 돼지는 적갈색 머리의 젊은 아가씨 품에 안긴 것이 정말 만족스러운 모양이었다.

이지도르도 몸을 구부려 새끼 돼지를 쓰다듬었다.

「녀석에게 이름을 붙입시다. 그렇게 하면 녀석은 여느 새끼와는 다른 존재가 될 거예요!」

「〈아도니스〉라고 하면 어떨까요? 멧돼지에게 죽음을 당한 그리스 신이에요.」

「녀석을 기르는 것이 잘하는 일이라고 볼 수는 없어요.」

갑자기 열의가 식어 버린 이지도르가 말했다.

「날마다 많은 시간을 들여 돌봐 주어야 할 테니까요.」

「나는 반 리스베트한테 부탁해서 필요한 예방 접종을 모두 시키고 어떻게 교육하는지 설명해 달라고 할 거예요. 돼지들이 우리 목숨을 구한 걸요. 우리는 그들에게 신세진 게 많아요. 돼지 한 마리의 목숨을 구하는 일은 작은 일이기는 해도 그런대로 의미가 있어요. 그렇지 않니…… 아도니스?」

새끼 돼지는 뤼크레스의 목과 볼을 연신 핥으면서 반응을 보였다.

이지도르는 뤼크레스의 열의에 찬동하지는 않았지만 그녀의 선택은 존중하였다.

「미모사 병원에 들르기에 앞서 작은 사실 하나를 확인해 보고 싶은데⋯⋯.」

생각에 잠긴 채 이지도르가 말했다.

「그게 뭐죠?」

뚱보 기자는 이미 새로운 단서를 찾은 〈과학부의 셜록 홈스〉로 돌아와 있었다.

「지금 다섯 발가락 화석이 어디 있는지 알 것 같아요.」

15. 우리는 개미들과 마찬가지인가?

그는 오랫동안 개미 무리를 관찰하고 있다.

그는 탐험 개미에게 다리 하나를 떼어 내면 어떻게 되는지 실험한다. 다른 개미들이 이 표본 개미를 찾아서 데려간다. 두 개를 떼어 내면 어떻게 될까? 그래도 데려간다. 여섯 개를 떼어 내면? 역시 데려간다. 그다음에 그는 개미의 배를 떼어 낸다. 이번에는 다른 개미들이 그 개미를 데려가지 않는다. 따라서 치유될 가능성이 조금이라도 있다면 집단이 개체를 구한다는 결론이 나온다.

개미들의 사회적 활동 양상은 쥐들과는 전혀 다르다. 개미들은 약한 개미나 병든 개미 또는 늙은 개미를 죽이지 않는다.

그는 개미굴을 파헤치는 최종 실험에 이르기까지 개미 무리에 대해 여러 가지 실험을 해본다. 그는 개미 한 마리 한 마리가 어떻게 행동하는지 계속해서 관찰하고 있다. 이런 엄청난 재난을 슬기롭게 극복하려고 모든 개미가 조직적으로 움직인다. 일개미들은 알을 숨기려고 달리고 병정개미들은 그에게 돌진하여 물어뜯는다.

개미 무리를 관찰한 다음 그는 멀리서 하이에나의 사회적 행동을 관찰한다. 그는 하이에나들의 사냥 방식을 알아내고, 그들의 영토를 가늠해 보고, 그들 사이의 관계를 파악하려고 노력한다.

마찬가지로 그는 사자 무리, 물소 떼, 하마들, 기린들을 살핀다.

각 집단은 〈어떻게 함께 어울려 사는가?〉라는 중요한 질문에 대해 서로 다른 해답을 찾아냈다.

하지만 어떤 동물들은 해결책을 찾기보다는 외로운 사냥꾼이 되기를 더 좋아한다. 예를 들어 표범이나 거북이나 뱀의 경우가 그렇다. 그런가 하면 어떤 동물들은 안전하게 존재하기 위해 집단을 필요로 한다. 누, 코끼리, 얼룩말의 경우가 그러하다. 그는 온종일 짐승들의 행동을 관찰한다. 서로 다른 생활 방식에 대한 연구가 그에게 삶의 의미를 가져다준다.

이제 그는 햇빛에 익숙해졌다. 버려진 시체에서 뜯어 낸

고기는 그에게 충분하다. 동물들을 연구하지 않을 때면 오랫동안 구름을 바라보며 시간을 보낸다. 그날 저녁 그는 무엇인가를 깨달았다며 구름에 대고 소리를 지른다.

집단생활을 하는 가장 좋은 방식은 그가 관찰한 두 개의 극단 사이에 놓여 있다. 모든 약자를 죽여 버리는 쥐의 생활 방식과 부상당한 모든 개미들을 구조하러 가는 개미들의 생활 방식 사이에.

그래, 〈쥐〉의 행동과 〈개미〉의 행동 가운데 내 종만의 고유한 모형을 만들어야 한다고 그는 확신한다.

16. 인정받지 못한 친구의 이론

이지도르 카첸버그는 뤼크레스 넴로드를 이끌고 파리 자연사 박물관의 진화 전시관 안으로 들어갔다. 뤼크레스는 새끼 돼지에게 줄을 감았다. 그러자 새끼 돼지는 줄 끝에 매달린 채 기뻐 날뛰었다.

두 사람은 인적이 끊어진 박물관을 재빨리 가로질렀다. 늦은 시간이어서 그런지 확실히 아무도 없었다. 오직 반쯤 열린 조그만 출입문 틈으로 창백한 네온 불빛이 새어 나올 뿐이었다. 그들은 출입문을 밀고 들어갔다.

「안녕하세요, 교수님.」

이지도르가 말했다.

현미경에 정신이 팔려 있던 콩라드 교수는 소스라치게

놀랐다. 콩라드 교수는 두 사람을 알아보고는 한순간 공포에 사로잡혔다. 다음 순간 콩라드 교수는 무엇인가를 감추려는 듯 손을 놀렸다. 뚱보 기자가 앞으로 나아갔다. 콩라드 교수는 빨리 평정을 되찾았다.

「당신들 여기서 뭘 하는 거요? 누가 당신들을 여기 들여보냈어요? 이곳은 일반인에게는 출입이 금지된 구역인 데다 또 지금은 관람 시간도 아닌데······.」

「우리는 이것을 되찾으러 왔습니다.」

이지도르가 다섯 발가락 화석이 들어 있는 상자를 가리키며 말했다.

「이건 당신들 것이 아니오.」

「교수님 것도 아니죠.」

콩라드 교수는 경찰을 부르겠다고 위협했다.

「문제없어요. 화석이 안전하기만 하면 전혀 문제없어요.」

이지도르가 조용하게 대꾸했다.

뤼크레스 넴로드는 아도니스를 놓아주었다.

「화석이 여기 있는 줄 어떻게 아셨소.」

「뤼시앵 엘뤼앙이 감정 운운했어요. 우리 나라에서 가장 뛰어난 전문가보다 빠진 고리의 뼈를 더 잘 감정할 수 있는 사람이 어디 있겠어요? 바로 그 사람이 당신, 콩라드 교수님입니다. 또 저는 곰곰이 생각해 보았습니다. 〈우리는 어디에서 왔는가?〉 클럽 회원 가운데 아제미앙 교수의 이론에 가장 당혹해한 사람이 누구였겠어요? 그가 죽어 버렸으면 하고 바랄 정도로 난처해진 사람이 누구였을까요?

교수님입니다. 아제미앙 교수를 가장 비난할 만한 동기를 가진 자가 누구였겠어요? 교수님입니다.」

뤼크레스가 다가섰다. 그녀는 콩라드 교수의 작업복 옷깃을 거머쥐었다. 콩라드 교수는 조금 허우적거렸다.

「맹세하건대 나는 그를 죽이지 않았어요.」

이지도르는 흥분한 그녀를 진정시키려고 애썼다.

「제발, 뤼크레스, 말괄량이 같은 장난은 그만둬요.」

「그렇지만 내가 자백시키겠어요.」

새끼 돼지 아도니스가 연구실을 돌아다녔다. 아도니스는 그곳이 흥미롭다고 생각했는지 여기저기 돌아다니며 모든 실험 기재에 코를 대고 킁킁거리더니 연구실을 빠져나가 진화 전시관으로 들어가 버렸다.

「모든 것을 다 말할 테니, 우선 놓아줘요, 숨 막혀 죽겠어요.」

뤼크레스 넴로드는 잡았던 옷깃을 놓아주었다. 콩라드 교수는 옷깃을 바로잡고 다시 일어섰다.

「아제미앙 교수가 나에게 빠진 고리에 관한 이상한 이론, 즉 인류가 돼지와 영장류의 잡종이라는 이론을 말해 주었을 때 나는 경악을 금치 못했어요. 무슨 수를 써서라도 그를 말려야 한다고 생각했어요. 그래서 소피 엘뤼앙에게 그것을 이야기했고, 소피 엘뤼앙은 즉각 그에게 주던 자금을 끊어 버렸지요. 그런 아주 괴상망측한 이론을 지지하기 위해 돈을 댄다는 건 있을 수 없는 일이잖아요. 두 사람은 얼마 뒤에 이혼을 했어요. 뤼시앵 엘뤼앙이 자기 누나보다 더 걱정을 했어요. 뤼시앵 엘뤼앙은 아제미앙 교수를 뒷조사하기 시작하여 연구 진척 상황을 알아보았어요.」

「어떤 사람이 이유도 모른 채 그 주변의 멍청이 같은 인간들의 저주를 사고 있으면 그가 재능이 뛰어난 사람임을 알 수 있다고 하지요.」

이지도르가 조너선 스위프트의 말을 바꾸어서 말했다.

「뤼시앵 엘뤼앙은 내게, 그럴 필요가 있다면, 그의 입을 다물게 하기 위해서라면 갈 데까지 가보겠다고 했어요. 당시에 나는 뤼시앵의 생각이 극단적이라고 생각했지만 그의 목적이 무엇인지는 깨닫고 있었어요. 사람이 돼지와 혈연관계가 있다고 발표한다면 어떤 일이 일어날지 상상해 보시란 말입니다!」

멀리서 새끼 돼지가 울어 대는 소리가 들렸다. 새끼 돼지는 박물관을 보고 몹시 기뻤지만 주위의 동물들이 움직이지 않자 아주 놀란 모양이었다.

「적어도 선생님은 꺼리실 필요는 없지 않습니까. 선생님은 다윈주의자이시고, 아제미앙 교수의 이론이 어떻든 간에 동요할 분은 아니지 않습니까?」

「틀리셨소.」

그들 뒤에서 소리가 났다.

뤼시앵 엘뤼앙이었다.

「콩라드는 꺼렸어요. 그는 내가 〈화석〉을 가졌다는 것을 알고 나한테 말했어요. 〈화석을 없애 버린다 해도 누군가가 여전히 그 비밀을 누설할 테고, 이런 의혹으로 말미암아 이 이론은 더 덕을 볼 것이오.〉 그는 내게 이런 어리석은 이론을 근절하는 가장 좋은 방법은 이른바 증거물이라는 것이 위조품에 지나지 않는다는 사실을 증명하는 일밖에는 없다고 했어요. 당신들이 여기에 와 있는 걸 보니 콩라드의 생각이 옳았어요. 나쁜 생각을 품은 자들은 팔자가 사나운 법이죠.」

뤼시앵 엘뤼앙은 다시 그들에게 권총을 겨누었다.

「자! 당신들이 어떻게 도살장을 빠져나왔는지 모르겠지만, 어쨌든 다시 합시다. 손을 등 뒤로 돌리고 의자에 앉으시오. 움직이지 마시오.」

그는 손을 등 뒤로 돌리게 한 채 밧줄을 칭칭 감아 세게 조이면서 두 사람을 묶었다.

「이번에는 도망치지 못할 거요.」

「제발, 뤼시앵, 학문의 전당에서 폭력은 안 됩니다.」

콩라드 교수가 항의했다.

「누가 폭력을 쓴다고 하십니까? 반대로 선생님께서 이것이 위조품이라는 사실을 밝혀내면, 저들을 풀어 주어 이런 사기 행각을 전 세계에 알리게 할 것입니다.」

「그런데 만일 그것이 진짜 잡종의 발이라고 밝혀지면?」

뤼크레스가 물었다.

「그러면 당신들을 죽이겠소. 콩라드 교수님은 나한테 말하곤 했어요, 오스트랄로피테쿠스 부부를 만들어 선보일 만한 모델이 없다고. 당신들 두개골을 고릴라 두개골과 혼합하면 틀림없이 모든 박물관을 통틀어 박제된 오스트랄로피테쿠스 부부 가운데서 가장 아름다운 모델이 될 것이오. 그런 데다 누가 당신들 시체를 찾으러 파리 자연사 박물관 중앙 전시관으로 올 생각이나 하겠어요?」

콩라드 교수는 매우 곤란한 처지가 되었다.

「끔찍한 소리는 그만하시오, 뤼시앵. 작업하게 해줘요. 진실이 가장 좋은 무기입니다.」

그는 화석을 집어 들고 메스로 뼈에서 작은 조각을 떼어 내어 유리판 위에 올려놓았다.

「카본 14에 넣어 연대 추정을 시작하겠습니다.」

그는 몇 번 조정을 하더니 컴퓨터 화면을 살폈다. 화면에는 곡선 몇 개가 그려졌다. 그는 턱을 어루만지고 근심스러운 표정으로 말했다.

「연대 추정 결과 뼈는 5만 년 이상 된 것으로 보입니다.」

「5만 년이라고! 그런데 아제미앙 교수는 빠진 고리는 370만 년 전에 살았다고 추정했습니다.」

「나도 알아요, 알아. 하지만 현재로서는 카본 14로 과거를 계산한 최대치예요. 내가 이 실험을 한 것은 그가 이것을 최근에 죽은 동물에서 채취하지 않았나 확인하기 위해서였소. 이제는 이것이 진정한 화석 뼈임을 알게 되었어요. 내가 뼈 표면의 우묵한 데서 찾아낸 미세한 흙 조각에 대한 분석 결과를 받을 일만 남았습니다.」

「분석을 이곳에서 하셨습니까?」

흥미로워하며 이지도르 카첸버그가 물었다.

콩라드 교수는 손목시계를 보았다.

「아니요. 나는 그것을 〈지프 쉬르 이베트 연구소〉로 보냈어요. 거기에서는 흙의 연대를 추정할 때 특별한 장치를 이용하지요. 연구소로 연락해 보겠습니다. 지금쯤 결과가 나왔을 겁니다.」

그는 어딘가로 전화를 걸어 이야기를 주고받은 다음 송수화기를 내려놓았다. 그의 얼굴이 갑자기 창백해졌다.

「뼈 표면에서 긁은 흙은 실제로 370만 년 전 것이라고 합니다.」

그는 건조한 목소리로 말했다.

「따라서 아제미앙 교수가 옳다는 것이군요!」

뤼크레스가 탄성을 질렀다. 반면에 뤼시앵 엘뤼앙은 권총 탄창에 탄환이 들었나 확인했다.

콩라드 교수는 이미 침착해져 있었다.

「기다려요. 뼈에 묻어 있는 흙은 370만 년 전의 것이라고 했지만 오래된 뼈로 조작을 할 수 있는 거예요. 필트다운 두개골 사건 같은 경우가 그랬죠. 사기꾼이 서로 다른 두 동물의 화석 뼈를 뒤섞어 가짜를 만들어 낸 겁니다.」

「그것을 어떻게 증명할 수 있습니까?」

뤼시앵 엘뤼앙이 물었다.

「간단하게 관찰만 해봐도 알 수 있습니다. 이제 전자 현미경으로 화석 뼈를 검사해 보겠습니다.」

그는 스위치와 줄, 눈금판이 잔뜩 달린 탑 모양의 기기를 꺼냈다. 그는 맨 아래쪽에 놓인 뚜껑을 열고 거기에 다섯 발가락 화석을 조심스럽게 놓았다. 그런 다음 그는 자판 하나를 움직여 가며 가장 선명한 영상을 얻어 내려고 여러 가지 수치를 조절했다. 그는 오랫동안 바라보았다. 그리고 몸을 돌려 웃으면서 말했다.

「와서 봐요, 뤼시앵.」

뤼시앵 엘뤼앙은 접안렌즈에 눈을 갖다 댔다.

「뼈 표면밖에 보이지 않는데요.」

「더 자세히 들여다보시오.」

「아, 위쪽에 반짝거리는 흔적 같은 것이 보여요.」

「실제로 반짝거리는 흔적입니다. 그것은 사실상 아주 미세한 금속 침전물입니다. 합금이지요. 철이 섞인. 이 금속은 3백만 년 전에는 있지도 않았습니다. 틀림없이 최근에 첨가한 것입니다. 게다가 보시다시피 이 금속에는 녹슨 흔적도 없어요. 녹슬지 않는 금속입니다. 그러면 이번에는 이 금속의 흔적을 발견한 부분의 뒤쪽으로 영상을 조절해 보겠습니다. 그런데 이쪽 표면이 다듬어진 게 잘 보이잖아요.」

「다듬어졌다고요? 이 발가락이 성형되었다는 말씀인가요!」

돼지고기 기술자 뤼시앵 엘뤼앙이 외쳤다.

「바로 맞혔어요. 〈화석〉에 묻은 흙과 화석 뼈는 370만 년 전 것입니다. 그러나 화석의 형태는 인공적이에요. 발가락들을 사람 손의 일종으로 보이게 하려고 서로 끼워 맞춰 다시 깎은 것이지요. 이것은 틀림없이 아주 오래된 발이지만, 발가락이 네 개인 멧돼지의 발입니다. 거기에다 분명

다른 한쪽 발에서 떼어 낸 발가락 하나를 붙여 놓은 발입니다.」

이번에는 뤼시앵 엘뤼앙이 기뻐서 어쩔 줄 몰라 했다.

「그러니까 이게 정말로 가짜 화석이라는 말씀입니까?」

고생물학자는 의기양양하게 웃었다.

「완벽히 가짜예요. 이것은 가짜입니다. 내가 보장해요. 뼈는 그 시대 것이지만 서로 다른 두 발을 짜 맞춘 것입니다!」

뤼시앵 엘뤼앙은 크게 웃었다. 콩라드 교수도 뒤따랐다. 두 사람은 서로서로 축하를 해주었다.

「나는 그럴 줄 알았어요. 아제미앙 교수는 늘 흰소리나 쳐대는 양반이었소. 이게 그가 벌인 마지막 익살극이에요. 필트다운 두개골처럼 말이오. 이건 순진한 사람들을 등쳐 먹기 위해 붙이고 짜 맞춘 작품입니다. 그래서 이 사실을 전혀 모르는 기자들이 열을 올려 떠들어 대게 하려고 말이에요.」

뤼시앵 엘뤼앙은 기쁨에 들떠 두 사람의 인질을 풀어 주었다.

그가 말했다.

「자유의 몸이 되었군요. 충고하겠는데 이 사건을 글로 써서 만인에게 알리세요. 틀림없이 독자들을 열광시킬 거예요! 엄청난 서스펜스! 멋진 결말!」

콩라드와 엘뤼앙은 환하게 웃었다.

바로 이때였다. 새끼 돼지 아도니스가 사람들이 자기와

관련된 무엇인가를 이야기한다고 느꼈는지 다시 나타났다. 아도니스는 두 사람이 탄성을 지르는 것이 무서웠는지 뤼크레스의 품 안에 숨었다. 뤼크레스는 갖은 정성을 다 기울여 아도니스를 어루만져 안심시켰다. 그러나 마음속으로 뤼크레스는 이제 이 새끼 돼지를 위해서나 돼지 전체를 위해서 아무것도 해줄 수 없다는 것을 알고 있었다.

뤼시앵 엘뤼앙은 어디에서 뤼크레스가 새끼 돼지를 가져왔는지 금방 알아차렸다. 그렇지만 그는 발 화석이 가짜라는 사실이 너무 기쁜 나머지, 사육장에 돼지가 한 마리 더 생기든 또 한 마리가 없어지든 아랑곳하지 않았다. 스스로 위안을 삼으려고 새끼 돼지 한 마리를 갖는 것이 예쁘고 자그마한 이 적갈색 머리 아가씨에게 즐거운 일이라면 그건 참 잘된 일이지 뭐야. 그는 그녀에게 흔쾌히 새끼 돼지를 거저 주었을 터이다.

뤼크레스는 새끼 돼지를 점점 더 힘주어 쓰다듬기 시작했다.

이길 수 있다고 믿은 경기에 여지없이 패한 뒤에 두 기자는 다시 사이드카에 올라탔다.

「난 이 문제를 확실히 해두고 싶은데……」

이지도르 카첸버그가 말했다.

「이제 어디로 가죠?」

오토바이를 붕붕 울리며 뤼크레스가 물었다.

17. 어머니 여신의 죽음

저쪽으로.

그리고 또 저쪽으로.

그는 길을 알고 있다. 그는 뛰기 시작한다. 그는 자기 부모를 다시 만나고 싶다. 그는 부모에게 그사이 자신은 변했으며 이제 아들을 자랑스러워해도 좋다고 말해 주고 싶다. 그는 작은 포유류를 사냥하는 법을 배웠다. 그는 숲 속에서 홀로 어려움을 헤쳐 나갈 줄 안다. 그는 이제 밤도 두렵지 않다. 낮은 물론이거니와.

그는 구름이 주는 가르침을 받아들일 줄 알고, 가끔은 그것을 이해할 수도 있다.

그는 다시 동생을 떠올린다. 아버지는 동생을 죽인 나를 언젠가는 용서해 주실까?

그는 동굴의 바위틈을 통해 자기를 바라보던 아버지의 성난 눈초리를 떠올린다. 그러자 그의 걸음은 느려진다. 그는 이런 꼴로 다시는 부모 앞에 나타날 수 없다고 생각한다. 그는 구름에게 조언을 구하려고 머리를 든다. 구름은 온통 뒤얽혀 있는 것처럼 보인다. 그는 구름의 계시를 받지 못한다. 그래서 그는 머리를 하늘로 쳐들고 걷기 시작한다.

별안간 그는 어떤 목소리를 듣는다. 조난 신호다. 그는 급히 달려간다. 그는 다쳐서 동족에게 버림받은 영장류 한 마리를 발견한다. 이 동물은 나무 그루터기에 뒷발 하나가 끼여 꼼짝달싹 못한다. 영장류는 그루터기에서 빠져나오지 못한다. 그는 다가선다. 그는 영장류가 암컷임을 확인한다. 영장류 무리가 이 암컷을 버린 까닭은 그들이 암컷을 구할 만큼 참을성이 없는데다가 빨리 전진하고 싶었기 때문일 것이다.

그는 쥐를 생각한다. 이미 나뭇잎 속에서 소리를 내며 적의를 드러내는 놈들이 있다. 자연의 청소부들은 자신의 임무를 완수하려고 늘 대기 중이다.

그는 젊은 암컷에게 무슨 일이 일어났는지 물어보려고 으르렁거린다. 암컷은 그를 바라보더니 그의 얼굴에서 자기 모계의 특징들을 발견하고는 혐오스럽다는 몸짓을 하면서 공포에 사로잡혀 날카롭게 울부짖는다. 그루터기에 발이 끼인다든가, 자기 종족에게서 버림을 받는다든가, 적대적인 포식자들에게 포위된다든가 하는 일들이 그라는 존재가 불러일으키는 공포에 비하면 약과라는 듯이 암컷은 울어 댄다.

그는 자존심을 죽이고 다시 다가간다.

암컷은 불행이 쉴 새 없이 이어져 발이 끼이고 나더니, 이젠 괴물마저 공격한다고 생각한다. 암컷은 울부짖는다.

그는 암컷을 더 무섭게 하지 않으려고 발걸음을 늦춘다. 암컷은 공포에 사로잡혀 있다. 암컷은 그루터기에서 벗어나려고 더 빨리 움직인다. 그러나 재빨리 발을 빼낼 수 없다는 것을 알자 자기 발을 잘라 내려고 다리를 물어뜯기 시작한다.

그가 암컷을 건드린다.

암컷은 두려워서 더 세게 제 몸을 물어뜯는다.

그는 서둘러 손을 써서 그루터기를 부수고 암컷의 발을 빼내 준다. 암컷은 눈을 감고 그가 공격해 오기를 기다린다. 그러나 그는 꼼짝도 하지 않고 암컷을 뚫어지게 바라보기만 한다.

암컷은 도망치고 싶다. 무엇인가가 암컷을 말린다. 그건 나무 그루터기가 아니라 어떤 생각이다. 고맙다는 생각이다.

그는 잎이 많이 달린 막대기를 집어 들고 그들 주변의 숲에 두루 휘둘러 댄다. 구경거리가 끝났으며, 썩은 고기를 먹는 짐승들은 오늘 저녁 영장류 고기를 먹는 일을 포기해야 한다고 알려 주기 위해서다. 재칼 한 마리가 씩씩거린다. 그는 재칼을 쫓아 버리려고 주둥이를 손으로 한 대 휘갈겨 버린다. 그가 되돌아왔을 때 암컷은 도망치고 없다. 그는 암컷을 찾으려고 둘러보다가 나뭇가지 위에 올라가 있는 암컷을 발견한다. 그는 암컷에게 가려고 나무로 올라간다. 겁에 질린 암컷은 자기 무게를 지탱할 수 없어 보이는 아주 가는 가지 쪽으로 계속해서 올라간다. 그는 오르기를 멈추고 암컷에게 더 높이 올라가지 말라고 날카롭게 소리친다. 그러나 암컷은 이 소리를 잘못 이해하고 계속해서 올라간다. 나뭇가지가 부러지고 암컷이 떨어진다. 바로 그때 그는 번개같이 움직여 암컷을 공중에서 붙잡는다. 암컷은 눈을 감고 부들부들 떤다.

그는 자기 얼굴을 암컷의 얼굴에 갖다 댄다. 그제야 암컷은 그가 자신을 해칠 생각이 없다는 것을 깨닫는다.

그는 잇몸을 드러내며 어색하게 웃는다. 자기가 괴물처럼 보여서 유혹하기가 쉽지 않으리라고 생각하며.

그는 먹을 수 있는 잎이 달린 가지 하나를 잡아 암컷에게 건넨다. 암컷은 주저하다가 머리가 멧돼지 모양인 알 수 없는 존재가 건네주는 가지를 받아 든다.

18. 아제미앙 교수의 비밀

그들은 아제미앙 교수의 아파트에 돌아와 있었다. 이지도르 카첸버그는 하나도 빠뜨리지 않고 아주 하찮아 보이는 것까지 모든 것을 샅샅이 재조사하기로 했다.

뚱보 기자는 이리저리 살피고, 냄새를 맡아 보고, 숨을 들이마시며, 어디에 실수가 있었는지 알아내려고 애썼다. 뤼크레스 넴로드는 그를 방해해서는 안 된다고 생각했다. 그저 그녀는 끈에 묶인 아도니스를 조심스레 잡고서 그를 뒤따랐다. 갑자기 영감에 사로잡힌 듯 이지도르가 그녀에게 말했다.

「아도니스를 놓으세요.」

뤼크레스가 끈을 놓았다. 새끼 돼지는 바로 부엌으로 돌진했다. 돼지는 냉장고 문에 바싹 달라붙어 손잡이를 움직여 보려는 듯이 점점 더 높이 뛰어올랐다.

「아도니스도 생각이 있는 모양이에요.」

이지도르가 말했다.

「돼지가 음식물이 있는 곳에 끌리는 건 당연하지요.」

뤼크레스가 대꾸했다.

그러나 〈과학부의 셜록 홈스〉는 그녀의 말에 동의하지 않는 것 같았다. 반대로 그는 새끼 돼지의 행동을 매우 중요하게 여겼다. 먼저 그는 냉장고 문을 활짝 열어 아도니스가 마음대로 뒤지게 해주었다. 그다음에 그는 냉동고 문도 열었다. 아무것도 없었다. 텅 비어 있었다.

「실패로군요.」

뤼크레스가 말했다.

「아아, 알았다!」

이지도르가 대꾸했다.

그는 야채 박스에서 덩그러니 문드러져 썩어 가는 배춧잎을 집어 아도니스에게 주었다. 아도니스는 배춧잎을 급하게 우적우적 씹어 먹었다.

「어떻게 진작 이 생각을 못했을까. 난 정말 바보였어.」

그가 중얼거렸다.

「이야기해 주세요.」

그러나 벌써 이지도르는 급히 욕실로 가버린 뒤였다. 그는 약상자를 열어 놓고 튜브와 약병을 모조리 꺼냈다. 이것들을 꺼내는 족족 주의 사항과 용법을 읽어 댔다. 갑자기 그는 약병 하나에 온 신경을 곤두세웠다.

「도대체 무슨 일이에요?」

뤼크레스가 신경질을 냈다.

그녀의 동료는 대단한 짐을 벗은 듯이 홀가분해 보였다.

「아! 고마워, 아도니스.」

그가 외쳤다.

「냉장고와 약상자를 뒤져 볼 생각을 안 했다니! 당신이 새끼 돼지를 키우려고 한 것은 정말 멋진 생각이었어요. 녀석은 정말 괜찮은 조수네요.」

그는 뤼크레스를 거실로 데리고 갔다. 그는 안락의자에 그녀는 쿠션 위에 앉았다. 아도니스는 아파트를 누비며 장난치고 있었다.

「이야기해 줘요!」

조바심에 못 이긴 그녀가 졸라 댔다.

「내가 생각하는 대로 사건을 재구성해 보겠어요. 아제미앙 교수는 병이 있었어요. 아주 심각한 병이었어요. 이 약은 매우 강력한 진통제예요. 이 약을 먹는다는 것은 사형 선고를 받았다는 뜻이에요. 처음에 그는 반 리스베트의 지원을 받아 빠진 고리의 실물을 증거로 보이고자 했어요. 그러나 그가 발견한 것이라곤 시시한 뼛조각들밖에 없었어요. 그리고 병이 더욱 심해져 가자, 그는 증거를 확보하는 일이 빨리 끝나지 않으리라는 것을 깨달았어요. 그러자 어떻게 보면 그가 벌인 마지막 허튼 수작이 된 이런 〈교묘한 연출〉을 할 생각을 하게 한 거죠.」

뤼크레스도 안락의자에 자리를 잡았다.

「그는 클럽 〈우리는 어디에서 왔는가?〉의 모든 회원들에게 편지를 썼어요. 인류의 돼지 기원설에 대한 자신의 이론을 뒷받침할 증거를 찾았다고 했죠. 다른 회원들을 다급하게 만들어서 새로운 사냥감의 자취를 찾아다니는 개들처럼 흥분시키려고 그렇게 한 것이죠. 그런 다음 마지막으로 회원들에게 겁을 주기 위해서 린줄리와 접촉했어요. 린줄리는 그의 앞잡이 노릇을 했어요. 린줄리는 그가 죽은 뒤에 원숭이로 변장을 하고 빠진 고리에 대한 연구에 박차를 가해야 한다는 사실을 상기시키기 위해서 모든 회원들을 습격했어요. 그러나 지나치게 겁이 많은 회원들은 아무 일도 하지 않았어요. 그러자 린줄리는 소피 엘뤼앙을 납치하여 함께 여행을 하면서 전 남편의 연구를 계속하면 이득이 될 거라고 설득했죠.」

「결국 그 모든 음모는 탄자니아에 있는 자기의 발견물에 관심을 끌기 위한 것이었군요?」

「그래요! 치밀하게 계산된 대단한 연출이죠. 그는 이것이 세기적인 특종 기사가 될 거라고 기대했어요. 필트다운 두개골을 훨씬 능가할 거라고 말이죠. 린줄리는 아제미앙 교수를 정말로 좋아했던 게 틀림없어요. 아제미앙의 이론을 공개하기에 가장 적합한 인물로 소피 엘뤼앙을 찾아냈으니까요. 그의 이론이 자기의 사업에 도움이 되지 않는다고 공개적으로 선언했던 돼지고기 가공 회사의 여사장이 거꾸로 그의 이론을 공개하고 나선다면 그보다 더 훌륭한 변호가 어디 있겠습니까?」

「그 작전이 성공했다면 아제미앙 교수의 소원은 이루어졌을 테고, 〈제2의 다윈〉이라는 칭호와 명성도 얻었을 테죠.」

「그래요. 아제미앙 교수는 마침내 〈우리는 어디에서 왔는가?〉라는 질문에 독창적인 해답을 가져왔어요.」

「원숭이 한 마리와 돼지 한 마리로부터 나왔다고.」

뤼크레스는 방 안을 이리저리 돌아다니며 말했다.

「나는 여전히 이해가 안 돼요. 아제미앙은 견줄 사람이 없을 정도로 뛰어난 학자였는데, 왜 이런 사기 행각을 벌였을까요?」

「과학은 속임수를 쓰면 가끔 더 빨리 진보하기 때문이에요. 흔히 과학자들은 직관을 가지고는 있어도 그것을 증명할 수단이나 시간이 없거든요. 그래서 선수를 치려고 슬쩍 일을 꾸미기도 하는 거예요.」

「정말이에요?」

「물론이죠. 가령 유전학의 아버지 그레고어 멘델을 봐요. 그는 자기 이론의 진실성을 입증하려고 완두콩의 교배 실험 결과를 가짜로 작성했어요. 다른 연구자들이 그의 실험을 다시 했을 때 멘델의 결과대로 되지 않는다는 것이 밝혀졌지만, 그럼에도 멘델의 이론은 마침내 공인을 받았고, 현대 유전학이 탄생했지요.」

이지도르는 말을 이어 나갔다.

「아제미앙은 인류가 돼지와 원숭이 사이의 교배에서 나왔다는, 빠진 고리에 대한 자신의 가설이 정당하다고 직관적으로 확신했어요. 그러나 자기의 병 때문에 이 연구를 끝까지 밀고 나갈 시간이 없었어요. 그리하여 그는 가장

극적인 방법을 선택한 거예요. 애석하게도 린줄리마저도 다섯 발가락 화석을 보자 현실 감각을 잃었지요. 그도 화석을 처음 보았을 때 우리 두 사람과 똑같은 감동을 느꼈을 거예요. 그렇지만 그는 이 화석으로 한밑천 잡자는 생각을 했지요. 언제나 낙오자, 보조 곡예사, 막일이나 하는 조수였던 그가 마침내 설욕전을 펼쳤던 것이지요. 그는 화석을 경매에 붙여 팔고자 했어요.」

「화석은 그에게 그런 행운을 안겨 주지는 않았어요.」

이지도르는 아제미앙 교수의 서재로 다시 들어갔다.

「누가 아제미앙 교수의 살인자인지는 여전히 밝혀지지 않는군요.」

뤼크레스가 지적했다.

뚱보 기자는 감초 사탕 통을 꺼내어 마치 코끼리가 땅콩 봉지를 뜯어먹듯이 사탕을 덥석 물었다.

「바로 그 자신이에요. 자살입니다.」

「있을 수 없는 일이에요. 형사는 그의 배가 피켈로 찔렸다고 단언한 걸요. 그런데 흉기가 사라졌어요. 어떻게 스스로 자신의 배를 피켈로 찌르고 그 흉기를 치울 수 있죠? 그는 자신의 배를 찌르고 흉기를 숨기러 갔다가, 욕조 속에서 최후를 맞으려고 되돌아와야 했을 텐데 말입니다. 그랬다면 그는 피를 여기저기에 뚝뚝 흘렸을 거예요. 그리고 또 그러려면 엄청난 힘이 필요했을 거예요. 불가능한 일이에요.」

이지도르는 가장 뜻밖의 사실을 폭로하는 순간을 한껏

즐겼다.

「그게 바로 정말 천재적인 속임수입니다. 그 흉기는……녹아 버린 거예요.」

「뭐라고요?」

「냉동고를 보세요. 가늘고 긴 흔적이 보이죠. 그게 흉기였어요. 아제미앙 교수는 길고 뾰족한 얼음을 만들었던 것입니다. 그 얼음으로 일본 사람들이 하는 할복자살을 하는 것처럼 배를 깊게 찔렀던 것이죠.」

뤼크레스는 그 장면을 상상해 보려고 애썼다.

「얼음은 피부를 뚫을 만큼 강하지는 않아요.」

「아니요, 뜨거운 욕조 속에서 살을 불리게 되면 찌르기가 훨씬 수월해져요.」

그녀는 아제미앙이 겪었을 고통을 연상하면서 얼굴을 찌푸렸다. 이지도르도 역시 이 학자의 대담무쌍한 열의에 충격을 받은 터였다.

「손가락을 뻗은 채 자신이 S라고 써놓은 거울 쪽을 바라보며 죽는 것이 아마 가장 힘겨웠지 싶습니다.」

「무엇 때문에 그런 장면을 연출했을까요?」

「그는 진짜 탐정 소설광이었어요. 그는 탐정 소설사를 수놓은 독창적이고 역사적인 완전 범죄 속에 자기의 죽음을 끼워 넣고 싶었던 거예요. 에드거 앨런 포에서 애거서 크리스티에 이르는 그 역사 속에다 말이에요. 얼음으로 찔러 실행한 자살을 말이죠.」

두 기자는 이 괴짜를 떠올리면서 오랫동안 묵묵히 앉아

있었다.

「도대체 무엇을 위해서 그토록 많은 노력을 기울이고, 상상력을 동원하고, 그렇게 철저하게 준비를 했을까요? 단지 소비자들에게 돼지고기를 덜 먹게 하고, 돼지고기 가공업자들이 돼지를 덜 난폭하게 다루게 하려고 그랬을까요?」

「그보다는 사람들로 하여금 인류의 기원에 대해서 질문을 제기하도록 하기 위해서죠.」

「결국 아제미앙 교수는 〈인간은 어디에서 왔는가?〉라는 문제를 제기하는 것이 〈인간은 어디로 가는가?〉라는 문제 제기로 이어진다는 점을 우리에게 일깨워 준 셈이에요.」

이지도르가 말했다.

「반 리스베트에게 다섯 발가락 화석은 가짜라고 알려 줄 일이 남았군요. 돼지들에게는 여전히 슬픈 나날들이 계속되겠군요.」

조그만 아도니스를 품에 껴안으며 뤼크레스가 한숨을 쉬었다.

19. 교대하기

동아프리카의 어느 곳
376만 3452년 10개월 2일 13시간 전
그는 그녀와 섹스를 한다. 마주 보고. 서로 눈을 바라보며. 그 순간은 신기하고 경이로우며 비길 데가 없다.

그녀는 오르가슴을 느낀다.

그 역시 오르가슴을 맛본다.

휴식을 취한 다음 그녀는 그를 떠난다. 그녀는 태어날 새끼를 〈정상적으로〉 키울 수 있게 해줄 무리를 찾아 나선다.

그는 지금 아주 외롭다. 그는 여전히 가족이 있는 동굴로 갈 생각을 않는다. 그는 여전히 어떤 무리에 동화되려고 하지 않는다. 그는 자기만의 작은 가족을 꾸미려고도 하지 않는다. 그는 자신이 아주 다르다는 것을 안다. 외로움은 그의 동반자가 되기 시작한다. 〈그녀는 적어도 나를 배반하지 않을 거야. 산다는 건 늘 외로운 거야〉 하고 그는 생각한다. 부부로 살지라도. 무리 지어 살지라도.

그는 나무에 올라간다. 그는 가장 높은 나뭇가지 위에서 균형을 잡고 있다. 나비 한 마리가 그 곁에서 나풀거린다. 그는 손가락을 내민다. 나비가 그 위에 내려앉는다. 나비는 보랏빛 무지개 광채가 아롱거리는 연한 파란빛에, 길고 검은 줄무늬가 그어져 있다. 그는 이 나비는 아름다운데 자기는 추하다고 생각한다.

나비는 머리에 비해 크고 둥그런 눈으로 그를 바라본다. 그가 나비를 건드리는데도 나비는 가만히 있다. 그가 나비를 죽일 수 있을 텐데도. 그가 나비를 죽여야 할 텐데도. 심지어 그가 나비를 먹을 수 있을 텐데도.

나비는 겁을 내지 않는다. 나비는 손바닥 위에서 다시 몇 발짝 움직여 보더니 구름 쪽으로 날아가 버린다. 그는 나비가 사라져 가는 모습을 바라본다. 그리고 그는 오랫동안 구름을 쳐다본다. 구름은 그의 유일한 친구이다.

〈이제 나를 도와줄 사람은 아무도 없어〉 하고 생각한다. 그는 막다른 골목에 다다랐다. 너무 진보한 나머지 그는 지금 세계와 우주의 모든 것을 알고 있다고 생각한다. 그는 자기 지식을 자랑스러워한다. 그는 누구도 결코 능가하지 못할 절대 지식을 갖추었다고 우쭐해한다.

그는 오랫동안 구름을 쳐다보고 자신이 습득한 지식 몇 가지를 나열한다.

아빠처럼 똑바로 서 있기. 엄마처럼 독이 든 음식물을 알아내기. 아빠처럼 포식자들에게 겁주기 위해 막대기를 이용하기. 엄마처럼 주둥이로 공격하기.

그는 잠이 든다. 잠이 든 사이에 표범에게 잡아먹히기 바로 전에 그는 마지막으로 이런 생각을 한다.

〈산다는 건 좋은 거야.〉

20. 마지막 이론

저수탑은 여전히 파리 교외의 황무지 가운데 변함없이 우뚝 솟아 있었다. 가장 위쪽에는, 다시 말해 이지도르 카첸버그가 개조한 거대한 수조 안에는 돌고래들이 바깥세상과는 전혀 상관없다는 듯 놀고 있었다.

이지도르는 아몬드 우유를 조금 들이마시고, 물방울무

니의 대담한 비키니 수영복을 입고 접의자에 앉아 있는 뤼크레스를 바라보았다.

하이파이 오디오 세트에서 감미로운 음악이 흘러나왔다. 에릭 사티의 「짐노페디」였다.

돌고래들은 더 소란스러워졌다.

「돌고래들은 잠도 안 자요?」

뤼크레스가 물었다.

그는 그녀 옆의 푸른색 타일 바닥에 앉았다.

「아니요. 돌고래들은 물고기이면서 포유류이기 때문에 물속에 머무르면서도 공기를 마셔야 합니다. 그래서 그들은 가만히 있을 수가 없어요. 그렇지만 그들에게도 휴식이 필요하기 때문에 언제나 뇌의 반쪽을 번갈아 가며 잠들게 함으로써 그 문제를 해결했어요. 한 쪽 뇌가 깨어나면 다른 한 쪽은 잠을 잡니다.」

「그렇게 해서 고래들은 꿈꾸는 동시에 깨어 있기도 해요?」

「네.」

이지도르가 인정했다.

「현실 세계에서 놀면서도 돌고래들은 꿈의 세계도 즐기는 거죠.」

「나도 한번 그렇게 해봤으면.」

뤼크레스가 나른한 목소리로 말했다.

돌고래들은 더욱 요란하게 소리를 지르며 더욱 자주 뛰어올라 물을 튀겼다.

「나는 가끔 몇 초 동안 그런 상태에 이를 때가 있어요.

그것은 노력하면 할 수 있다고 생각해요.」

이지도르가 조용히 말했다.

뤼크레스는 기지개를 켜고는 방금 배달된 『르 게퇴르 모데른』의 포장을 뜯었다. 〈인류의 기원에 관한 새로운 사실〉이라는 표지에 쓰인 제목이 눈에 확 띄었다. 콩라드 교수와 가진 독점 인터뷰와 함께 실린 프랑크 고티에의 기사였다.

「이것 보셨어요?」

「아니요. 뭐라고 썼어요?」

뤼크레스는 그 특집 기사의 첫 페이지를 찾으려고 빨리 넘겼다.

「프랑크 고티에가 썼어요. 그가 콩라드 교수와 인터뷰를 했어요. 프랑크 고티에는 콩라드 교수의 입에서 판에 박힌 말을 끄집어냈군요. 콩라드 교수는 기자들을 위해 늘 써먹는 일화들을 끼워 넣었어요. 최초의 오스트랄로피테쿠스를 비틀스의 노래를 기념해서 루시라고 부른 것이라든지, 불쌍한 다윈이 자신의 이론을 사제들에 맞서 주장하기 힘들었다는 일화라든지, 그저 상투적인 이야기뿐이에요. 〈새로운 사실〉이라고 떠들어 대고는 〈이미 다 아는 사실〉 이상을 말하는 경우는 거의 없어요…….」

이지도르는 팔꿈치를 바닥에 대고 버티며 몸을 일으켰다.

「아제미앙 교수에 대해서는 단 한 마디도 내비치지 않았나요?」

「네. 다섯 발가락 화석에 대해서도 마찬가지예요.」

「아마도 콩라드 교수는 어떻게 할까 고심하다가, 아제미앙에게 보복하는 가장 좋은 방법은 그에 대해 한 마디도 하지 않는 것이라고 생각한 것 같군요. 망각과 무관심으로 아제미앙을 죽이자는 거지요.」

「사람들이 발명자에게 할 수 있는 가장 나쁜 짓은 발명자의 연구 방법을 세상에 알리지 않는 거예요. 비록 아제미앙이 속이기는 했지만, 그래도 그는 새롭게 반성할 거리를 제공했잖아요. 돼지가 어째서 인간 기관과 호환성이 있는 기관을 가진 유일한 동물인지 그 까닭은 여전히 알려지지 않았어요!」

「맞아요. 또 어떻게 해서 인간이 지구상에 나타나게 되었는지도 여전히 알려지지 않았어요. 그 기사에서 그는 인류의 출현을 어떻게 설명하고 있어요?」

「콩라드는 그저 인류의 출현은 유전자 배합의 우연성이나 종들의 자연 선택에 기인한다고 말하고 있어요. 그는 한 세기나 지난 공식적인 다윈주의 이론에서 한 발짝도 움직이지 않았어요.」

이지도르는 비웃듯이 입을 삐죽거렸다.

「그런데도 프랑크 고티에는 참 재주도 좋지……!」

두 사람은 참다못해 웃음을 터뜨렸다.

「어쩌면 뤼시앵 엘뤼앙이 옳을지도 몰라요. 기자가 할 일은 무엇보다 사람들을 불안하게 하지 않는 것이고, 모든 것이 전과 다름없으니, 1밀리미터도 빗나가지 말고 같은 방향으로 계속 가야 한다는 것을 사람들에게 확인시키는 것이죠.」

뤼크레스가 중얼거렸다.

「어차피 다섯 발가락 화석이 가짜가 아니었다 하더라도, 그렇게 사람들을 동요시키는 주장으로는 어느 누구도 설득할 수 없었을 거예요.」

이지도르는 음료수를 한 모금, 한 모금 천천히 마셨다.

「중요한 것은 설득하는 것이 아니고 생각할 거리를 제공하는 데 있어요. 아제미앙 교수가 원했던 것은 결국 〈우리는 어디에서 왔는가?〉 하는 문제에 대해서 생각해 보게 하려는 것이었을 거예요.」

뤼크레스는 『르 게퇴르 모데른』을 계속해서 읽었다. 잡지에는 특집 기사에 살을 붙이기 위해 박스 기사로 〈계통수에 사로잡힌 사람들〉이란 제목으로 막심 보지라르의 익살스러운 기사와 기슬랭 베르주롱의 〈자연사 박물관의 진화 전시관〉 탐방 기사, 끝으로 고고학자를 꿈꾸는 학생들이 방학 동안 발굴 작업에 참가함으로써, 돈 들이지 않고 자신들의 재능을 발휘할 수 있는 고고학 유적지를 열거하는 클로틸드 플랑카오에트가 쓴 토막 기사가 실려 있었다.

「〈지구는 돌고 있고, 모든 게 정상입니다. 선남선녀들이여, 편하게 주무십시오〉라는 식이잖아.」

폐부를 찌르는 듯한 아픔을 느끼며 뤼크레스가 한숨지었다.

저수탑 수조에서는 돌고래들이 몸을 곤추세워 뒷걸음질치면서 즐겁게 헤엄치고 있었다. 이런 묘기를 부리려고 돌고래들은 물 밖으로 몸을 거의 다 드러냈다.

뤼크레스도 음료수를 마시려고 몸을 일으켰다. 아도니스가 애무를 받으려고 왔다. 아도니스는 콧잔등으로 뤼크레스를 열렬하게 문질러 댔는데, 이것은 키스에 가까웠다. 젊은 여기자의 시선이 두 개의 받침대에 이끌렸다.

「어머, 미래와 과거를 그린 그림이네요.」

그녀가 지적했다.

그녀는 커다란 그림 두 점을 살펴보았다. 셀 수 없이 많은 미래의 가능성이 만발한 그림이었다. 이지도르는 이미 미래의 나뭇잎들 사이에 다른 이파리들을 더 그려 넣은 상태였다. 또한 과거의 나무둥치에 뿌리도 몇 가닥 더 들어가 있었다. 그들이 아제미앙 교수 사건을 취재하는 동안 새로이 그려 넣은 것이었다.

그녀는 흥미롭게 그림을 감상하고 있었다. 이때 텔레비전이 자동으로 켜졌다.

「이제 뉴스를 좀 볼까요? 우리의 현재를 알기 위해서.」

이지도르가 말했다.

시작을 알리는 매우 경쾌한 시그널 뮤직이 흘러나온 뒤에 아나운서가 뉴스를 전했다. 벨기에에서 아동을 성추행하는 변태 성욕자가 어린이 납치 조직망을 만들었으며 그 하부 조직은 전 유럽에 퍼져 있습니다. 이들은 유괴한 아이들을 변태적인 성행위를 하는 부유한 기업가들에게 팔기 위한 범죄 조직입니다. 아나운서는 계속했다. 요르단 국경에서 한 테러리스트가 학교 버스를 타고 등교하던 일곱 명의 이스라엘 여중생의 머리에 총을 쏴서 죽였습니다. 범죄 직후에 체포된 테러리스트는 더 많은 사람들을 죽이지 못해 후회스럽다는 말을 했다고 합니다. 이런 행위를 두고 몇몇 주변 국가에서는 환희에 찬 시위를 벌여 환영하였습니다.

뉴스는 점점 더 심드렁한 목소리로 계속 보도되었다.

중국에서 프리온에 의한 새로운 닭 전염병이 발생했습니다. 이 병은 수익을 위해서라면 수단과 방법을 가리지 않는 속성 사육에 기인한 것입니다. 중국의 관계 당국은 사람에게 전염될지도 모르는 이 병이 국경 밖으로 퍼져 가는 것을 막기 위해 조만간 3백만 마리의 닭을 태워 버리기로 결정했습니다.

남아메리카에서 장기 밀매와 관계된 새로운 사실이 밝혀졌습니다. 부랑자들이 밤에 거리에서 납치되어 눈이 도려내지고, 눈꺼풀은 다시 기워진 다음, 그들이 기거하던 빈민굴로 다시 보내졌습니다. 그들의 각막은 고급 개인 병원에 팔려 이식 수술에 쓰인다고 합니다. 아나운서는 장기를 자발적으로 기증하는 사람이 절대적으로 부족하기 때문에 이런 암거래는 어쩔 수 없이 생겨난다고 유감을 표했다.

이지도르는 벌떡 일어나 갑자기 텔레비전을 잡았다. 그리고 텔레비전을 있는 힘을 다해 미래의 나무 위에 내던져 버렸다. 텔레비전은 산산조각이 났다. 그는 바닥에 털썩 주저앉아 의자 위로 머리를 수그렸다. 뤼크레스와 아도니스가 다가갔다. 뤼크레스는 그의 뾰족한 코에서 떨어지려고 하는 안경을 벗겼다. 한 줄기 눈물이 이지도르의 왼쪽 눈에서 흘러내렸다.

「미안해요. 온통 나를 때리고 찌르고 괴롭히는 것뿐이군요.」

그가 다시 입을 열었다.

뤼크레스는 그의 거구를 두 팔로 감쌌다. 그의 심장 고동이 느껴졌다. 이렇게 살이 두툼한데도 인간 세상의 현실이 그의 심장에 가하는 고통을 막아 주지 못하는가 보다 하고 그녀는 생각했다.

이지도르는 코를 훌쩍거렸다. 그리고 요란하게 코를 풀었다.

「그렇게 울고 있으니깐 꼭 아기 같아요.」

뤼크레스는 그를 위로하려고 농담을 했다.

이지도르 카첸버그. 그는 뉴스를 들으면서 눈물을 흘리는 아주 보기 드문 사람이다.

그녀는 그에게 감초 사탕을 내밀고 귀에다 대고 뭐라고 소곤거렸다.

「그냥 듣고 이해하세요. 아무 말 없이.」

「나는 입을 다물고 있을 수가 없어요.」

그가 입에 사탕을 문 채 눈물을 삼키면서 힘겹게 말했다.

이지도르는 안경을 다시 꼈다. 그리고 뤼크레스의 에메랄드빛 눈동자를 뚫어지게 바라보았다.

「당신은 내게 무엇이 빠진 고리냐고 묻곤 했어요. 이제 대답해 줄 수 있을 것 같아요. 내가 생각하기에 사실……

우리 모두는 과도기적인 존재에 불과해요. 진정한 인간은 아직 나타나지 않았어요. 그렇다면…….」
「그렇다면?」
그는 나직하게 말했다.
「우리가 바로 빠진 고리예요.」

끝

감사의 말

내가 이 책을 쓰던 기간 동안 내 주위에 있었던 모든 이들에게 감사의 말을 전하고 싶다. 점심이나 저녁 식사 동안 그들의 이야기를 들으면서 그리고 그들이 내 이야기 속에서 흥미를 느끼는 것이 무엇인가를 주의 깊게 살피면서 나는 이 책의 소재를 얻었다.

그들의 이름을 나열해 보면 다음과 같다.

고생물학과 동물학, 식물학 부분에 대해서는 에르베르 토마 교수, 보리스 시륄니크 교수, 프랑스 부렐리 박사, 제라르 암잘라그 교수, 올리비에 부스케, 크리스토프 시도.

도살장 부분에 대해서는 수의사 미셸 데즈랄드, 도미니크 마르미옹, 제롬 마르샹.

의학 부분에 대해서는 프레데릭 살드만 박사, 뮈리엘 베르베르 박사.

늘 충고와 지원을 아끼지 않는 렌 실베르.

다음 분들께도 감사의 말씀을 전한다.

나의 편집자 리샤르 뒤쿠세.

늘 관심과 인내심을 보여 준 프랑수아즈 샤파넬 페랑.

나에게 숲에서 산보를 하도록 권함으로써 자연을 바라보는 법을 가르쳐 준 조각가 마르크 불레.

필립 K. 딕(만일 그의 유령이 내 책을 읽고 프랑스어를 이해한다면). 그의 기이한 소설들은 언제나 나의 뉴런들을 흥분시킨다.

영원히 나의 귀감으로 남을 내 아버지의 아버지 이지도르 베르베르.

네 개의 평행선처럼 각기 다른 방식으로 세계를 이해하는 프레데릭 르노르망, 다비드 부샤르, 이반 시가네르, 막스 프리외.

사람들의 얼굴과 운명을 발견하게 해주는 항상적인 영감의 원천, 파리의 지하철에도 감사한다.

이 책은 1995년 3월에서 1998년 8월 사이에 구상되고 집필되었다. 이 소설을 쓰는 동안에 나는 다음과 같은 음악을 들었다.

에릭 사티의 「짐노페디」, 로저 워터스의 「Amused to Death」, 드보르자크의 「신세계 교향곡」, 아이언 메이든의 「Hallowed Be Thy Name」, 라마 지우름과 장 필립 리키엘의 「각성을 위한 기원」, 핑크 플로이드의 「Animals(그중에서도 〈Pigs〉)」, 젠틀 자이언트의 「Edge of Twilight」, 마릴리언의 「Grendel」,

로이크 에티엔, 그리고 『여행의 책』을 위한 음악.

마지막으로 이 책을 만들기 위해 펄프를 제공해 준 모든 나무들에게 고마움을 표시하고 싶다. 그 나무들이 없었다면 이 책은 존재하지 않았을 것이다.

진화론 관련 용어

그레이트 리프트 밸리Great Rift Valley 〈거대한 단층 계곡〉이라는 뜻. 2천만 년 전에 형성된, 중동 지방에서 아프리카로 이어지는 거대한 단층 지대. 아프리카 대륙과 유라시아 대륙의 충돌로 생겨났으며, 아프리카를 둘로 쪼개려는 듯한 모습을 하고 있다. 거대한 호수들이 띠처럼 둘러싸고 수천 미터의 퇴적층이 쌓여 있어 화석 형성에 최적의 지질 구조를 이룬다. 아프리카에서 발견된 화석의 대부분이 이 지대에서 발견되었을 정도로 고생물학상 중요한 지역이다.

네안데르탈인Homo sapiens neanderthalensis 약 10만 년 전 출현했다가 3만 5천 년 전에 사라질 때까지 세계 전역에 분포해 있던 화석 인류. 네안데르탈이라는 이름은 1856년 독일 뒤셀도르프 근처의 네안데르 골짜기(네안데르탈)에서 두개골이 발견된 데서 유래되었다. 원시 인류의 두개골로 인정된 뒤, 유럽, 근동, 중국에서도 속속 유골이 발견되어 그 분포가 전 세계적이었음이 알려졌다. 분류학상 호모 사피엔스에 속하며, 현생 인류인 크로마뇽인(호모 사피엔스 사피엔스)과 상당 기간 공존하였다고 생각되고 있다. 뇌의 용량은 1천2백~1천6백cc로 크로마뇽인과 차이가 없다. 즉 네안데르탈인은 현생 인류의 원시적인 조상이 아니라, 현생 인류와 다른 특성을 지닌 다른 인류이며, 장식 미술이나 매장 등 나름대로의 문화를 향유했다고 생각된다. 네안데르탈인이 결정적으로 사라지게 된 계기는 아직까지는 수수께끼로 남아 있다.

다윈Charles Robert Darwin(1809~1882) 생물 진화론을 정립한 영국의 생물학자. 1839년 『비글 호 항해기』를 출판하여, 여행 중의 관찰 기록을 발표하면서 진화론의 기초를 확립하였다. 1859년에 자연 선택설을 골자로 하는 『종의 기원』(정식 명칭은 〈자연 선택에 의한 종의 기원에 관하여〉)을 발표하였다. 자연 선택설은 생물의 어떤 종의 개체 간에 변이가 생겼을 경우에 그 생물이 생활하고 있는 환경에 가장 적합한 것만이 살아남고 부적합한 것은 도태된다는 견해이다. 곧 개체 간에 경쟁이 계속해서 일어나고 자연의 힘으로 선택이 반복되는 결과 진화가 생긴다고 하는 설이다. 1862~1881년 한 걸음 더 나아간 진화론에 관한 저작을 발표하였는데 그중에서도 『사육 동식물의 변이』(1868), 『인류의 유래와 성 선택』(1871)이 유명하다. 다윈의 진화론은 물리학에서의 뉴턴 역학과 더불어 인간의 사상에 혁신을 가져와 그 후의 자연관, 세계관의 형성에 커다란 영향을 주었다.

라마르크 Jean-Baptiste de Monet, Chevalier de Lamarck (1744~1829) 프랑스의 박물학자, 진화론자. 파리 식물원의 무척추 동물학 교수로 임명되어 동물학 연구에 전념하게 되면서 화석과 지질학에도 관심을 기울여 진화 사상을 가지게 되었다. 『무척추동물의 체계』에서 최초의 진화 사상을 보이고 『동물 철학』 및 『무척추 동물지』에서 진화론을 명확히 한다. 그는 생명이 맨 처음 무기물에서 가장 단순한 형태의 유기물로 변화되어 형성되었다고 하는 자연 발생설을 역설하면서, 이것이 필연적으로 여러 기관을 발달시키고 진화시켜 왔다고 주장하였다. 또한 그런 진화 과정에서 환경의 영향을 중시하고 습성의 영향에 의한 용불용설을 제창하였다. 이는 획득형질 유전론으로서 라마르크주의의 핵심을 이루는 것이다.

루시 Lucy 1974년 에티오피아에서 도널드 요한슨에 의해 발굴된 310만 년 전의 화석. 1925년 오스트랄로피테쿠스의 발견 이후 가장 오래된 화석 인류의 발견이었으며, 50퍼센트 이상의 뼈가 발견됨으로써 인류가 당시에도 직립 보행을 했다는 증거가 되었다. 루시라는 이름은 요한슨이 발굴 당시 즐겨 듣던 비틀스의 노래 「Lucy in the Sky with Diamonds」에서 따왔다고 한다. 『최초의 인간 루시』

는 요한슨의 회고록이다.

리센코 학설 러시아의 농생물학자 리센코Lysenko에 의해 주장된 유전 학설의 하나이다. 리센코는 유전자라는 입자적인 것에만 유전의 본성이 달려 있는 것이 아니라고 주장했다. 생물체 내에서 물질 대사의 형태가 유전성에서 출발하는 것이 아니라 환경 조건을 변화시킴으로써 대사형으로 변화를 일으켜 유전성을 변경시키는 것이 가능하다고 했다. 이와 관련하여 진화에 있어서도 종내(種內) 경쟁을 부정하고 소맥의 이삭 속에서 호밀의 종자가 보였다는 것을 증거로 삼아 종자의 비약적 변화를 주장하였다. 그러나 한 종에서 다른 종으로의 급진적인 변이가 가능하다는 그의 주장은 당국의 비호에도 불구하고 많은 반대를 낳았고, 흐루시초프 실각 이후 공식적으로 부인되었다.

리프트 밸리 〈그레이트 리프트 밸리〉 참조.

미싱 링크 missing link 빠진 고리. 진화의 어느 한 단계에 존재했다고 가정될 뿐 실제로는 화석이 발견되지 않은 생물종 일반을 말한다. 일반적으로 현생 인류와 그 조상 사이에 존재한다고 가정되는 중간 단계의 존재를 가리킨다. 19세기 후반에는 다윈의 이론을 잘못 해석하여 인류가 (현재 존재하는) 원숭이로부터 직접 진화했다는 오해가 적지 않았고 진화론을 〈증명〉하기 위해서는 원숭이와 인간

사이를 연결하는 중간 단계가 발견되어야 한다고 생각되었다. 그리하여 호모 에렉투스, 에오안트로푸스 도소니(나중에 가짜임이 판명되었다), 심지어는 남아프리카의 호이호이족 등이 차례차례로 그 〈빠진 고리〉라고 주장되었다. 오늘날에는 인류가 원숭이에서 바로 진화한 것이 아니라 원숭이와 같은 조상을 가진 관계라고 여겨지고 있다. 원숭이와 인류가 갈라지는 분기점은 6백만 년 전에서 1천만 년 전이었을 것이다.

미싱 링크 사기 사건 에오안트로푸스 도소니라는 학명까지 받았던 이른바 필트다운 맨Piltdown Man의 〈발견〉이 영국의 아마추어 고고학자인 변호사 찰스 도슨과 지질학자 아서 스미스 우드워드에 의해 발표된 것은 1912년의 일이었다. 그들은 서섹스 주 필트다운 채석장에서 발견한 두개골과 턱뼈 파편 몇 개를 부싯돌 석기와 함께 제출했다. 두개골 파편은 현대인의 것과 비슷했지만 턱뼈는 유인원의 것과 비슷했다. 그들은 이로써 잃어버린 고리가 마침내 발견되었다고 주장했다. 학자들의 반신반의 속에서 도슨에게 유력한 원군이 나타났다. 세계적인 신학자이자 고생물학자(가 된), 프랑스의 예수회 신부 테야르 드 샤르댕이 필트다운에서 유인원의 것으로 추정되는 이빨을 발굴했던 것이다. 그리고 도슨은 같은 장소에서 몇 가지 화석들을 더 발굴해 냈다.

1920년대 이후, 계속되는 피테칸트로푸스의 발견과 그보다 더 이전에 속하는 오스트랄로피테쿠스의 발견이 있었고 잇따른 네안데르탈인 유골의 발견으로 필트다운 맨이 진화 과정에서 차지하는 위치는 점점 의심스러운 것이 되었다. 1953년 화학적 검사를 통해서 필트다운 맨은 완전한 사기극이었음이 증명되었다. 도슨이 1916년 이미 세상을 떠난 지 37년 만의 일이었다. 그의 동기와 공범은 여전히 수수께끼로 남아 있다.

이 사기극이 그저 장난에서 시작되었다는 주장에 대해 그 역사적 맥락을 관찰하는 사람들은 이것이 분명한 목적을 가지고 계획된 것이라고 주장한다. 영국인들의 이 〈발견〉은 그 직전에 있었던 프랑스인들의 현생 인류의 화석과 동굴 벽화의 발견에 자극된 것이었다. 그리고 필트다운 맨은 향후 수십 년간 아프리카에서 발견된 화석들을 무시하는 충분한 근거가 되어 주었다.

베이징 원인 Peking Man 1929년 인류학자 데이비드슨 블랙과 중국의 고생물학자 페엔종, 지아 란포, 그리고 프랑스인 신부 테야르 드 샤르댕이 참여한 발굴팀은 홍적세 중기(90만~130만 년 전)로 소급되는 열네 개의 두개골을 발견해 냈다. 이 화석들은 안으로 들어간 앞니, 납작하고 넓은 광대뼈 같은, 〈황인종〉의 특징을 드러냈다. 호모 에렉투스로 분류되기 전까지 이 화석들은 시난트로푸스(중국인)라고 불리고 있었다.

베이징 원인 증발 사건 베이징 원인이 발견될 때는 중국의 역사에서 가장 혼란스러웠던 시기였다. 1937년 발굴 작업을 하는 인부들이 일본군에게 학살되자 발굴은 중단되었다. 여기에서 발굴된 화석은 베이징 연합 의과 대학에 소장되어 있었으나 1941년에 일본군이 베이징에 들어오자 중국 주재 미국 대사는 이 화석을 미국으로 옮기자고 제안했다. 그러나 이 화석들을 실은 선박은 태평양에서 일본군의 공습을 받아 실종되었다. 화석들은 바다에 가라앉은 것일까? 일본군 사령부에 전달되었을 수도 있다. 그렇다면 그 화석은 일본 어딘가에 존재할 것이다. 어쩌면 이런 일이 흔히 그렇듯이 배에 실리기 이전에 이미 빼돌려졌을지도 모른다.

보노보 침팬지 침팬지의 일종. 대개 나무 위에서 살며 먹이를 찾기 위해 땅으로 내려온다. 무리를 지어 사는데 암컷이 집단에서 핵심적인 역할을 하며, 성적으로도 능동적인 모습을 보인다. 이들은 때때로 대면위(對面位) 체위를 사용하는데 이는 침팬지에게도 극히 드문 것이다. 현재 멸종 위기에 있다.

여우원숭이 포유류 영장목 여우원숭잇과의 한 속(屬). 영장류 중 가장 원시적인 부류에 속한다. 마다가스카르 섬과 그 주변의 섬에서 살고 있다. 몸길이는 30~60cm, 꼬리 길이는 35~60cm이다. 보통 3~12마리 정도의 작은 무리로 나무 위 또는 땅에서 생활한다. 먹이는 나뭇잎, 과실, 사탕수수, 곤충, 새알 등이다. 현재 멸종 위기에 있다.

영장류 포유류 영장목에 속하는 동물들. 2백 종 정도가 알려져 있으며 크게는 여우원숭이, 늘보원숭이, 안경원숭이 등의 원시적인 부류와 성성이, 고릴라, 사람 등의 〈고등한〉 부류로 나누고 있다. 포유류 중 체중에 비해 가장 큰 뇌를 가진 점, 손과 발 모두가 다섯 가락으로 갈라져 있다는 점, 시각이 발달하고 후각이 퇴화한 점 등이 특징이다.

오스트랄로피테쿠스 Australopithecus 〈남쪽 원숭이〉라는 뜻. 아프리카에서 5백만 년 전부터 분포하다가 1백만 년 전쯤 절멸한 원인(猿人)의 일종. 아프리카에서 화석이 발견된 뒤 1925년 영국의 레이먼드 다트 박사에 의해 유인원과 인류를 연결하는 고리로 지목되었다. 현생 인류의 조상으로 생각되고 있으나, 그에 대한 반론도 적지 않다.

올두바이 Olduvai 세계에서 가장 오래된 구석기 문화 유적으로 아프리카 탄자니아에 있다. 1959년 진잔트로푸스의 두개골이 발견된 곳이다. 나이로비 박물관의 리키를 중심으로 조사가 계속 이루어지고 있다.

용불용설(用不用設) 라마르크가 주장한 진화설. 〈어떤 동물의 어떤 기관이라도 다른 기관보다 자주 쓰거나 계속해서 쓰게 되면 기관은 점점 강해지고 또한 크기도 더해 간다. 따라서 그 기관이 사용된 시간에 따라 특별한 기능을 갖게 된다. 이에 반해서 어떤 기관을 오랫동안 사용하지 않고 그대로 두면 차차 그 기관은 약해지고 기능도 쇠퇴한다. 뿐만 아니라 그 크기도 작아져 마침내는 거의 없어지고 만다〉는 주장이다. 많은 동물에서 볼 수 있는 특수한 형태나 작용을 갖는 기관은 이렇게 하여 생긴 것이며, 또한 퇴화 기관으로 알려져 있는 많은 흔적 기관도 이렇게 하여 생긴 것이라고 라마르크는 말한다.

자연 도태 natural selection 자연 선택이라고도 한다. 같은 종의 생물 개체들 사이에 일어난 생존 경쟁에서 환경에 적응한 것이 살아남고 생존에 유리한 형질을 자손에게 물려준다는 것. 다윈은 자연 선택이 생물 진화의 주된 원인이라고 주장하고, 영국 공업 지대에 검은색 나방이 증가하는 현상을 예로 들었다. 자연 선택은 인간이 품종 개량을 위해 사용하는 인위 선택 artificial selection이라는 개념을 자연으로 확장시킨 것이다.

진잔트로푸스 Zinjanthropus 진잔트로푸스 보이세이. 원인(猿人)의 일종. 1959년 동아프리카의 탄자니아 올도웨이 계곡에서 리키가 발견한 두개골에 붙인 이름.

창조설 하느님이 천지를 창조하고 인간을 창조했다는

설. 성서의 기록을 문자적으로 옹호하고, 지구와 우주의 수명은 수천 년에 불과하며 지구상의 모든 생명체는 노아의 방주에서 살아남은 각각의 동물 한 쌍에서 비롯하였다는 것도 주장하고 있다. 주장하는 사람에 따라 편차는 있지만 대부분 천문학, 지질학, 생물학의 성과를 부정하고 그 이론들의 미비점을 폭로하려는 데 주력하며, 교과 과정에서 진화론과 대등한 수준으로 (기독교) 창조설을 가르칠 것도 요구한다. 그에 반해 현재 대부분의 신학자들은 진화론을 과학적 주장으로 인정하며, 로마 가톨릭 교회의 공식 입장도 이와 같다. 창조설은 미국의 기독교 근본주의자들의 주장이므로 기독교 전체의 입장이라고 보는 것은 옳지 않다.

침팬지 포유류 영장목 오랑우탄과의 한 종. 아프리카에 분포한다. 전신은 검은 털로 덮여 있고 몸무게는 40~50kg이며 뇌용량은 인간의 3분의 1 정도이고, 50살 정도까지 살 수 있다고 알려져 있다. 고릴라와 달리 건조 지대에서도 잘 적응하며 집단으로 생활한다. 도구를 사용하며 약 30여 가지의 수화 동작을 학습할 수 있음이 밝혀졌다. 침팬지는 기생충 등을 제거하기 위해 서로의 털을 손질해 주며, 이는 그들 집단의 유대를 강화하는 기능을 한다. 유전학적 연구에 의하면 침팬지는 인류와 가장 가까운 친척이며, 각종 의학 및 심리학 실험에서도 중요한 역할을 한다.

크로마뇽인 Cro-Magnon Man 〈호모 사피엔스〉 참조.

피그미 Pygmy 인류학적으로 성인 남자의 평균 신장이 150cm 이하의 왜소한 인간 집단의 총칭. 피그미라는 이름은 고대 그리스 전설에 나오는 난쟁이족 피그마이오스 Pygmaios에서 유래한 것이다. 아프리카에서 동남아시아와 뉴기니에 걸쳐서 분포되어 있다. 피그미족이라고 했을 때 일반적으로 아프리카 열대 우림 지역의 피그미들을 가리키는데 그리스의 난쟁이족 전설도 이들로부터 비롯된 것이라 여겨진다. 피그미의 기원은 인류학상 어려운 문제 중 하나이며, 아시아와 아프리카의 피그미는 생물학적으로 독립된 기원을 갖고 있는 것으로 생각되고 있다.

피테쿠스와 안트로푸스 피테쿠스*pithecus*는 원숭이라는 뜻이고 안트로푸스*anthropus*는 사람이라는 뜻이다. 자바에서 발굴된 원인(原人) 피테칸트로푸스*pithecanthropus*라는 이름은 두 단어를 결합시켜 사용하고 있다.

필트다운 맨 Piltdown Man 〈미싱 링크 사기 사건〉 참조.

호모 사피엔스 Homo sapiens 현생 인류. 크로마뇽인. 〈지혜 있는 사람〉이라는 뜻. 4만~5만 년 전부터 지구상에 분포하며 농경과 목축을 시작하였다. 한편 분류학적으로는 네안데르탈인을 호모 사피엔스에 포함시켜 호모 사피엔스 네안데르탈렌시스라고 부르고 있으므로, 이와 구별하기 위해 호모 사피엔스 사피엔스라고 부르고 있다.

호모 사피엔스 사피엔스 Homo sapiens sapiens 〈호모 사피엔스〉 참조.

호모 에렉투스 Homo erectus 〈선 사람〉이라는 뜻. 160만 년 전부터 25만 년 전까지 전 세계적으로 분포하였다. 호모 하빌리스에서 진화하였고, 호모 사피엔스의 직계 조상이라고 생각되지만 그에 대한 반론도 만만치 않다. 하이델베르크인, 베이징 원인, 자바 원인, 피테칸트로푸스 등 발견 당시 각각 구별되는 이름으로 불렸던 화석들이 현재는 호모 에렉투스로 분류되고 있다.

호모 하빌리스 Homo habilis 〈손재주 있는 사람〉이라는 뜻. 180만 년 전 동아프리카에서 출현했다. 오스트랄로피테쿠스와 호모 에렉투스의 중간 단계라고 생각된다. 루이스 리키는 원시적인 도구와 함께 발굴된 원인(猿人)의 화석을 호모 하빌리스라고 이름 짓고 도구를 만들 능력이 없는 진잔트로푸스와 구별하였다. 현재 호모 하빌리스라는 개념의 유효성에 대해서 많은 의문이 제기되고 있기도 하다.

호미니드 hominid 초기의 인류를 가리키는 통칭.

화석 인류 화석 인류는 크게 네 부류로 나누어진다. 원인(猿人), 원인(原人), 구인(舊人), 신인(新人). 2백만 년 전까지 거슬러 올라가는 원인(猿人)으로는 오스트랄로피테쿠스, 파란트로푸스, 진잔트로푸스 등이 있다. 50만 년 전에 살았던 원인(原人)은 피테칸트로푸스와 시난트로푸스(베이징 원인) 등이 포함된다. 10만 년 전에 살았던 구인(舊人)은 바로 네안데르탈인이다. 신인(新人)은 현생 인류인 호모 사피엔스이다. 그런데 분류학적으로는 네안데르탈인도 호모 사피엔스에 포함시키는 것이 일반적이다. 원인(猿人)에서 출발하여 신인으로 이르는 일직선적인 진화는 부정되고 있다. 원인(猿人)과 원인(原人), 구인(舊人)과 신인(新人)이 상당 기간 공존하였던 흔적이 발견되고 있기 때문이다.

작가 베르나르 베르베르 인터뷰[1]
우리가 가고 싶은 곳으로 좀 더 잘 갈 수 있게 하는 책 『아버지들의 아버지』

이세욱 『개미』와 『개미 혁명』을 통해 아주 작은 생명들의 경이로운 세계를 보여 주고, 『타나토노트』를 통해 저승을 탐험하더니, 이제 인류의 기원이라는 미지의 지평으로 우리를 이끌고 있습니다. 이번에도 결코 쉽지 않은 모험에 뛰어들었다고 생각되는데, 그것을 감행한 무슨 특별한 계기가 있는지요?

베르베르 이 소설은 우리 인간에게 제기되는 가장 중대한 세 가지 질문, 곧 〈우리는 어디에서 왔는가?〉, 〈우리는 누구인가?〉, 〈우리는 어디로 가는가?〉 중에서 맨 처음 것에 대답하기 위한 것입니다. 나는 소설가의 관점에서 이 문제를 무겁고 틀에 박힌 방식이 아닌 한결 가볍고 유희적

---

[1] 1999년 3월 17일, 파리 제14구 르 페르 코랑탱 가에 있는 작가의 자택에서 이루어진 인터뷰 내용을 정리한 것이다. 인터뷰는 도서출판 열린책들 대표 홍지웅과 번역가 이세욱이 번갈아 가면서 질문을 하고 작가가 대답하는 형식으로 이루어졌다.

인 방식으로 성찰하였습니다. 이를테면, 이 주제를 순전히 과학적인 방식으로 소개하기보다는 스릴러인 동시에 모험담이 될 수 있는 어떤 이야기 속에서 다루어 보자는 생각이 들었던 겁니다. 그러나 그런 생각 이전에 나는 인류가 왜 지구상에 나타났는가라는 문제에 깊은 관심을 가졌습니다. 만일 인간이 나타나지 않았더라면, 지상에는 도구를 사용하지 않고 언어도 의복도 없는 동물들만 존재하게 되었을 수도 있는데, 왜 인간이 나타났던 것일까요? 그것이 바로 우리가 존재하는 이유, 내가 존재하고 독자들이 존재하는 이유입니다. 그 문제에 나는 많은 흥미를 느끼고 있습니다.

홍지웅 이 소설을 구상하기까지 오랜 기간의 연구가 필요했을 것 같은데……

베르베르 이 주제를 연구하고 자료를 조사하는 데에 2년 반 정도가 걸렸습니다. 현장 조사를 위해 아프리카에 갔었고, 소설에 나오는 여러 곳(박물관, 천문대, 도살장 등)을 가보았지요.

이세욱 도살장 장면의 묘사가 아주 생생하던데요……

베르베르 이 책을 쓴 뒤로 더 이상 돼지고기를 먹지 않게 되었습니다. 도살장은 사람들의 눈에 띄지 않는 곳에 숨겨져 있습니다. 그래서 우리는 동물들을 어떻게 죽이는지 볼 수 없습니다. 한국에서는 어떤지 모르지만, 프랑스에서는 동물들의 상황이 아주 비참합니다. 사람들은 수익성을 높이기 위해, 동물들을 아주 어릴 때 죽이고, 질이 나쁜 사료를 먹이는가 하면, 대단히 협소한 장소에 한데 모아 놓고 키웁니다. 그러다 보니 동물들이 아주 불쌍하지요. 불쌍하게 자라 불쌍하게 죽은 동물의 고기를 먹으면, 그 동물의 스트레스를 우리 자신이 옮겨 받게 됩니다. 나는 그 점을 책에서 일깨우고 싶었고, 그럼으로써 우리가 잡아먹는 동물들의 조건에 관심을 갖게 하고 싶었습니다. 잘 아시다시피 이 소설은 두 개의 플롯으로 구성되어 있습니다. 한 편에는 우리 시대를 배경으로 미싱 링크를 찾는 사람들의 이야기가 있고, 다른 편에는 370만 년 전의 아주 먼 옛날을 배경으로 바로 그 미싱 링크에 해당하는 존재가 자기의 일상적인 삶과 하루라도 더 생존하기 위한 처절한 싸움을 이야기하는 플롯이 있습니다. 지금의 우리는 내일도 우리가 먹을 수 있고 잘 수 있으리라는 것을 알고 살아가지만, 우리 모두의 조상인 그 최초의 인간은 하루라도 더 생존하기 위해 전전긍긍하며 살았을 것입니다.

홍지웅 이 책을 쓰는 동안 많은 과학자들, 특히 고생물학자, 인류학자들을 자주 만났나요?

베르베르 그렇습니다. 많은 사람들을 만났어요. 대체로 나는 과학자들의 책을 읽는 것보다 그들과 자주 만나서 이야기하는 것을 더 좋아합니다. 이유는 간단해요. 그들과 이야기를 나누다 보면, 그들의 책에 나와 있지 않은 정보들을 많이 얻게 되거든요. 그들은 책을 쓰면서 진짜 재미있는 이야기들을 빼버리는 경우가 종종 있습니다. 그런데 그냥 편하게 이야기를 나눌 때는 그런 것들을 다 말하고 싶어 하지요.

이세욱 지난달에 『르 푸앵』지에서 인간의 기원과 관련된 문제들을 대대적으로 조명하는 특별호를 마련하더니, 이달에는 『마가진 리테레르』에서 다윈에 관한 특집을 마련했습니다. 프랑스에서 인류의 뿌리를 찾는 과학적 탐구가 그 어느 때보다 뜨거운 쟁점이 되고 있는 것 같습니다. 이런 현상과 당신의 소설 사이에 어떤 관련이 있는 것처럼 보이는데, 어떻게 보십니까?

베르베르 관련이 있을지도 모르지요. 프랑스에서 이 소설이 많이 팔렸습니다. 이 사실을 보고 이 주제에 대해 대중이 관심을 갖고 있는 것으로 판단했을 수도 있을 겁니다. 그러나 인류의 기원이라는 것은 언제라도 사람들의 관심을 끌 수 있는 주제입니다. 우리가 어디에서 왔는가 하는 질문은 언제나 우리를 따라다니니까요. 아마 그런 이유가 클 겁니다.

이세욱 하지만 그런 특집이나 특별호가 해마다 나오는 건 아니지 않습니까?

베르베르 그건 그렇지요. 2000년을 눈앞에 두고 있는 시점이라 그런 기획들이 더 많아질 수는 있지요. 올해는 지금 우리가 어디에 와 있는가를 한번쯤 돌아보게 하는 해입니다. 그래서 나도 이 소설에서 인류가 처음 나타났던 곳으로 간주되는 장소로 상상의 여행을 떠나 보고, 최초의 인류와 비교할 때 우리가 어느 정도나 진보해 있는지를 생각해 보자고 제안하는 것입니다.

홍지웅 인간의 기원을 아는 게 어떤 점에서 도움이 될까요?

베르베르 우리가 어디에서 왔는가를 알면 우리가 가고 싶은 곳으로 좀 더 잘 갈 수 있을 겁니다. 우리의 기원을 알고자 하는 것은 짐승으로 되돌아가려는 것이 아닙니다. 그건 오히려 위험하지요. 내가 중요하다고 생각하는 것은, 짐승의 삶이 어떤 것이었는지, 왜 우리는 더 이상 그 상태로 돌아가고 싶어 하지 않는지를 보여 주는 일입니다. 내가 보기에 최초의 인간은 언제나 두려워하며 살았다는 점에서 전혀 행복하지 않았습니다. 그러다가 인류는 조금씩 두려움을 극복하게 되었고, 그럼으로써 자유롭게 생각하고 더 좋은 세계를 상상할 수 있게 되었습니다.

이세욱 인류의 기원에 관한 당신 자신의 가설이 있는지요?

베르베르 나는 최초의 인간이 아프리카에만 나타났다고 생각하지 않습니다. 향후 몇 년 내에 우리는 인간이 아프리카뿐만 아니라 아시아와 라틴아메리카, 어쩌면 유럽과 오스트레일리아에서도 동시에 나타났다는 것을 알게 될 것입니다. 인류는 한 장소에서만 나타난 것은 아닐 겁니다. 그리고 이런 얘기를 해도 되는 건지 모르지만…… 나는 인류의 외계 기원설을 믿고 있습니다.

이세욱 아, 그렇습니까?

베르베르 이건 직관입니다. 어느 날, 우주에서 비롯된 어떤 사건, 지구상에 있는 어떤 동물을 인간으로 변화시킨 사건이 일어났습니다. 물론 내 소설에는 이것 말고도 많은 가설이 제시되어 있습니다만.

이세욱 〈바이러스를 가져온 별똥별〉 가설과 비슷한 건가요?

베르베르 그렇지요. 하지만, 별똥별이 바이러스를 가져온 것인지, 외계에서 어떤 동물이 직접 온 것인지는 알 수 없지요. 우리는 아마도 우주에서 온 동물일 겁니다.

이세욱 소설에 나오는 아제미앙 교수의 가설을 믿고 있는 건 아닌가 했는데, 얘기를 듣고 보니 한결 마음이 놓이는군요. (일동 웃음) 하지만 그 가설 역시 이론의 여지가 있어 보이는데요.

베르베르 과학자들에 비해서 소설가인 나는 큰 이점을 지니고 있습니다. 다른 과학자들의 심판을 받지 않는다는 점이 바로 그것이지요. 나의 관심은 오로지 사람들로 하여금 스스로 궁금해하거나 의심을 품어 보지 않은 문제들에 대해서 깊이 생각해 보게 하자는 데에 있습니다.

이세욱 『르 푸앵』 특별호는 인류의 기원에 관한 책들을 소개하는 가운데, 『아버지들의 아버지』에 특별한 지면을 할애하면서, 당신이 지닌 이야기꾼으로서의 자질에 대해서 말하고 있습니다. 그리고 언젠가 당신이 베르나르 피보의 문학 대담 프로그램에 출연했을 때, 피보가 당신의 기발한 상상력과 어휘력과 유머를 칭찬했던 일이 생각납니다. 이야기를 구성함에 있어서 어떤 특별한 방법을 사용하는지요?

베르베르 그렇습니다. 나는 플롯이 하나의 전투처럼 전개되게 하려고 노력합니다. 다시 말해서, 내 소설을 읽는 동안 독자를 놓아주지 않으리라 생각하면서 이야기를 짜 나갑니다. 독자를 사로잡기 위해서 이야기의 전개에 따라 독자의 집중 상태가 어떻게 달라질지를 예상해 봅니다. 독자가 어떤 순간에 두려움을 느끼고 어느 대목에서 우습다고 느낄지, 또 어느 대목에서 궁금증을 느끼고 어디쯤에서 편안한 마음을 갖게 될지를 미리 짐작해 보려고 애씁니다.

이세욱 『태초의 인간』이라는 저서를 낸 클로딘 코엔은 『마가진 리테레르』 최근호에 게재된 「인간의 기원」이라는 글에서 〈진화의 점진적인 과정을 그린 계통도에서 인간과 원숭이 사이에 빠진 고리가 하나 있을 것으로 보고 그 유일한 고리를 찾는 것은 이제 낡은 생각이 되어 버렸다……. 공통의 조상을 찾는 것은 확실치 않을 뿐만 아니라 부질없는 일이기도 하다〉라고 말하고 있는데요…….

베르베르 당연한 얘기지요.

이세욱 전적으로 같은 생각인가요?

베르베르 그래요. 인간이 왜 출현했는가라는 질문에 대해서는 우리가 결코 그 답을 찾을 수가 없을 거예요. 그것은 영원히 미스터리로 남을 겁니다. 그래서 나 같은 소설가들이 가설을 내놓는 거지요.

홍지웅 인간과 동물의 근본적인 차이는 무어라고 생각하십니까?

베르베르 …….

홍지웅 예컨대…….

베르베르 유머요. 인간은 희극적인 동물입니다.

홍지웅 희극적이라는 말은 어떤 의미로 사용하고 있는지요?

베르베르 인간은 자기 자신을 비웃을 수 있습니다.

홍지웅 스스로를 비웃을 수 있다고요?

베르베르 네. 인간은 스스로를 비웃을 수 있습니다. 그리고 만일 다른 동물들이 인간이 어떤 존재인지를 이해하게 된다면, 그들 역시 인간을 비웃을 겁니다. 그만큼 인간은 역설적이지요.

홍지웅 역설적이라 함은…….

베르베르 인간은 하고 싶어 하는 것과 반대되는 것을 할 수 있기 때문에 역설적이지요. 무슨 일을 하겠다고 말하면서 반대로 행동할 수 있는 것이 인간이라는 동물입니다. 평화를 원하면서 전쟁을 하고, 앞으로 가고 싶어 하면서 뒤로 가지요. 그런 점에서 인간은 역설적인 동물입니다.

이세욱 소설에 나오는 주간지 『르 게퇴르 모데른』은 말뜻으로 보아 당신이 예전에 기자로 일했던 『르 누벨 옵세르바퇴르』를 패러디한 것으로 보이는데요.

베르베르 맞습니다. 내가 기자였던 때의 추억을 되살리고 싶었어요. 잡지나 신문의 기사들이 어떻게 만들어지는지를 보여 주고 싶기도 했고요. 사람들은 기자들이 하는 일을 대단한 것으로 생각하는 경우가 많습니다. 일주일 내내 바쁘게 뛰어다니면서 아주 많은 조사 활동을 벌일 거라고 생각하지요. 그러나 그들은 기사를 날림으로 쓸 때가 많습니다. 프랑스에서는 기자들이 책이나 다른 기사들을 베끼는 일이 흔히 있습니다. 현장에 가보지도 않고 과학자들과 이야기도 나눠 보지 않은 채 다 가보고 다 만나 본 것처럼 꾸미는 경우도 있습니다. 나는 그런 현실을 풍자하고 싶었습니다.

이세욱 그러면 옛 동료들이…….

베르베르 옛 동료들이…….

이세욱 그들이 별로 좋아하지 않겠는데요? 문제의 대목을 읽으면서 말입니다.

베르베르 그들이 내 소설을 읽었는지는 모르겠어요. 어쨌거나 프랑스 언론의 실상을 이야기하는 것은 재미있는 일입니다. 한국의 언론은 사정이 다르리라고 생각하지만 말입니다. 언론이 우리에게 주는 정보는 우연히 우리에게 다다른 것이 아닙니다. 다른 정보가 아닌 그 정보만을 전하고 싶어 하는 사람들이 있기에 우리에게 온 것이지요.

이세욱 이 소설의 남자 주인공에게 카첸버그라는 이름을 붙인 데에는 무슨 곡절이 있을 법한데요.

베르베르 내가 카첸버그라는 이름을 알게 된 것은 미국의 애니메이션 『개미』를 통해서였어요. 그 영화의 제작자 이름이 카첸버그입니다. 보통대로라면 나는 그 사람에 대해서 소송을 제기해야 합니다. 그가 내 소설 『개미』의 아이디어를 훔쳐 갔기 때문입니다. 하지만 나는 소송을 제기하기보다는 그 사람 이름을 내 인물의 이름으로 삼는 것이 더 재미있다고 생각했어요. 그럼으로써 한동안 나에게 마음고생을 시킨 문제를 그냥 웃어넘길 수 있었지요.

홍지웅 『타나토노트』의 2부[2]를 쓰고 있다고 들었는데, 발간 일정이 어떻게 되는지 알고 싶군요.

베르베르 현재로서는 확실치 않지만, 『타나토노트』의 2부는 올 9월이나 내년 1월에 발간될 것입니다. 나는 1년에 한 권씩만 내겠다는 생각을 가지고 있습니다. 프랑스에서는 그 정도가 보통입니다. 1년에 한 권 넘게 내는 것은 무리지요.

홍지웅 영화 제작에 많은 관심을 갖고 있는 것으로 알고 있는데, 그와 관련해서 구체적인 계획을 가지고 있습니까?

베르베르 단편 영화를 하나 준비하고 있어요. 5월에서 7월 사이에 작업을 할 겁니다. 영화에 관심은 많지만, 나에게 가장 중요한 것은 역시 소설입니다.

홍지웅 장래에 많은 돈을 번다면, 좋은 영화를 만들고 싶은 생각이 있는지요?

베르베르 그다지 쉬운 일은 아니라고 생각해요. 돈이 문제가 아니라 좋은 영화를 만들 수 있느냐가 문제죠. 영화 감독을 아무나 하는 건 아니니까요.

홍지웅 『프랑스 수아르』지에 연재하고 있는 당신의 만화 『엑시트』를 보았어요. 만화를 직접 그리기도 합니까?

베르베르 아닙니다. 저는 시나리오만 맡고 있습니다.

홍지웅 당신이 좋아하는 다른 작가들에 대해서 이야기해 볼까요?

---

[2] 열린책들에서 〈천사들의 제국〉이란 제목으로 2000년 출간되었다.

베르베르 〈열린책들〉에서 출판한 프랑스 작가들이 많이 있나요?

홍지웅 예, 많이 있지요. 아멜리 노통브, 마리 다리외세크, 르네 벨레토 등등.

베르베르 아멜리 노통브, 그녀는 내가 잘 압니다. 나와 마찬가지로 〈알뱅 미셸〉에서 책을 내니까요. 좋은 작가지요. 마리 다리외세크는 개인적으로 별로 좋아하지 않습니다. 너무 거드름을 피우는 것이 마음에 들지 않아요.

이세욱 미국 작가 필립 K. 딕을 좋아하시지요? 당신만큼 그 작가를 잘 이해하는 독자도 없을 거라고 생각하는데요.

베르베르 그렇게 생각해 주니 고맙군요. 내가 보기에는 현대 문학에서 가장 독창적인 작가입니다. (책꽂이의 한 칸을 다 채운 필립 K. 딕의 책들을 가리키며) 여기서부터 여기까지가 다 그의 책입니다.

홍지웅 SF 작가지요?

베르베르 네. 『블레이드 러너』라는 영화 보셨지요. 그게 바로 필립 K. 딕의 소설 『안드로이드는 전기양을 꿈꾸는가 *Do Androids Dream of Electric Sheep?*』를 각색한 거예요. (책상 한쪽에 놓여 있던 인쇄물을 집으며) 이게 바로 그 영화의 시나리오입니다. 나는 이걸 다 외워 버렸어요.

이세욱 『아버지들의 아버지』에도 그중의 한 구절이 인용되어 있지 않습니까? 〈이 모든 순간들은 망각 속으로 사라질 것이다. 눈물이 빗물 속으로 사라지듯이〉 하는 문장

말입니다.

베르베르 그래요. 맞습니다.

홍지웅 프랑스 작가들은 일반적으로 어느 정도의 인세를 받고 있는지 알고 싶군요.

베르베르 신인의 경우에는 8퍼센트에서 시작하여 판매 부수에 따라 10퍼센트, 12퍼센트로 올라갑니다. 좀 더 알려지면 10퍼센트에서 시작하여 12퍼센트, 15퍼센트로 올라가고요. 그게 최고 수준입니다.

홍지웅 당신의 경우는 어떻습니까?

베르베르 저는 15퍼센트를 받고 있습니다.

이세욱 끝으로 한국의 독자들에게 인사말을 해주시지요.

베르베르 그러지요. 한국의 독자 여러분, 그동안 베풀어 주신 사랑에 감사드립니다. 저는 한국이 경제 위기를 잘 극복하고 번영과 평화를 계속 누리게 되리라고 믿습니다. 저는 한국의 독자들로부터 많은 편지를 받고 있습니다. 시간이 충분하다면 일일이 답장을 하고 싶지만, 그러지 못하고 있어서 죄송합니다. 프랑스는 물론이고 세계 여러 나라들의 독자들로부터 편지를 받고 있기 때문에, 모든 편지에 답장을 하기로 하면 그것만으로 일과를 다 채워야 할 정도입니다. 그래서 저에게 편지를 보내 주신 한국의 독자들께 저의 침묵을 너그러이 이해해 주실 것을 부탁드립니다. 저나 저의 작업과 관련된 정보를 직접 얻고 싶으신 분들은 인터넷의 제 웹사이트(www.bernardwerber.com)를 방문해 주시기 바랍니다.

홍지웅 『아버지들의 아버지』의 한국어판을 위해 서문을 써주시겠습니까?

베르베르 소설을 위한 서문이라, 그거 조금…….

이세욱 좀 어색한가요?

홍지웅 그래도 외국 작가들이 가끔 한국어판에 서문을 쓰는 경우가 있잖아요. 예컨대, 크리스티앙 자크라든가…….

베르베르 크리스티앙 자크가 서문을 썼습니까?

홍지웅 예.

베르베르 곧 써드리지요.

이세욱 당장요? 나중에 써서 팩스로 보내 줘도 되는데…….

베르베르 아니에요. 지금 쓸게요.

(콧노래 흥얼거리는 소리, 컴퓨터 자판 두드리는 소리…….)

옮긴이 **이세욱** 1962년에 태어나 서울대학교 불어교육과를 졸업하였으며, 현재 전문 번역가로 활동하고 있다. 옮긴 책으로 베르나르 베르베르의 『개미』, 『웃음』, 『신』(공역), 『인간』, 『나무』, 『상대적이며 절대적인 지식의 백과사전』, 『베르나르 베르베르의 상상력 사전』(공역), 『뇌』, 『타나토노트』, 『천사들의 제국』, 『여행의 책』, 움베르토 에코의 『프라하의 묘지』, 『로아나 여왕의 신비한 불꽃』, 『세상의 바보들에게 웃으면서 화내는 방법』, 『세상 사람들에게 보내는 편지』(카를로 마리아 마르티니 공저), 장클로드 카리에르의 『바야돌리드 논쟁』, 미셸 우엘벡의 『소립자』, 미셸 투르니에의 『황금구슬』, 카롤린 봉그랑의 『밑줄 긋는 남자』, 브램 스토커의 『드라큘라』, 파트릭 모디아노의 『우리 아빠는 엉뚱해』, 장 자끄 상뻬의 『속 깊은 이성 친구』, 에릭 오르세나의 『오래오래』, 『두 해 여름』, 마르셀 에메의 『벽으로 드나드는 남자』, 장크리스토프 그랑제의 『늑대의 제국』, 『검은 선』, 『미세레레』, 드니 게즈의 『머리털자리』 등이 있다.

아버지들의 아버지 2

발행일	1999년 6월 20일 초판 1쇄
	2000년 5월 31일 초판 12쇄
	2001년 8월 15일 2판 1쇄
	2013년 1월 10일 2판 39쇄
	2013년 9월 5일 3판 1쇄
	2024년 10월 10일 3판 5쇄

지은이   베르나르 베르베르
옮긴이   이세욱
발행인   홍예빈
발행처   주식회사 열린책들

경기도 파주시 문발로 253 파주출판도시
전화 031-955-4000 팩스 031-955-4004
홈페이지 www.openbooks.co.kr 이메일 literature@openbooks.co.kr

Copyright (C) 열린책들, 1999, 2013, *Printed in Korea.*
ISBN 978-89-329-0387-3 04860
ISBN 978-89-329-0385-9 (세트)